講談社文庫

狂い壁　狂い窓

竹本健治

講談社

狂い壁　狂い窓

目次

樹影荘見取図（一階）

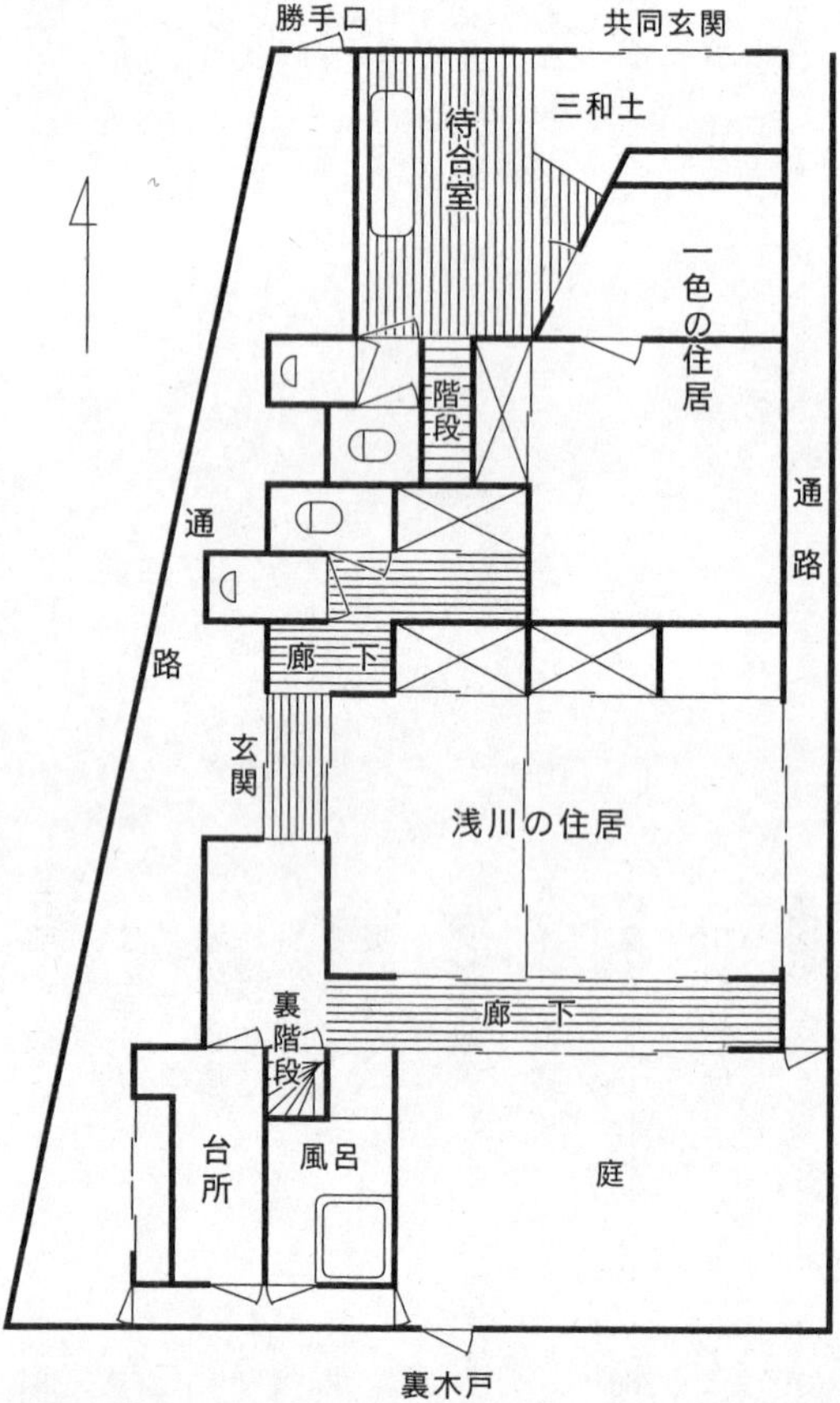

樹影荘見取図（二階）

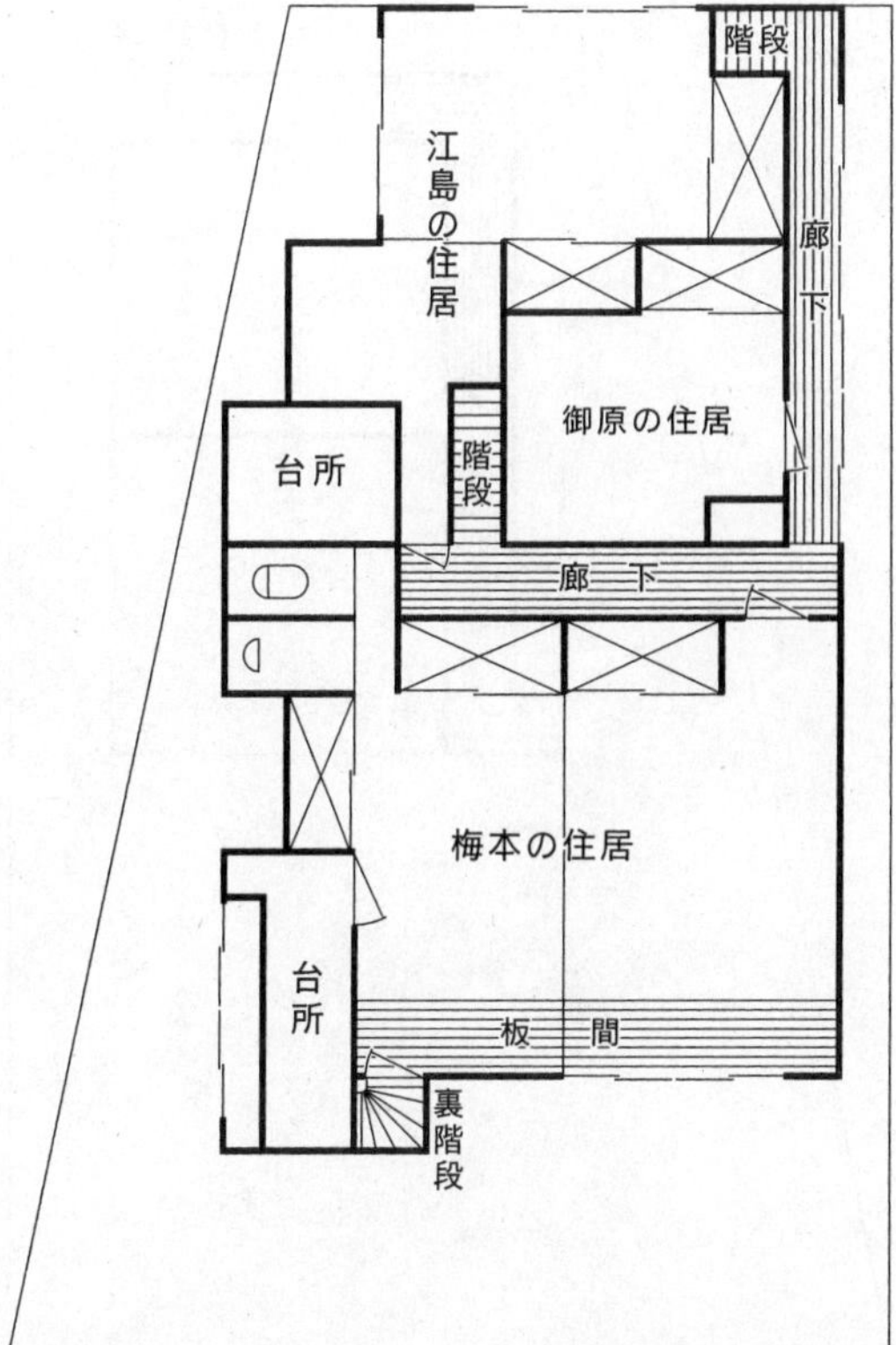

樹影荘見取図（三階）

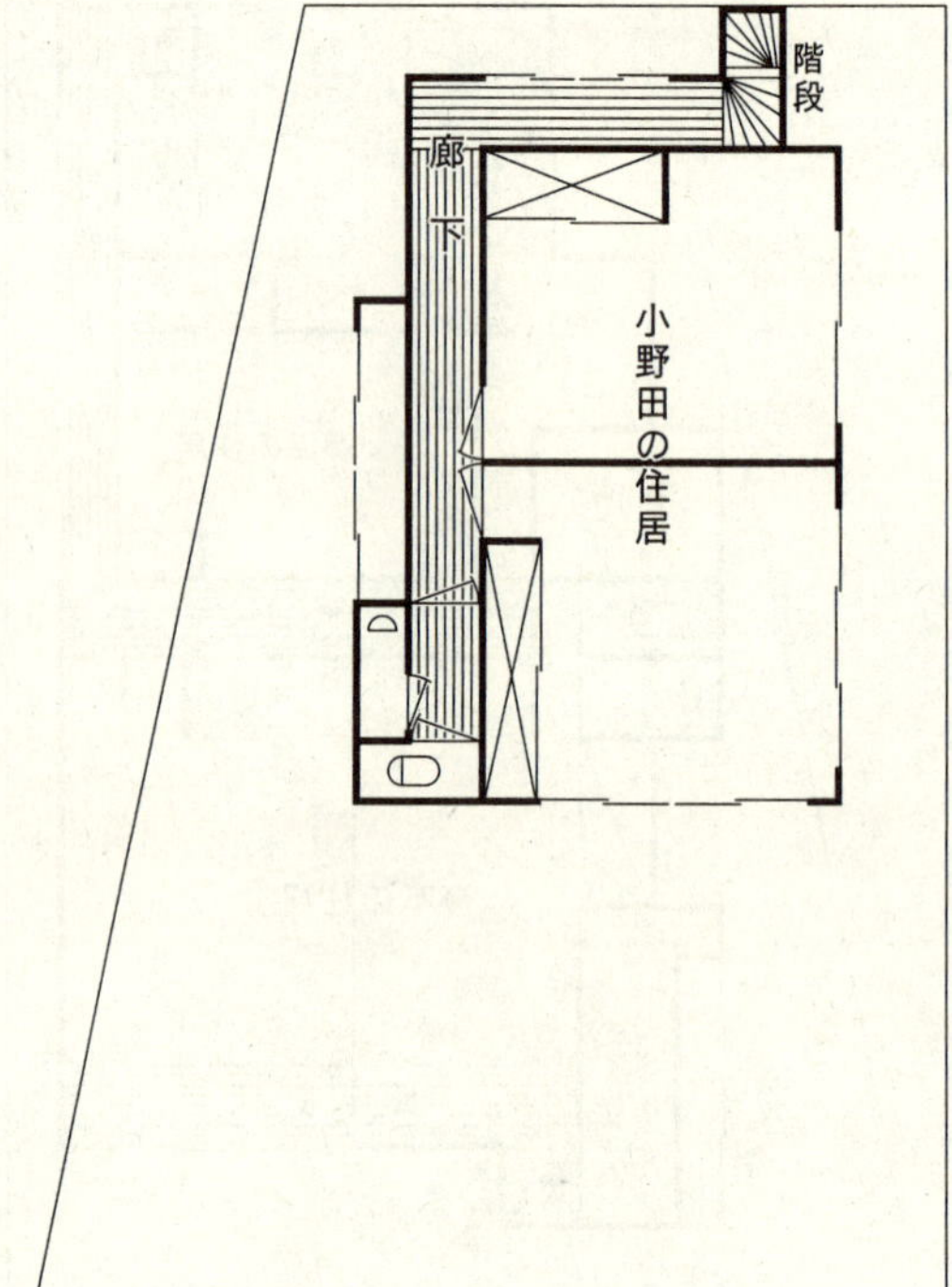

狂い壁　狂い窓

序章

死後の蜜月

グシャッという感触はもろに彼の両手に伝わった。

一瞬だった。

それですべてが終わった。

先程まであれほどいきりたち、激昂《げっこう》し、何よりその存在を主張していたものが今は糠袋《ぬかぶくろ》のようにだらしなく横たわっている。その豹変《ひょうへん》ぶりは全く呆気《あっけ》ないくらいだった。

頭に凶器が突き刺さっている。頭蓋骨《ずがいこつ》が砕けているのは明らかだった。縺《もつ》れるように蟠《わだかま》った髪のなかから魚の腹子のようなものがどろりと血にまみれてはみ出している。眼はつりあがり、額から頬《ほお》にかけても飛沫《しぶき》がとび散っていた。頭から流れ出す血は忽《たちま》ち畳に展《ひろ》がり、不意に均衡を破って、敷居のほうにつーっと這《は》っていった。

それはどこかで見た光景だった。現実に見たはずはない。もしかすると夜の夢で、あるいはふとしたときの白昼夢として見続けていた光景かも知れなかった。誰にも悟られぬところで彼はこの瞬間を待ち望んでいたのだろう。七年間の彼の人生を截《たちき》るひとつの手立てとして、ひそかに繰り返し夢見ていたのだろう。

夢のなかでは、屍体《したい》となっても、彼の妻はむっくりと起きあがり、なおも罵声《ばせい》を浴びせかけ続けたような気がする。けれども今眼の前に横たわる奇妙な物体は不気味なほど潔く沈黙を決めこんでいた。

静かだった。

決して蘇生《そせい》することはないのだと得心した途端、生々しい感触の残るその腕がぶるぶると震えだした。彼の腕を抱えるように押さえつけていたもう一人の男の腕も、それにつられるように戦《わなな》いた。

彼がその場に頽《くずお》れるほうが、もう一人の男よりも迅《はや》かった。

薄暗い八畳間、黄ばんだ襖《ふすま》の面《おもて》からも、わらわらと漂っていた明るみが消えかかろうとしている。記憶のフィルムがズタズタに寸断された彼からはここに至る脈絡も疾《と》うに失われ、何時間も前からずっとそうだったように建物のなかはどこまでも静かだった。

女の口は力なく開き、耳には聞こえない呪咀《じゅそ》の言葉を吐き続けているのかも知れない。血色の悪い脣《くちびる》。それは今、ますます紫に近い色に褪《さ》めていた。口のはたは少し切れ、紅い吹出物ができている。本人はそれをビタミン不足のせいだと主張していた。何度でも執拗《しつよう》に繰り返し、彼が反応を見せるまでその主張は続けられるのだった。

「だからどうだって言うんだ」

「いいものを食べさせてもらってないからだわ。いいものを食べたらすぐに治るわ」

およそあらゆる些細《ささい》なことであれ、彼女の気に障《さわ》らないものはない。彼にはそうとしか思えなかった。あるいはすべて彼を責めるための口実に過ぎないのかとさえ疑われた。ともかくその傾向は日に日にひどくなり、殊《こと》に数ヵ月前からは殆《ほとん》ど手に負えない状態に達していた。

今はもう、それもない。

これが彼の望んでいた結末だったのだろうか。問い直してみても彼には分からなかった。何もかも分からない。彼は弱々しく首を振り続けるほかなかった。戸外は次第に深い夕闇《ゆうやみ》に押し包まれ、照明を点《とも》していない部屋もそれにつれて水底《みなぞこ》のような仄暗《ほのぐら》さを増しつつあった。

血の色が暗がりに融けこむにつれ、本来の面影がふと蘇《よみがえ》る。膚《はだ》は白く、眼鼻立ちは涼しげだった。殊に口許に匂う幼さのようなものが全体の調和に魅力的なアクセントを与えていた。容貌《ようぼう》は七年の歳月にも目立つほどの変化を見せていない。それなのに性格は何と見る影もないほど変わってしまったことだろう。

何がどう狂ってしまったのか。二人の辿《たど》る道はどのあたりからこんなにも離れてしまったのだろう。いつの間にか乖離《かいり》は取り返しのつかぬものとなり、それでもいつか再び交わりあうだろうと儚《はかな》い幻を追わせていたのは、胸の底のどこかで燻《くすぶ》り続けていた未練というやつなのだろうか。

そうだ。確かに再び交差した。けれどもそれは凶器を振りあげ、まさに彼女の頭めがけて打ちおろそうとした瞬間にでしかない。そこからふたつの道は全く離反し、今度はもう二度と交わることはないのである。

あの瞬間、振りおろすのを留めることはできなかったのか？　もしかするとこの結末を彼女こそが望んでいたとしたら。

どこかで地虫が鳴いているような気がしたが、それは耳鳴りだった。顔を被い、震え続ける彼の耳に、あとの始末は引き受けるからしっかりしてくれ、という意味の言葉が押し被さった。

「どうするんだ？」

泣くような問いかけに、相手は黙って障子の外を指さした。その素振りにはすっかり腹を括《くく》った決意のほどが顕《あら》われていた。彼は相手の意図するところを悟って愕《おどろ》きの顔を挙げ、

「いかん。それじゃお前までが罪に問われることになる」

慌ててそう叫んだが、相手は承知しなかった。悪いのは彼ではない、罪があるとするなら、彼の凶行を止められなかった自分にもある、というのが男の言い分だった。続けてこうも言った。夫婦間の微妙な問題など、他人の眼からは覘《うかが》い知れないものだ。本人にとってどれほど切羽詰まった已《や》むない心情であれ、第三者に同意を求めようとするのは燈心で須弥山《しゅみせん》を吊《つ》るに等しい。悪くすればどんな重い刑が科せられるか。そんな目に彼を遭わせるのは忍び難い。……

どこか恩着せがましいものを感じつつも、彼はその意見にずるずると曳《ひ》きずられてしまった。どうにもならなくなった妻との関係をどんづまりで截《たち》きれなかったのがこの小心と優柔不断のせいであることは、彼自身痛いほど身にしみて分かっていた。だか

らと言って、今更何に反抗することがあろうか。彼は風にそよぐ葦《あし》なのだ。このような破局まで招いてしまった今、彼が自分の小心と優柔不断に従うのは当然ではないか？

庭に妻の屍体を埋める作業を彼は殆ど手を貸さず、黙って呆《ほう》けたように眺めていた。深く掘った穴にぐにゃりとした彼女の軀《からだ》が抛《ほう》りこまれる一瞬だけ、胸のなかを掻《か》きまわされる感覚があったが、その後はたいして心も動かなかった。丹念に血を拭《ふ》き取り、乱れた部屋を片づけると、あとには妻の不在だけが残った。

与えられる指示に従って、一週間後に妻の捜索願いを出した。おざなりに事情が調べられ、しばらくするとむこうからの連絡もなくなり、呆気ないほどすんなりと事は運んだ。

治まらないのは彼の胸中だった。少なくとも半年は転居せずにいたほうがいいと吹きこまれていたが、庭の下に妻の屍体があるという想いは昼夜となく彼を脅かし続けた。絶えず縁側のガラス戸を気にし、カーテンのわずかな隙間《すきま》も見過ごせない。葉と葉の触れあう音にも神経は尖《とが》った。どうにも避けられないのは、部屋のなかから妻のぶんだけ空間が欠けているという意識である。悪夢に魘《うな》されてとび起きるのも一再のことでなかった。そうして彼は日に日に憔悴《しょうすい》の度を加えた。

殺人の秘匿を勧めた友人は半病人と化した彼を心配して、地方の温泉への旅行を提案した。それがふた月目のことだった。

空は雨模様の層雲を孕《はら》んで、錆《さ》びかけた鉄板めいていた。鷹揚《おうよう》に反り返って見える緑のない山はあちこちから白煙を噴きあげている。切り立った石屏風《びょうぶ》の、そのまた谷底の岩陰に露天風呂はあった。濛々《もうもう》と湯気の立ちのぼるなかに身を沈めると、過敏になった彼の神経も徐々に和《やわ》らぐかと思われた。

石段は一旦たらたらと坂を登り、ぐるりと迂回《うかい》しながら下って宿へと繫《つな》がっていた。人影はない。穴の底のようなその場所から見あげると、重たげな山塊も色の悪い空も頭上に崩れかかってきそうな気がした。慌てて視線を戻すと、乳白色の湯の先に黒く腐りかけた立札があったが、そこに書かれた文字は到底判読できなかった。その横で友人は上半身だけ湯から出し、六借《むつか》しい顔で腕を拱《こまね》いていた。

ほぐれかけた神経が再びゆるゆると縺《もつ》れはじめていた。ふた抱え以上もある奇巌《きがん》怪石が累々《るいるい》と転がるそのあたりには湯の流れる音と遠い禽《とり》の声以外に聞こえるものはない。気のせいだろうか？　しかし漠然とした気配はどこかにひそんでいて、それは決して視界を遮る湯気のせいではなかった。彼は視線を下に落とす。沈めた掌を水面《みなも》に近づけると、濁った湯のなかに桜色の奇妙なかたちが浮かびあがったが、ほんの心持ち手を下げるだけで、再びどんよりと乳白色に呑《の》みこまれてしまうのだった。

彼はその底に妻の屍体を見ようとしていた。眼を剝《む》き、口を半開きにあけ、割れた頭からドロドロと生白いものを流している妻が不透明の湯の底に横たわっているのを見ようとしていた。なぜそう努めているのか分からない。眼を凝らし続けていると、腐肉のようなものが湯の底に漂っているさまが次第にありありと映りはじめる。血は水よりも重いのだろうか。真紅のそれは底のほうに澱《よど》むばかりで、水面にまでのぼってくることはない。しかし柔らかいぷよぷよとしたものは確かに彼の脚にも纏《まつ》わりついた。

彼は悲鳴を挙げて後退《あとずさ》った。一旦声をあげると止まらなかった。踠《もが》く彼の軀は力強い腕で抑《おさ》えられ、落ち着かせようとする言葉が繰り返し耳の奥に吹きこまれたようだった。

結局試みは失敗に終わったと言わねばならない。夜が更けても彼の神経はぎざぎざに尖り続けた。和室は山間《やまあい》の静寂に包みこまれ、耳をすませればすませるほど、もの怖ろしいばかりだった。連れが隣で寝息をたてはじめてからも、彼はうとうとしては眼を醒《さ》ます繰り返しで、そのたびに夥《おびただ》しく寝汗をかいていた。

何度目かに全身が粟立《あわだ》つほどの強い異変を感じた。彼はカッと眼を見開いた。先程まで真っ暗闇だったはずの室内にぼんやりとした青い光がある。枕《まくら》から少し首を持ちあげると、その光は足元の先の鴨居《かもい》の上から放たれていた。

額縁だった。竜の水墨画を納めた額が淡い燐光《りんこう》を放っていた。

彼はきつく掛蒲団《ぶとん》を摑《つか》み、わなわなと震えはじめた。上下の歯がカチカチと鳴って、どうしても嚙《か》みあわせることができなかった。額縁の光は強くなったり弱くなったりを繰り返していて、そのテンポは人の息遣いのように緩慢だった。隣の蒲団に声をかけようとしたが、咽《のど》がカラカラに乾いて旨《うま》くいかない。そればかりか蒲団の上から重いものを乗せられたように首ひとつ動かすこともできなかった。

そのとき廊下のほうからヒタヒタと跫音《あしおと》が聞こえた。不思議な迅さで小刻みに近づき、部屋の前あたりでピタリと止まる。彼は見開いた眼を襖に投げた。襖は鴨居に邪魔されて黒い影に蔽《おお》われていた。数瞬の沈黙があり、釘づけになった視界に細い縦長の隙間ができたかと思うと、音もなく横に拡がった。

白い着物の女が立っていた。手であけたわけではない。女は両腕で何かを抱いていたからである。

青白い光に照らし出された顔には紫の斑《まだら》と黒い罅割《ひびわ》れが浮きあがり、そこに濡《ぬ》れた髪がへばりついていた。物言いたげな眼。長い髪の先は口許を隠し、そのために形相はいっそう恐ろしいものとなっていた。間違いなく妻だ。胸に抱いているのは赤ん坊である。

女は再びヒタヒタと畳を滑《すべ》り、枕元にまわりこむと、そっと膝《ひざ》を落とした。彼の首はその姿に吸いつけられたように枕に戻り、一メートルと離れていない妻の顔と向きあった。さかさに覗《のぞ》きこむ女の顔はぶよぶよとむくんで、針で刺すと白い液がとび出すだろうと思われた。眼球にも白い膜が張り、どんよりと表情なく濁っている。

必死で踠いても金縛りは解けず、視線もそらすことができなかった。瞶《みつ》めるうちにあちこちの毛孔《けあな》から白い糸屑《いとくず》のような虫が這い出てくる。額から、頬から、鼻から、唇から、白い線虫は次から次へと這い出し、見るまに膚の上は蠢《うごめ》く虫たちにびっしりと被われた。皮膚の下はこの虫で埋めつくされているのではないか？　ひとかわ残して軀の奥はそっくりウジャウジャと犇《ひし》めく虫たちの団子なのではないか？

やがて虫はぽろぽろとその顔からこぼれ落ちはじめた。

許してくれ！　頂点まで昂《たか》まった恐怖は絶叫となり、途端に金縛りから解き放たれて、彼は蒲団からとび起きた。あとのことは殆ど記憶にない。気がついたときには軀は壁際に押しつけられ、見まわすと電灯の点された部屋のどこにも妻の姿はなかった。仲居や番頭が何事かと駆けつけてきたが、悪い夢を見たということで、友人が何とかその場を取りなした。

彼はようやくそのとき合点がいった。妻は妊娠していたのだ。だからこそ最近の彼女はあれほど苛立《いらだ》っていたのだろう。何もかも離ればなれとなった夫婦のあいだに、七年目にして初めてできた子供。それは何と皮肉な運命の巡《めぐ》りあわせだったことか。その呪《のろ》わしい懐妊を誰にも報せず口を鎖《とざ》していた妻の心情を思うと、胸が閊《つか》えた。

そうとも、一人ではない。二人殺した。……

一泊で切りあげ、彼は逃げるように旅先から戻った。駅で友人と別れ、引き裂かれた心と疲れきった軀で部屋に転がりこむ。その瞬間、彼は決定的に衝《う》ちのめされた。建物の古さから滲《にじ》み出たような仄暗さ。とは言え、まだ陽も落ちていないというのに、部屋の隅には妻が蹲《うずくま》っていたのである。もう赤ん坊は抱いていなかった。乱れた髪を垂らし、俯《うつむ》くように両膝をついて、彼女は凝然と押し黙っていた。

あまりのショックのせいなのか、彼は取り乱すことも忘れてその場に立ちつくしていた。いつまでたっても妻の姿はその場から消え去ろうとしない。そして彼はくぐり戸をすり抜けるようにその情況を受け入れてしまっていた。

妻との奇怪な生活がはじまった。彼女は人が訪れぬ限り姿を消すことはないのだ。けれども怯《おび》えは何日かたつにつれ、次第に霞《かすみ》のように薄らいでいった。

不思議なことに気づいたのは三日目頃だった。最初は糜爛《びらん》していた膚がわずかにもとの色艶《いろつや》を取り戻している。日を追うごとにそれは確かなものとなった。彼はゆるやかに時間が逆回りしていくのを瞶《みつ》めていた。そしてふた月もたつと、妻は生前と変わらぬ姿にまで戻っていた。

しかしそれは以前の妻ではなかった。性格が違う。ヒステリックな部分など微塵《みじん》もない。部屋の隅にひっそりと坐った彼女から立ちのぼるのは、およそ蜜月《みつげつ》の頃にさえ見せたことのない羞《はじ》らいだった。その慎ましやかな変貌がもっと早くに行なわれていれば。

それはひとつの責苦だった。

彼は何度も許しを乞うた。膝に縋《すが》り、泣きながら断罪を願い続けた。しかし妻は子供を宥《なだ》めるように彼の頭を撫《な》でながら、黙って首を横に振り続けるばかりだった。弱々しい笑みを湛《たた》えたその表情を見れば、悪いのは妾《わたし》だと言いたがっているのが分かる。それらひとつひとつの仕種が彼にとっては百万回の鞭《むち》だった。彼はいよいよ自分の罪に震え、頭を掻《か》き挘《むし》り、彼女の膝で泣きじゃくった。彼は既にバラバラだった。ここにこうしているのは抜け殻でしかない。哀れな妻の姿を見るのは耐えられず、かと言って再び彼女を捨てることなど到底できることではない。

ある夜、彼は鋏《はさみ》で頸《けい》動脈を掻き切った。恐ろしい勢いで血が噴き出すのが分かった。痛みはない。どれほどの量か確かめようと思ったときには、既に彼は倒れ臥《ふ》していた。

薄れゆく眼をやっとのことで見開くと、やはり悲しげな笑みを湛えた妻の顔が映る。大丈夫だというふうに、彼も少し笑ってみせた。震える手をのばし、ふとそのとき浮かんだ疑問を口にした。

「なあ、教えてくれ。おまえは俺の何がいちばん厭《いや》だったんだ……？」

妻はそのとき初めて言葉を口にした。

「あなた、ものを食べるときに音をたてるでしょう……」

「……何だ、そんな莫迦々々《ばかばか》しいこと……」

彼はもう一度妻に笑いかけようとした。しかしその努力はちぐはぐなものになった。ハテ、笑いとはどこにどう力を入れればよかったのか。そんなふうに訝《いぶか》しむうち、彼の意識は不意に遠のいた。

「あなた。こちらにいらっしゃるときにはその服を脱いでと言ってるでしょう」

そう妻に言われて、初めて彼は血まみれの自分に気がついた。

「や。すまん、すまん」

わざとお道化《どけ》た口調で返し、出てきた部屋に戻る。このかたその部屋で過ごす時間がますます多くなった。そこには妻は勿論《もちろん》、娘も近づこうとしない。考えてみればその部屋だけが彼の自由な空間と言えるかも知れなかった。

「少しくらい慣れてくれてもいいんだがな」

彼はそうこぼすときもあったが、妻は怖気《おぞけ》を震うように顔を顰《しか》めるのが常だった。

「妾《わたし》、決して慣れることなんてないわ。クレゾール？　ホルマリン？　あの匂いを嗅《か》いだだけで吐き気がしてくるわ」

「よくそれで――」

言いかけて、やっとの想いであとの言葉を呑みこむ。その表情を見せているときに逆らうのは禁物だった。言い争いになるのは眼に見えていたし、彼はそれに充分懲りていた。そんなときにも、彼はその部屋に引き籠《こ》もることにしていた。

　血と羊水の匂いのしみついた部屋。タイル貼《ば》りの床は赤黒く汚れ、そのしみは彼の人生に落ちた暗い影のように決して拭《ぬぐ》い去ることはできないのだ。そのせいだろうか、どんなに照明を強くしても、この部屋には奇妙な薄暗さがつき纏っていた。空気すらどんよりと重く、例えば墓窖《はかあな》の内部ですらここよりはまだましだろうと思われた。この部屋よりも陰湿な場所があるとすれば、どこかの旧家の奥の奥に人知れず設《しつら》えられた座敷牢《ろう》くらいのものだろうと彼はひそかに確信してもいた。

　けれども彼はこの部屋にいると不思議に落ち着いた気分になれた。ここには誰の手も及ぶことはない。何人《なんぴと》にも邪魔されることなく、気儘《きまま》に想いを巡らせることができるのである。

　部屋の扉寄りには厳《いかめ》しい内診台が据えられ、奥まったところには机と書棚、そしていくつかの大壜《おおびん》が陳列されていた。壜のなかに浮いているのはホルマリン漬けの胎児である。茶と緑を混ぜあわせたような濁った液体のなかから、巨大な蟬《せみ》の幼虫めいたものが瞳《ひとみ》のない眼をこちらに向けていた。勿論ここで堕胎を行なうときには、部屋の奥はカーテンで仕切っておくのであるが。

　彼はその壜を毎日とっかえひっかえ、机の上に置物のように飾る。そうやって胎児たちを眺めるのが彼は好きだった。よく視れば彼らにも微妙な表情の違いがある。覚醒を中断され、果てしもないながい夢を見続けさせられるのは彼らにとって幸福なことなのか、不幸なことなのか？　彼はそれを見極めようとガラスを覗きこむのだが、俯きがちの恨みがましい眼はそれ以上の詮索《せんさく》を拒否するかのように冷たかった。

従って、胎児たちはどこまでも彼の友人ではあり得なかった。むしろ視られているのは彼のほうなのだろう。彼らは限りなく闇に近い存在だ。息をひそめ、どんよりと濁ったところからこちらの世界を覗《うかが》い、その思考は闇の底へとこぼれ落ちて、ついに我々の手から届かない。そういった彼らの眼に曝《さら》されるのは彼にとってひとつの罰だったろうか。けれども彼はその呪縛《じゅばく》を甘んじて享《う》け入れたのだ。

小さい頃、可愛《かわい》がっていた犬が死んだときも彼はこうやって屍体を壜に詰めた。彼はそれを土蔵の隅に隠したのだ。勿論幼い彼が防腐処置など知るはずもなく、二ヵ月もたったあと、ふと思い出して壜を取り出したときには既に彼の知っている仔犬の姿はそこになく、ドロドロとした黒い液体と黴《かび》とカチカチに強張《こわば》った毛玉が底のほうに蟠《わだかま》っているだけだった。

これは何なの？　ぼくはこんなものを入れたはずはない！　彼は壜を抛《ほう》り出した。ガシャンと壜は割れ、黒いものが床にとび散った。彼はその場で吐き、逃げるように母屋に帰って、その夜から高い熱を出した。

あのドロドロとしたものは夢のなかで幼い彼を襲った。熱に浮かされながら何度も「つれてかないで」と繰り返したそうだ。ようやく熱が引き、座敷にのべた蒲団から色の変わりゆく落葉樹の林を見あげながら、彼はもの悲しい気持ちを嚙みしめていた。

あのとき私は闇のむこうを垣間見《かいまみ》たのだろうか。胎児を詰めた壜を指でつつきながら、彼はそう問うてみる。ゆらゆらと揺れる生白い胎児は何も答えない。お前は母親の顔を憶えているか？　私もすっかり忘れてしまった。無から生への階段の途中で、お前はそうして休息し続けているが、そこから先がもうないことをお前ははっきり分かっているのか？　そうさせたのはお前の母親であり、私であるんだぞ。お前は私を恨んでいないのか？

問い続けながら、彼はふと、この医院にねじこんで来た女のことを思い出していた。

「妾《わたし》の子供を返して！　人殺し！　返してよ！」

その顔には生活の澱《おり》が脂のように黒く浮き出し、眼は落ちこんで、堅い髪が革めいて貼りついていた。彼はその女に見憶えがあるような気もしたが、それは街のどこにでもいる女という意味でだった。恐らく彼の手で堕胎したのは事実だったのだろう。しかしその数はもう何百、もしかすると千を越えているかも知れないのだ。

「返してくれないいんなら言いふらしてやるわ。あそこは堕胎やってるって！　おなかの子を殺して商売してるんだって！」

黒く血管を浮き出させて喚《わめ》く女と向きあいながら、しかし彼の心は重く沈んだまま動かなかった。女は彼の胸倉につかみかからんばかりにして、さんざん毒づき、詰《なじ》り続けた。看護婦がその女を抑えようとしたが、彼はそれを止めさせた。すると女は机の上のものを床に払いのけ、カーテンやベッドのシーツを引きちぎりはじめた。

「先生！」

「構わんよ。好きにさせておくさ」

シーツは瞬く間にボロボロにされ、女はその切れ端を彼に向かって投げつけた。そのうち突然女は宙空を睨《にら》み据えたかと思うと、「ウーッ」と唸《うな》り声を挙げて棒のように床に倒れ伏した。全身が硬直し、弓なりに反り返り、のけぞらせた顔からは全く血の気が失せている。これには彼も多少慌てた。

「ひきつけでしょうか、先生」

「ヒステリーの発作だな。脳病院に連絡して車をまわしてもらいなさい」

「全く、とんだ迷惑ですわね」

看護婦はぶつぶつとこぼしながら電話にあたった。

女が運び去られたあとで妻は初めて診察室に顔を出し、片づけをしながら、

「冗談じゃないわ。なんて女でしょ。子供を堕《おろ》してくれと頼んでやって来たのは自分のほうなのに」

忿懣《ふんまん》やる方ないという面持ちで繰り返した。確かに妻の言う通りではある。最終的な決定は母親が行なうのだ。私はただそれを手伝うだけでしかない。けれどもその言葉を聞きながらも、彼の動かぬ心はますます重く沈みこむばかりだった。

そうではないか？　お前は生きている者に較べれば幸福なのだ。そうやってガラスのなかから眺めているだけのお前に、私は感謝してもらってもいいくらいじゃないか？　少なくとも出産のときにだって私の心は重く動かない。……

ふと彼は眼が眩《くら》み、机の上に肘《ひじ》をついた。掌で額を支え、そこにふつふつと汗が湧き出るのが分かる。

お前、また私に何か語りかけたのか？

それは声ではない。

部屋が歪《ゆが》み、何かあるべき場所からずれようとしている。重要なこと。途轍《とてつ》もなく

重要な何か。私はそれを置き去りにしてきたのではないか。

　彼は机の上につっぷし、鼻をすり寄せんばかりにして壜のなかを覗きこんだ。そうだ、分かっている。私もお前と変わらない。こちら側もどんよりと濁ったホルマリンなのだ。私たちも壜詰めの胎児なのだ。部屋は奇妙に歪んでゆらゆらと揺れている。彼はそう囁《ささや》きかけて少し嗤《わら》った。壜に映る彼の顔は驢馬《ろば》のようにまのびして、泣いているようにも見えた。

　分かったから、もうやめてくれ。

　彼は立ちあがり、居間に向かう。妻と娘はテレビにかじりついていた。頭のなかにはチカチカとしたものがまだ残り香のように纏わりついている。それは青いセルロイド板をかけた白黒テレビのチカチカした映像と重なって、軽い吐き気を催させた。

　ふと彼はその映像を喰《く》い入るように瞶《みつ》めている二人が全くの他人のように見えた。

「あなた、台風が来るんですって」

「台風――？」

　彼は遠い言葉のようにそれを聞いた。

「東京は大丈夫かも知れないけど。いいえ、分からないわ。ずいぶん進路も不安定だそうだから。大きいんですって。九州では船も沈んだって」

「船が……」

彼は窓の外に意識を向けた。確かにここではほとんど風もない。しかしそれは表面だけのことだ。何百、何千というホルマリンの壜は割れ砕け、砕けた破片は雨のように降り注ぐだろう。彼はそのために血まみれだ。見知らぬ人間を眼の前にして、彼は血まみれで立ちつくしている。空気と思われたものはいつしか液体にすり替わり、頭上に煌《きら》めくゆらゆらとした輝きだけがそこに棲《す》む者たちの眼に映る光景なのである。

彼は自分の部屋に逃げ帰り、その晩は姿を見せなかった。

次の朝、三階からおりて来た看護婦がいつまでたっても院長が出てこないのに業を煮やし、扉をあけてはいってみると、彼は床に倒れたまま事切れていた。屍体には刺激臭を放つホルマリンが浴びせられ、周囲には空になった壜と胎児が夥《おびただ》しく散乱していた。

変死には違いないものの、死因は急性中毒にほかならず、外部からの働きかけも見あたらない。結局のところ、彼の死が風変わりな自殺として片づけられたのはごく自然ななりゆきだった。

気を失ったような空白から突然意識が戻った。

躯じゅうから汗が噴き出し、畳と背中のあいだに生ぬるく滞《とどこお》っている。彼は身を起こし、キョロキョロと周囲を見まわした。黒いしみの這う天井。色褪《あ》せた壁。自分の部屋には違いなかったが、それはひどくよそよそしいものに見えた。

古い部屋。だが、どこかが違っている。その違和感は常に彼から離れずにあったものだ。そうだ。いつも少しずつ違っている。彼は裸の肩を撫でさすりながら油断なく四方に眼を配った。

俺は今まで何をしていたのだろう。眠っていたのではない。そうだ。また盗まれていたのだ。そう考えると重苦しい絶望が彼のなかを占めた。

また俺は盗まれていた。

そのあいだに何をされるのか彼には分からなかった。誰が何のためにそんなことをするのかも全く見当がつかないでいる。恐らく何かの実験だろう。俺を試しているに違いない。それともこれは奴らにとって単なる遊びに過ぎないのだろうか。

窓。襖。テレビ。卓袱台《ちゃぶだい》。電話。灰皿。急須。……どこを視てもあの眼はなかった。彼を監視する眼である。どこかにその眼が貼りついていて、じっとこちらを見据えているのを彼はそれまでたびたび見つけていたのだった。眼はひとつとは限らず、多いときは六つも七つもあった。その視線に遭うと、彼は恐ろしさのあまり何も手につかなくなってしまう。

傍らに転がった一升壜にも眼がないのを確かめると、彼はやっと安心したようにそれを引き寄せた。底のほうにわずかに残った酒を喇叭《らっぱ》呑《の》みに咽へ流しこむと、ようやく熱い実感が軀に戻った。

同時にゆっくりと怒りがこみあげた。

馬鹿にしてやがる。なぜ俺だけがこんな眼にあわなくちゃならないんだ。このままだと俺はどうにかなっちまう。今だって半分ヌケガラのようなものだ。

そのうち俺はがらんどうにされちまう。今までと違った、何か知らない生き物にされちまう。

唇を噛むと、かすかな血の味がひろがった。これが残っている限り、まだ大丈夫だろうか。彼は立ちあがり、壁に吊《つる》した鏡を覗きこんだ。

浅黒い膚。短く刈った髪。額は狭く、顎《あご》は尖り、落ち窪《くぼ》んだ三白眼は人相を殊更に酷薄なものにしている。これが俺の顔？　確かにそうなのだろう。しかし彼はやはりどこか違っているふうに思えてならなかった。

少しずつ盗まれているせいだ。俺ではない別のものにすり替えられていく。あの眼で覗かれ、盗み聴きされ、気を失っているそのあいだに。最近もの忘れがひどくなったのも、仕事の途中で急に胸苦しくなったりするのもみんなそのせいだ。

陰で糸を引いている者の正体は分からない。しかしその手先の者は何人か見当がついていた。早い話が隣の住人である。奴らはみんな同じ眼をしている。彼は炊事場の突きあたりの壁に顔を向けた。そこを隔てたあちら側で、耳を欹《そばだ》て、一部始終を覗《うかが》っているのは明らかだった。

最初におかしいと思ったのは電話をかけているときだった。会話に奇妙な雑音がまじる。すぐにピンと来た。盗聴である。配線は炊事場の壁を通り、隣の部屋に抜けていた。

仕事から戻ると、細ごました物の位置が変わっていたときもあった。誰かが忍びこんだのだ。俺の身辺を調べるために。天井裏を伝って、押し入れからはいったのだろう。そうだ。隣の部屋から。それとも特別な電送装置だったろうか。

彼が小さな蛇を吐いたときも隣からどよめきに似た話し声が聞こえていた。笑っていたに違いない。もしかすると水道管に蛇を入れ、俺に呑ませたのも奴らなのだ。彼は鏡を見続け、それらのひとつひとつを反芻《はんすう》した。そうだ。あの眼。奴らの眼は皆同じだ。表情のない、そのくせすべてを見通すような眼。なしくずしにされてたまるものか。右頬がかすかにひきつるのを瞶《みつ》めながら彼は再び炊事場のほうに顔を向けた。

そのとき壁にかけた作業用のロープが眼にはいった。

彼は息を呑んで立ちつくした。

幾重も輪になったロープの中央に、あの眼がじっとこちらを覗っていたのだ。びりびりと軀じゅうが強張り、咽の奥がカラカラになった。眼は瞬きもしないまま次第に大きくひろがりつつあるようだった。

何か叫んだかも知れなかった。死にもの狂いでロープにとびつき、釘から束をはずして畳の上に叩《たた》きつける。その途端に眼は姿を消し、気がつくと蛇のように蜷局《とぐろ》を巻いたロープが横たわるばかりだった。

肩で息を切りながら噴き出す汗を拭おうとしたとき、彼のなかにムラムラと凶悪な衝動が湧き起こった。もう一刻も我慢できない。殺してやる。殺してやる。殺してやる。

炊事場で庖丁《ほうちょう》を手に取り、ドアを押し破るように開いて廊下に出た。薄暗いその空間にはちりちりと白濁が渦巻いているような気がした。一瞬の怯《ひる》みが彼の軀を押し留めようとしたが、奇妙な囁きが耳のそばで聞こえ、頭に血が昇って訳が分からなくなった。その声は、コロセ、コロセ、というふうに繰り返していた。

それからしんとした沈黙が来た。

すべてはその沈黙のなかで行なわれたような気がする。

恐怖に歪んだ女の顔。ひきつった男の顔。それらに向かって庖丁を振りおろし、手応えも確かにあった。真っ赤にとび散る血も数多く花開いたと記憶している。逃げ惑うのをどこまでも追いつめ、相手の軀めがけて庖丁を刺し貫き、その瞬間だけ、彼はかすかに笑った記憶があった。

それからのちの記憶はさらに曖昧《あいまい》だった。夥《おびただ》しい手が彼の腕を取り、そのままどこかに運ばれるような気がした。勝利の行軍だ。彼はずぶ濡れになるほど賞賛の声を浴びた。不思議な高揚と恍惚《こうこつ》のなかで、彼はその姿なき声を味わっていたのだと思う。

報復はかくあるべきだ。殺さなければ殺されるのだ。彼の顔を覗きこむ見知らぬ男たちにそんなことを喋《しゃべ》り続けていたかも知れなかった。そうだ。俺はこれからも殺し続けなければならない。奴らは一人残らずこの手で息の根を止めなければならない。

　気がつくと彼は白い場所にいた。意識は恐ろしいほど冴《さ》え、それまで盗まれていたものが一度に戻ってきたような感じだった。その冴えきった感覚で、彼はまだまだ奴らの手先が数多いことを悟ってもいた。油断していると再び俺は盗まれてしまうかも知れない。空中にとびかう電波に混じって、奴らはひそかな交信を取り交わしているのだから。

　彼は壁に額を押しあてながら、耳許で囁く次の指令を待ち続けた。

遠ざかる死

虫……
　虻《あぶ》・蚤《のみ》・蚕《かいこ》・蚊・蛆《うじ》・蛬《きりぎりす》・蛭《ひる》・蛾・蜂・蜹《ぶよ》・蠋《いもむし》・蜮《いさごむし》・蝗《いなご》・蝨《しらみ》・蜱《だに》・蝶・蝥《ねきりむし》・
蝓《ゆむし》・蛍・螟《ずいむし》・蟬・蟻・蠍《さそり》・蠅……
　蚯蚓《みみず》・蚍蜉《おおあり》・蚰蜒《げじげじ》・商蚷《やすで》・蜈蚣《むかで》・蚴蛻《じがばち》・蛞蝓《なめくじ》・蝼蝹《わらじむし》・蛞螻《けら》・蛣蜛《きくいむし》・蛣蟯《くそむし》・蛣蟩《ぼうふら》・
蜘蛛・蛺蝶《あげは》・負盤《あぶらむし》・蜻蛉《とんぼ》・蜉蝣《かげろう》・蛁蟟《つくつくぼうし》・馬蜩《おおぜみ》・青蜩《ひぐらし》・螗蜩《なつぜみ》・蝍蛉《しやくとりむし》・盤蝥《はんみよう》・
螇蚸《ばった》・螟蜮《いなむし》・蟋蟀《こおろぎ》・蟷螂《かまきり》・螽斯《はたおりむし》・水蠆《やご》・蠅虎《はえとりぐも》・蠨蛸《あしたかぐも》・蠐螬《すくもむし》・蟻蠓《かつおむし》・気蠜《へひりむし》・

蠹魚《しみ》……

あの虫はどれなのだろう。緋沙子はそれらの文字の上に眼を這わせた。眺めるうち、文字自体が生き物のように踊りだし、うようよと這いまわる錯覚に捉えられる。けれどもこんなことを言うと、またあの響司郎さんに嗤《わら》われるに違いない。

あの子は不思議な子だ。驚くほど勘が鋭い。人の心の奥底にあるものをたやすく読み取ってしまう。あそこに居たとき、それは苦痛だった。私は台の上に縛りつけられ、針やピンセットを使って軀じゅう調べられた。私の心はふるえる翅《はね》だ。無理矢理に押し展げられるたび、青い葉脈のような襞《ひだ》は傷ついていく。けれどもあの子にはそんな強引さはかけらもない。

「お姉さん、虫の種類を調べるのに漢和辞典を使うの？　おかしいな」

響司郎さんはそう言って、立てた膝に顔を埋めるようにして嗤ったものだ。私はその言葉の意味が分からなかった。分からないまま、おかしくて私も笑った。

「お姉さんの声は鈴だね」

響司郎さんは続けてそう言った。

緋沙子は寝室の奥まった壁を瞶《みつ》める。あの虫が蠹魚《しみ》だと言ったのは少年だった。虫が湧き出るのはその壁の周辺である。最初は天井から落ちてくるのかと思っていたが、それに関して少年は「冤罪《えんざい》だよ」という言葉を使った。虫は羽目板の細かい隙間から這い出てくるらしい。体長は一センチくらい。足はなく、白っぽい鱗《うろこ》に覆われ、びっしりと毛がはえている。糸のような長い触角を蠢《うごめ》かせてあたりをまさぐるさまは緋沙子をぞっとさせた。

「古いからね。仕方がないんだ」

けれども緋沙子はそんな言葉で納得する気になれなかった。我慢しながら掃き集めて捨てても、一週間もしないうちに何匹か姿を現わす。抛《ほう》っておけば虫の山ができるだろう。緋沙子はそろそろこの虫が何に由来するものなのか、疑念を抱きはじめていた。

その部分の壁がほかの部分より新しいのはひと目見れば分かる。入居のとき、不動産屋からはもともと隣と通じていた戸口を壁にして仕切ったものだと説明を受けた。だとするとその壁のむこうは浅川の住居のはずなのだが、そこからどうしてこのように夥《おびただ》しい虫がやってくるのか。それとも虫たちはこの壁そのもののなかから湧いてくるのか。どちらにしても首を傾《かし》げざるを得ない。

緋沙子はその壁を眺める時間が多くなっていた。あの壁のむこうは何なのだろう。廊下が続いているのか。いきなり部屋に通じるのか。それとも今は物置きのような空間になっているのだろうか。

「それは確かに興味あるところだね。まさか虫を飼っているわけじゃないだろうけど」

「何となく気味が悪いわ。あの壁のむこうに恐ろしいものがあるようで」

「恐ろしいもの？　じゃ、くれぐれも夜中の十二時頃、左肩越しに鏡を振り返らないように。この部屋はやたら鏡が多いものね」

そう言って少年は意地悪く笑った。けれどもそんなひとつひとつの素振りや仕種にも厭味《いやみ》がない。緋沙子にとってそれは信じ難いことだった。鏡。その通りだ。けれども何十もの鏡は魔を呼び出すためのものではない。私には監視者が必要なのだ。それは私をひどいめに遭わせた彼らであってはならない。彼ら以外に適格の人間がいないとすれば、私自身が監視者になるまでなのだ。けれども響司郎さんがいてくれるなら、鏡は少しずつ減らしていっていいかも知れない。これを奇蹟《きせき》と呼んではいけないのだろうか。

商店街ならいい。電車ならいい。デパートならもっといい。田舎道は駄目だ。車でなければ長いトンネルなど近づきたくもない。最初に冷汗、次に耳鳴りが来る。すべ《すべ》てがぎくしゃくとなる。私は自分自身を内側から操る術《すべ》を知らないのだ。視線を失ったとき、私はゆっくりと死に惹《ひ》きこまれるだろう。世界がその方向に傾いているからには。

嫋《たお》やかな傾斜。

緋沙子がそれを知ったのは小学生の頃だった。その頃、彼女は山陰の小都市に住んでいた。

記憶に残っているその町には落ち着いた佇《たたず》まいの旧家がひっそりと立ち並んでいて、実際はもっと狭かったのかも知れないが、少女の眼には道筋をどこまで辿っても格子の窓が途切れずに続いていた。町はどこも日陰のなかにあって、商家の土蔵の白壁すら仄暗い映像としてしか思い出すことができない。そこでの彼女の遊び相手は一人の老婆だった。

どこに棲んでいたのかは知らない。染めもしない髪を無雑作に結《ゆ》いあげ、袖口《そでぐち》のすりきれたお納戸《なんど》色の引っ張りを羽織った老婆は子供の眼にも貧しげに映った。けれども老婆の教えてくれる唄や遊びはどれもこれも少女の気持ちを惹きつけた。カサカサに乾いた皺《しわ》だらけの手で頭を撫で、老婆は彼女を「お宝《たから》、お宝」と言って可愛がった。

老婆は優しかったが、時折しんみりした表情を見せることがあった。そんなとき、彼女にたびたび「相が悪い」という言葉を告げた。意味はよく分からないが、嘆息まじりの口振りから、幼い彼女はもの恐ろしい気配を感じていた。

「おまえさんの相は地向かいと言うての、世捨て人の相じゃ。わしと同じじゃ」

そう言うと、老婆は少女を膝に乗せて話をして聞かせた。

「わしの母親はわしを産んだあと、肥立ちが悪うて死んでしもうた。わしゃそんな末に産まれた一人娘じゃったで、父様にはよう可愛がってもろうた。父様は小さな茶問屋の主《あるじ》で、律義で物静かな人じゃった。わしは小さい頃から軀が弱うて、その父様に心配ばかりかけておった。……ある日、わしは高い熱を出しての。いくら薬を呑ませても吐き出しよる。父様は医者を呼ぼうとして、大雨のなかにとび出していったそうじゃ。熱は次の日さがったんじゃが、父様は出たきり帰ってこん。足を滑らせたか、川に落ちて死んでなさった。父様は泳ぎが達者な人じゃったが、どうしたことか、その足に長い藻がびっしり絡みついておったそうじゃ。……人相見によくない相と言われたのはそのあとじゃ。お前さんのそばにおる者はみんなその相に負けて死になさる言うての。わしはそんなこと、信じられんじゃった。それを思い知ったのは油屋の家に嫁いだあとじゃ。……わしはそこで三人の子を産んだのじゃが、どうしたことか、三人が三人とも臍《へそ》の緒が首に巻きついておった。皆生き返らなんだ。わしゃ祟《たた》られとると言われ、気味悪がられて、そこを追い出されてしもうた……」

老婆の回想は何度も繰り返されたのか、彼女はそういった話をはっきり憶えている。今にして思えば、幼い彼女を気の毒がって遊んでやっていた老婆は、その実、自分自身を憐《あわ》れみ、慈《いつく》しんでいたのかも知れない。

そしてある日、いつもの屋敷趾《あと》に行くと、老婆はそこで人知れず死んでいたのである。

材木や瓦礫《がれき》が累々と転がったその空地には一段低い場所に大量の鉄条網が纏《まと》め置かれていた。老婆の屍体はそこにあった。銀色の鋭い鋼線は夥しく老婆の軀に巻きついていた。恐らく誤って上から落ちこみ、必死で抜け出そうとしたのだろう。着物は鉤《かぎ》裂《ざ》きだらけで、顔や咽から手足に至るまで深い傷が幾条も残っていた。踠《もが》けば踠くほどますますきつく絡みついたに違いない。苦悶《くもん》に満ちたその死顔を彼女はいつまでたっても忘れることができなかった。

それからあとのことはフィルムが切れたように思い出すことができない。大きく歪んだ口からいくつか覗いた金歯が輝いているさまは眠りの底から何度でも蘇《よみがえ》り、幼い彼女を脅かした。

そのような死は彼女のそばにいつも寄り添っているのだ。緋沙子はその頃から物言わぬ子になった。彼女もまた産後すぐに母を亡くしている。父を喪《うしな》ったのはその町を離れる少し前だった。

同じ。何もかも同じ。世界は死に向かって傾いている。傾いているのは彼女のほうだとしても、結局は同じことなのだ。

少年はそういうことに話が及びかけたとき、「この家は幽霊屋敷だね」と話題をすり換えた。

「幽霊屋敷？　響司郎さん、幽霊を見たことがあるの」

「幽霊そのものが出なくても、住む者の性格を知らず知らずねじ曲げていくような建物ってあると思うな。例えば天井の木目だとか、壁のしみ、柱や長押《なげし》の釣りあい……そんな微妙な要素がそこに住む人の心に少しずつ影響を与えるというのは考えられることでしょう。そしてたまたまそれらの要素がすべて悪い方向に働いてしまうような、そんな建物があってもちっとも不思議じゃない」

無論、少年はそういう建物であれば幽霊が出てもおかしくないという意味を含ませていたのだろう。けれども彼女が勢いこんで幽霊を見たのかと訊《き》き返したのには別の理由があった。そしてそれだからこそ、彼女はその理由を話すのが躊《ため》われた。

不吉な気配は最初からこの建物につき纏っていたが、あるとき彼女はその何物かを見てしまったのだ。

夜更けに読書をしていたときだった。しんと静まり返ったなかで、突然恐ろしい声が響き渡った。

「誰だッ！」

びくっと躯を顫《ふる》わせるのと、窓のすぐ外でガサガサと物音がするのと同時だった。気配は慌《あわただ》しい靴音となって逃げていった。が、緋沙子は一瞬、下半分を曇らせた窓ガラスにそいつの影を捉えたのだ。曇った部分にすり寄せられた鼻。それ以外の顔の部分は淡い膚色にぼやけている。緋沙子にはそれが蠟《ろう》人形の顔のように思えた。

今にも破れそうな心臓の鼓動を抑えて窓をあけてみた。そこは人ひとりやっと通れるほどの細長い通路で、すぐ前に朽ちた木塀が連なっている。そのむこうは崖だ。崖の下の窓のない二階屋に遮られて、あたりは真暗な闇に包まれていた。左手は表の坂道に通じている。先程の蠟面の主はそちらに逃走したに違いない。

「一色さん、一色さん」

そう呼ぶ声で緋沙子は右に振り向いた。パジャマ姿の浅川が窓から身を乗り出している。叫んだのは自分だと彼は言った。

「誰かがお宅の窓から覗きこんでいたのですよ。暗くてどんな奴だか分かりませんで

した が……」

浅川は「気をつけたほうがいいですよ」とつけ加えた。緋沙子は礼を述べ、首をひっこめたが、胸の鼓動は鳴りやまなかった。

しかしその体験は別の意味で不思議だった。

その恐怖を感じているあいだだけ、奇妙なことだが、緋沙子から死への傾斜が全く遠ざかっていたのである。

無縁な刻印

彼はよく夢を見る。

暗い。

薄闇がどこまでも続いている。

軀が大きく揺れている。ゆらり、ゆらり。どんなに長いブランコよりもその周期はながい。そんななかで彼は自分の正体も見失っている。

遠くからかすかな物音が聞こえはじめる。洞穴《ほらあな》のなかを風が吹き抜けるような音だ。人の声もまじっている。次第に近づくと、それが怒号であることが分かった。遥《はる》か彼方からそれは恐ろしい速さで迫った。

助けを求める声。指図する声。罵《のの》りあう声。そして意味不明の声、声、声。揺蕩《ようとう》とは別の震動が伝わり、それは地響きとなって彼を襲った。

嵐だ。

ガラガラと何物かの崩れ落ちる音。押し寄せる鉄砲水。暴風はごうごうと渦を巻き、悲鳴を呑みこんで轟《とどろ》いた。揺蕩が激しくなり、地鳴りと相俟《あいま》って、彼は横倒しに打ちのめされた。

床を踏み鳴らす音。人びとが逃げ惑っている。その上に水が雪崩《なだ》れ落ちる。右に左に蜘蛛《くも》の子を散らすように走りまわる人びとは、しかし既に目的を失っていた。倒れた者は踏みつけにされ、血の匂いが周囲に立ちこめた。

けれどもそれは潮の匂いだったのかも知れない。奔騰するのは海水だったのだ。凄《すさま》じい勢いで嵐は荒れ狂い、船もろともに呑みこもうとしているのだ。

点滅する赤い光。不意にそれが遠のく。サーチライトが宙を舞っている。照らし出された人びとは螺旋《らせん》階段のあたりで団子のように犇《ひしめ》き、芋虫の塊《かたま》りめいて見えた。ガシャンという音とともにそれも全く闇に落ちると、彼の軀は人の流れに攫《さら》われた。耳許で狂ったように霧笛が吼《ほ》え、彼の耳を劈《つんざ》こうとする。揉《も》み苦茶《くちゃ》にされながら手に触れた鉄柵に縋《すが》りつき、彼はそれを頼りに倒されぬよう進んだ。

気がつくと腰までの水。彼は濡《ぬ》れ鼠《ねずみ》だった。どこへ行くの。どこまで行ったらいいの。その叫びは声になったかどうか分からない。船は激しく傾《かし》ぎ、重心を失い、不意に外へ押し出されたと思った途端、空と海は逆さに眼の前に展がった。途轍もなく暗い海。彼は眼の前で人びとが豚のように溺《おぼ》れていくのを見た。巨大な真黒い渦はその人びとを次々と引きずりこんでいった。彼は投げ出され、引きずりまわされ、滑り台のように傾いた甲板から彼らと同じように海のただなかに叩き落とされた。したたかに水を飲み、虚しく鳴り響く霧笛を水底の無音《しじま》と交互に聞きながら、彼は深い闇に沈みこんでいく恐怖に戦《おのの》いていた。

死ぬのか。このまま死んでしまうのか。

ふと力強いものが彼を海中から引きずりあげた。救命ボートだった。激しく水を吐きながら彼は斜めに傾いだ沈みゆく船体を見た。うねる高波がその甲板を舐《な》めている。強風に白い靄《もや》が吹きあがり、船べりに強くしがみつかねばならなかった。ドス黒くうねりを繰り返す波間には白いものがうようよと漂っていて、それが溺れる人びとの姿だった。

両親や姉はどこへ行ったのだろう。

そう気がついて見まわしても、周囲には黒い見知らぬ人影しかなかった。彼はびしょ濡れのままその光景を瞶《みつ》め続けた。脣は震えて声にならない。嵐の咆哮《ほうこう》だけが耳の底に生き残った。幼い彼はただ永遠とも思える時間のなかでその光景を瞶め続けるほかなかったのだった。

…………

彼はその夢を何度繰り返し見ただろう。十歳のときの体験は決して色褪《いろあ》せようとせず、そこだけ切り抜いたように夢のなかに蘇《よみがえ》った。

自分もそのとき死んだのだ。彼がそういう想いに取りつかれたのは随分あとのことだったにせよ、そのとき何もかも喪《うしな》ったのは確かなことなのだ。

その海難事故は昭和三十二年九月十九日、九州の玄界灘《なだ》で起こった。長崎から博多を経由して神戸に至る予定の客船、第三いすゞ丸が出航してまもなく台風十号の暴風圏内にはいり、転覆。乗客中六十七人が溺死《できし》したのである。

不幸な要因は惨劇が常にそうであるように数多く重なっていた。何より、決して迷走型とは見えなかった台風の進路が突如直角に急変するなどとは誰にも予想できなかったのだった。さほどでもなかった風は出航時には殆《ほとん》ど治まり、夜空は次第に晴れ渡っていくかと見えた。しかし進路を変えた台風はそのとき凄じい速度で暴走しはじめたのである。異変が明らかになったときは既に手遅れだった。かくしていすゞ丸は出航し、強風と高波により横転、沈没した。情況が似ていたため、それは第二の洞爺《とうや》丸事故と呼ばれた。

今となっては遠い過去の出来事である。

家族を喪った彼はその後施設に預けられることとなった。母方の姻戚《いんせき》がしぶしぶ身柄をひきとったのはその四年もあとのことだった。高校を卒業すると、その家からと び出るように上京し、様ざまな職業を転々とした。そのうちに得た知己の何人かと組み、経営コンサルタントのような事務所を開いてからもう十年になる。でっちあげ同然にはじめた仕事だったが、結構順調に波に乗り、今では遊んでいても生活に困らないだけの収入は得られるようになった。しかしそうなればなったで、彼の空白はいよいよぽっかりと口を展げていった。

かと言って、彼はその出来事なり自らの宿命なりを呪う気持ちにはなれなかった。何度自分自身を顧《かえりみ》ても、不思議なほど特定の感慨はない。責任の所在などに何の意味があるのか、彼は殆ど理解すらできなかった。一部ジャーナリズムに取りあげられたように、利益優先の企業体質が安全への配慮を怠《おこた》らせたにせよ、そんなことは彼にとって最早無縁な事柄としか思えなかったのだ。すべてはそれがそうあるようにある。たびたびそのときの情景が夢のなかに滑りこむのは、だから単なる刻印であって、それ以外のものではあり得ない。彼のなかにあるのは世界を押し包んでいるのと全く均質な、冷えびえとした空漠《くうばく》でしかなかった。

その彼のところに、ある日、テレビ局から取材の申し入れがあった。いすゞ丸事故の特集番組のため、生存者としての証言を求められたのである。彼はそれを丁重に断った。番組が放映されたのはそれから三ヵ月ほどのちだった。

番組の焦点のひとつは、やはり企業の体質が判断を誤らせたのではないかというところにあった。しかしこれといった新たな事実が出てくるわけでもなく、結局のところ、その視点は曖昧なものとなっていた。むしろ印象としては偶然の重なりによる不幸な事故という感だけがあとに残った。

証言者として何人かがインタビューに答えていた。救出された者、死者の肉親、屍体を引きあげた者、気象庁の係官など、皆一様に沈鬱《ちんうつ》な面持ちを見せていた。殊に直接気象情報の通告にあたった係官は何度も涙で言葉をつまらせ、その苦悶は痛いほど見る者の胸に迫った。

そのなかにあって、元二等機関士という男の証言はいささか趣《おもむ》きを異にしていた。胡麻塩《ごましお》頭の、浅黒い膚に皺の目立つその男は、船と運命を共にした船長の人間像について滔々《とうとう》と語った。

……船長は立派な方でした。人格者でした。他人の面倒見もいい、ハッキリすべきところはハッキリさせる、男らしい方でした。特別ワンマンだったわけではありません。決断力に優れたところを指してそんなことを言う人もいますが、決してそんなことはありませんでした。情況判断はいつも正確でした。船長が出航の決定を下したのは、ですからよっぽど万分の一の不運に魅入られたのだとしか思えません。普通なら船長の決断は間違っていなかったはずです。現に台風の進路があれほど急に変わるなんて、気象庁の方ですら予想できなかったではありませんか。ええ。そうですとも。……

男はそういったことを聴き取り難い九州訛《なまり》で語った。男のなかで船長という人物は一種の英雄と言っていい存在であるらしかった。

男はそののち、転覆から自分が救助されるまでの経緯を詳しく語った。殊に沈みゆく船に残った船長が横倒しの操舵室から荒れ狂う空をじっと瞶《みつ》めていたという件《くだり》など、まるで小説の一場面さながらだった。

番組を見ている最中、彼はふと注意を引き戻された。大きな人声が聞こえたのだ。その言葉の内容もそのときははっきりと聴き取れた。

そこに巧みな罠《わな》があったような気がする。ここ最近に張られた伏線とともに。誰の手による謀《たくら》みかは知れぬにせよ、彼の嗅いだ香りは確かに一抹の甘さをも含んでいた。

ながい滞在

満ち足りた眠りの五線譜に突如不協和音がとびこんだ。彼女は朧《おぼろ》げに意識を取り戻した。眠りがもう少し深ければ気づかなかったに違いない。闇のなかからかすかに伝わってくる軋《きし》み。それを悟ると急速に意識は冴えた。しとしとと雨が降っていた。

静かに首を浮かせ、耳を欹《そばだ》てる。ガラス障子に廊下へと射《さ》しこむ明かりが淡くぼやけて滲《にじ》んでいる。突きあたりの窓に映る誘蛾《ゆうが》灯の光だった。そっと枕元の窓を振り返ると、しめきったレースのカーテンに暗い雨空がそのまま貼りついていた。

音はそのどちらでもなく、ドアを隔てた隣の部屋から聞こえていた。畳を踏む気配。そして抽斗《ひきだし》をあけしめする弱々しいオルガンのような音。何者かが箪笥《たんす》のなかを探っているのだ。彼女は眼を瞠《みは》ったまま凍りついた。思わず吸いこむ息がヒュウと音をたてそうになって、必死でそれを押し留めた。

泥棒だ。へたに声を挙げれば、どんな危害を加えられるかも知れない。彼女はゆっくり頭をおろし、じりじりと軀を縮めて、蒲団のなかにもぐりこんだ。

階下には女中がいる。しかしこのことを報せる手立てはなかった。警察にもそうだ。受話器を取った瞬間、曲者《くせもの》はその音を聞きつけてしまうだろう。刃物くらいは持っているかも知れないのだ。彼女はドキドキと光るそれを思い描いて、何度も背筋に冷たいものが走るのを感じた。

軀が自然に震えてくる。これも衣ずれの音となって聞こえそうな気がした。死にもの狂いで身を固くし、それを怺《こら》えようとすると、今度は歯の根があわなくなった。嚙みしめる上下の奥歯がカチカチと鳴り、どうしても止めることができない。彼女はますます首を蒲団のなかに縮めた。

眼をつむっていても恐怖は増すばかりなので、そっと瞼《まぶた》を開いてみる。墨を流したような寝室はわずかな空気のそよぎもない。蒲団の隙間から覗くと、隣の部屋のドアがようやくそれと分かるほどぼんやりと覗《うかが》われた。そこに鍵はかかっていない。

どれほど前から賊はそこにいたのだろう。その部屋の簞笥には現金のほかに通帳と印鑑もしまってある。慣れた眼にはそれを捜し出すことなど造作もない仕事だろう。

そしたら満足して帰るに違いない。それまでひとときの辛抱だ。まさかこちらの部屋に来ることはあるまい。金さえ手にはいれば用事はないはずだから。……

音はしばらくのあいだ途絶えていた。じっと周囲の気配を覗っているのかも知れない。彼女は吸いつけられるようにドアを瞶《みつ》めながら息を殺した。壁一枚を隔てて賊と気配を覗いあっているという意識は彼女の胸をいよいよ硬く痺《しび》れさせた。

余程たってから、再びミシリと畳を踏む音が聞こえた。じんじんと顳顬《こめかみ》が痛くなる。まさかこちらの部屋には来るまい。いや、ひょっとしてもっと欲の深いことを考えているとしたら。……

しかしミシミシという跫音《あしおと》はそのままドアのあたりを通り過ぎ、ふと止まったかと思うと、スルスルと障子を滑らせる音に変わった。それもコトンというかすかな響きとともにやみ、再びしばしの沈黙が割りこんだあと、跫音は廊下をゆっくり遠ざかっていった。

跫音が聞こえなくなってしまうと、あとには怖ろしいばかりの静寂だけが残った。

彼女はそれでも身動きひとつしなかった。賊が立ち去る前に騒ぐわけにはいかない。不思議なことに、音の途絶えたあとのほうが胸の鼓動も弥増《いやま》してくる。そうして彼女は長い長い息苦しい時間、待ち続けた。

十分以上たって依然何の気配もなく、流石《さすが》にもう大丈夫だろうと思うと、不意に堰《せき》を突き破ったように彼女の口から凄じい悲鳴が迸《ほとばし》り出た。彼女は狂ったように女中を呼びつけた。

ややあって、慌てて中年の女中が駆けつけて来た。寝乱れた髪と脹《は》れあがった眼を見れば、今の今までぐっすりと眠っていたのが分かる。

「どうなすったんですか」

息を切らせて尋ねる女に、彼女はぶるぶると軀を震わせながら、

「泥棒よ。泥棒が忍びこんでたの！……そっちの部屋。すぐ箪笥を調べて。お金がなくなってるかどうか！」

金切声で叫ぶと、女も眼を剝《む》いて、怯《おび》えるように軀を竦《すく》めた。もう家から出ていったと教えると、ようやく女はおっかなびっくりドアをあけて、隣の部屋に姿を消した。

柱時計を見ると一時を過ぎていた。彼女は蒲団の上に上体だけ起こしたまま結果を待った。あちこちの抽斗《ひきだし》をあける音。ガサガサとなかを掻きまわし、それが急にぱたりとやむと、不意にしんと静まり返った。

戻ってきた女の顔は、どうしたことか、気の抜けたような怪訝《けげん》な表情を見せてい

た。

「お金、ちゃんとありますよ。通帳も、印鑑も」

今度は彼女が驚く番だった。

「何かほかに盗《と》られたものはない？」

「別に何もなくなってないみたいですけど。抽斗のなかはきれいなままですし……」

彼女は二の句が継げなかった。どういうことなのだろう。頭のなかがくらくらとまわって、両掌で顳顬《こめかみ》を押さえつけた。

「……物盗りじゃなかったの。じゃあ一体何だったのかしら……」

彼女はドアのところに所在なく立ちつくしている女中を眺めた。女の表情には迷惑そうな色がかすかに混じり、それは夢でも見ていたのではないかという疑いを暗黙のうちに示していた。

「確かなのよ。抽斗をあける音もしたし、跫音もしたし、障子をしめて廊下をあっちのほうに歩いていったわ。十分くらい前よ」

「警察に報せましょうか」

「もっとよく調べてみて。ほかのところも。何かなくなっていれば報せましょう」

彼女がそうさせたのは狐につままれた想いからだった。怪しい者が忍びこんでいたこと自体は夢でも錯覚でもなかったが、すぐに警察に通報する気にはなれなかったのだ。

しかし小一時間かけて女中が調べまわったが、紛失したものは見あたらずに終わった。

「忍びこもうと思えば、お台所の窓が鍵をかけてませんからあそこでしょうけど……」

「そう」

結果を聞かされて、彼女はしばらく首を傾げるほかなかった。

「まあ、お金がなくなってないのならいいでしょう。でも、今日からお台所の窓もきちんと鍵をかけることにします。ほかの場所も戸締りに気をつけて下さいね」

「承知しました」

女はやれやれという面持ちで引きさがった。あとには再び森閑とした夜の帳《とばり》だけが残った。

奇妙な出来事だった。普段なら人一倍退屈な彼女の日常で、その問題はしばしば蘇《よみがえ》って頭を悩ませたに違いない。しかし今度の場合、彼女はそれに長く拘《かかずら》うわけにいかなかった。それと言うのも、明方近くなって、もっと差し迫った重大な報せがはいったからである。

そのため何日かのあいだ、そのことは彼女の頭から離れていた。

ようやく落ち着いたある日、彼女のもとに来客があった。彼女は月に二回、その青年に唄を教えていた。青年はすぐ裏に住んでおり、興味があるから習いたいということではじまった、全く個人的なレッスンだった。

ひと通り稽古《けいこ》がすんで雑談になったとき、青年はふとこんなことを口にのぼらせた。

「いや、そんな気配もないので安心したんですけど、実は僕、こちらに泥棒でもはいったんじゃないかと気を揉んでいたんです」

彼女は吃驚《びっくり》してその訳を訊いた。

「遅くまでレポートを書いていた夜です。ふと窓際に立ったとき、お宅の庭にちらっと人影が見えたんですよ。恰度《ちょうど》十二時十分でした。こんな夜遅く、変だなと思ったんですけど、そのときはあまり気にとめませんでした。ええ、庭をずうっと通って、お勝手のほうの暗紛《くらまぎ》れに見えなくなって……。あとになって、もしかすると泥棒が忍びこもうとしてたんじゃないかと思うと、だんだん心配になってきたんです」

彼女は返す言葉が見つからなかったが、それを表情には出さなかった。しかし、

「あれは先週の水曜ですから、十二日の夜でしたね」

続けて出た青年の言葉には眉《まゆ》を顰《ひそ》めざるを得なかった。なぜならあの奇妙な出来事があったのは十三日の夜だったからである。

「十二日？　それ、違ってやしませんか」

「いいえ、間違いありませんよ。ラジオ番組を聞いていましたから。曜日によってパーソナリティーが別なんです」

自信たっぷりに青年は答えた。

彼女は再び頭のなかがくらくらとまわった。日付が喰い違っている。どういうことなのだろう。彼が家に忍びこむ人影を目撃したのは十二日、その侵入者が実際私のそばに姿を現わしたのは十三日。

庭から部屋に辿り着くまで一日かかったなんて、そんな莫迦《ばか》なことがあるだろうか。

彼女は顳顬に掌をやったまま凍りつく恐怖を味わっていた。様子のおかしい彼女を見て、青年はふと心配な顔になって、

「やっぱり、何か大事なものでも――」

上眼遣いに尋ねかけた。

一部

厄介な建物

ヘェ……

ヘエ、そうなんで。

この家、手直しするってなァ、そりゃ大変《てえへん》なんです。それにねェ。

今やってるなァ上ッ面《ツラ》だけの修繕でしょう。そんなの、いくらやったって、きりがありませんや。もとが古いんですから。そうは言うんですがね。イヤ、なかなか聞いちャもらえません。漏りなんてなァ、もう初《しょ》ッ中《ちゅう》でさァ。いつもその場繕い。おまけにここァ大田区、大家の辻井さんとこァ世田谷で、あのとおり動けねェと来てるから、どこをどうって話もまだるっこしくってねェ。

あ、こりゃ、お茶を。ヘェ、どうも有難うございます。……

イヤ、ここを建てたなァ、あたしの棟領《かしら》なんですよ。えェ、あたしも今ァこの齢ですがね、そン頃ァまだ二十歳《はたち》前《めえ》でさァ。ですから造り自体ァしっかりしてるン。柱なんかずいぶん太く採《と》ってあって。あン人《しと》ァ腕は良かったですからね。ほれ、こン先ィ福多屋って大きな料亭があるでしょう。あすこも棟領《かしら》の仕事なんです。あれだって実に細かく気ィ使って、しっかり造ってありまさァ。今、同じもの建てようったって、なかなかそりゃ馬鹿ンなりませんや。ただ、何てんですか、あン人《しと》にはこう、完全主義みてえなとこがあって、それが逆に欠点にもなってるんです。ヘェ、頑丈に造りすぎてるン。

そもそもこういった建物ァ、あんまり完全に造っちまうといけねェんで。いつか、どっかが具合悪くなるんですから、あとで手直しできるようにしとかねェと。それを頭に入れねエで、あんまりしっかり造ってあるもんですから、一処《しととこ》修繕するっ言《つ》っても大変《てえへん》なんですよ。

まァしかし、土台から建て直すなァ、今じゃ建築法とかで六借《むつか》しいでしょうね。何せ、こンだけ建物と建物がくっついてますからねェ。結局ンとこ、建て直すのもおいそれたァいかず、修繕するにもやりにくいっ言《つ》う、まァ厄介《やっけえ》な家なんで、本当《ンと》に。その手に負えねェ修繕のたンびに、あたしがこうやって駆《か》り出される。……ヘェ、棟領《かしら》ですか。そりゃ、もうずいぶん前《めえ》に逝《い》っちまってまさァ。あたしが七十ですからね。そう言やァ、あたしが棟領《かしら》ン下ィ従《つ》いたなァ、ここン仕事をするちょいと前《めえ》でしたから、あたしにとっちゃ初仕事だったわけです。震災のあと。昭和の元年でしたっけ。あとァちょいちょい、ここィ駆り出されるって寸法で。

……ヘェ、これァどうもご馳走《ちそう》さま。

本当言ゃァ、あたしァ早いとこ隠居でもしちまいたいんですがね。この家のお陰でなかなかそうもさして貰えませんや。辻井さんから連絡来るたンびに、アリャまたかってな具合ですよ。棟領《かしら》もちっと仕事しすぎて寿命を縮めましたからねェ。そう……二十五年前《めえ》ですか。あたしも恰度《ちょうど》そン頃、軀の具合悪くして、二、三年っくらい寝込んでましたね。胆石でさァ。ヘェ、もうお陰さまでこの通り……。

消えた血液

柱時計が鳴っておりました。私はそれで眼が醒めたのです。肘《ひじ》が蒲団からはみ出して寒かったので、私はモソモソと軀をまるめ、再び眠りにはいろうとしました。

ひとつ。ふたつ。……

時計の音はふたつまで数えたところで鳴りやみました。それ以前にいくつ鳴ったのか憶えていないので、正確な時刻は分かりません。二時なのか、三時なのか、四時なのか、ひょっとすると十二時かも知れない。

そっと薄眼をあけてみます。天井には青いどんよりとした闇が貼りついていて、深夜であることには間違いありません。枕側の窓の外からはバタバタと小豆《あずき》をこぼすような雨の音です。

人通りの音、車の音などは全くありません。ただ雨の音ばかりです。けれどもそれは単調なものではない。朽ちた木塀に落ちる音、屋根の上に弾ける音、樋《とい》を伝って流れる音、そして地面に降り砕ける音。みんな少しずつ音色が違って、私を包むのはそれらの寄り集まった交響楽なのです。

私はそのひとつひとつの情景を具《つぶさ》に頭に描いていました。窓から塀までは猫の額ほどの間隔もなく、塀の先はすぐに地面が切れて、三メートルほどの段になっています。やはりその崖っぷちに寄りそうように建っている隣家の二階が、恰度《ちょうど》こちらの建物の一階に相当しているようです。と言っても、こちらに面しては窓はひとつもありません。あちらも古い木造で、その間隔は一メートル半くらいのものでしょうか。

その狭い地面に雨は泥水となって流れているでしょう。爪草《つめくさ》や庭石菖《にわぜきしょう》の上にも雨は冷たく降り続けているに違いない。ああ、私、庭いじりが好きなもので、植物の名称は割に詳しいほうなのです。ここを借りたのも庭つきなのが気にいったので……。

元来私は一度何かの拍子で眼が醒めるとなかなか寝就《ねつ》かれない質《たち》なのです。そのときもそうやってぼんやりと雨の音に耳を傾けながら、心をからっぽにすることに努めておりました。

そのとき、ふと二階からミシミシという音が聞こえて参りました。ええ、空耳ではなかったと思います。この建物は古い木造ですので、二階やお隣の物音は割によく響くのです。どこから?……そうですね。真上ではなかったような気もしますが、確かなことは言えません。しかも音といっても、ほんのわずかのあいだでした。建物のなかはすぐにもとの静寂に戻って、何の気配もありませんでした。

水を流す音も聞こえてこないからには、誰かがトイレに立ったわけでもなさそうです。深夜の帰宅だったのでしょうか。共同玄関をあけしめする音まではここから聞こえないものですから。私は漠然とそう考えておりました。

再び、雨の音だけ。

膚寒《はだざむ》いときに蒲団にくるまっているというのが私は好きです。寒ければ寒いだけ蒲団のぬくもりがたまらない。じっとしていると、何だか遠い祖先、私たちがまだ軀じゅう毛皮に被われていた頃の冬眠の感覚が思い出されてくるような、そんな気がして参ります。眠りというのは人間が最も原始的な状態に戻っている時間だと申しますが、そのためでしょうか、ぬくぬくとした夜具はあの頃の感覚への願望から来ているように思えてなりません。

私はそのぬくもりで、ようやくウトウトとしかけたようでした。

そのとき、雨の音にちょっとした異変が起こったのです。いや、異変というのは大《お》袈《げ》裟《さ》ですね。変化が加わったのです。しかもそれは雨の音ではありませんでした。二、三秒の間隔を置いて、ポタッ、ポタッと続く、屋外の雨だれとは違った、やけにはっきりした音でした。

水の落ちる音には違いありません。しかし板やセメントの上に落ちる音ではない。

——そうだ。畳だ！　私は直感的にそう思って、闇のなかに身を起こしました。

音は確かに窓とは逆方向の、襖で仕切られた六畳間から聞こえてくるのです。

またか。

私はそう考えてウンザリしました。またかというのは、去年から今年にかけてもう三度、天井から水が漏ったからなのです。しかもそれは雨漏りなんかではありません。トイレからあふれた水なのです。

詳しく申しますと、三階のトイレの水槽の故障で、そこから水があふれ出すのです。最初は昨年の六月でした。六畳間の畳はもう水びたしで、おまけに運悪くスーツを置きっぱなしにしたまま外出していたそのあいだの出来事ですから、戻って参りましたときにはまあ本当に吃驚《びっくり》しました。

私は最初、真上の梅本さんのところからだと思ったのです。ところが実際は三階の小野田さんのトイレからだというではありませんか。しかも二階では梅本さんと今の江島さんの部屋の壁を少し濡らしただけで、実質上の被害は皆私のところに来てしまったのです。

水槽の水と言っても、便器にも当然流れこんだわけですし、その上天井裏や壁の隙間などを伝って流れてきた、真黄色の穢《きた》ない水ですよ。畳も衣服も二度と使いものにはなりません。畳は大家さんが替えてくれ、衣服などの弁償の問題もどうにか片づいたかと思ったところ、ひと月もしないうちに二度目の水漏れです。これまた外出中の出来事で、今度は畳だけでしたが、いやはや参りました。その畳は再び大家さんに替えて戴《いただ》けましたが。……

三度目は今年になってからでした。このときばかりは在宅していたのですが、水漏れはほんのわずかで、コップ一杯分もなかったでしょう。すぐに階上に駆けあがったのですが、不思議なことに、このときは水の出処《でどころ》は分かりませんでした。どなたも心あたりがないと仰言《おっしゃ》るのです。大家さんも、三階のトイレは二回目の事故のあと、きちんと修理したからもう漏れるはずはないと仰言るし、結局どこから出た水なのか分からないまま終わってしまいました。

話が長くなりましたが、そういうことがあったものですから、そのときも、あ、まただな、と思ったような次第なのです。

とまれ、私は仕方なく蒲団から出て立ちあがりました。私の寝ていた八畳間は先程も申しました通り、青いどんよりとした闇に包まれ、じめじめとした何とも厭な感じの膚寒さが流れこんでおりました。

音は間違いなく襖のむこうの六畳間から聞こえて参ります。私はその襖に近づき、両側にあけ放ちました。さらに真っ暗な部屋のなかに、ポタッ、ポタッという音は大きく響いております。間違いありません。私は電気を点《つ》けようと、闇のなかでその紐《ひも》をまさぐりました。

やっと紐を捜しあて、それをひっぱり……ああ、私はそのときほど驚いたことはありませんでした。蛍光灯の光に照らし出されたそれ——青い畳の上にポタポタと滴り落ちていたのは、何と、真っ赤な血だったのですから。

　少しずつ、少しずつ拡がっていく血溜《ちだま》りを吸いつけられるように瞶《みつ》めながら、私は痺れたように身動きできませんでした。

　鼠や猫の血ではありません。いえ、断言はできませんが、もしそうだったとすると、それなりの気配はあったはずです。けれどもこんなことはあとになってから言えることでして、当座の私はただ闇雲《やみくも》に人間の血、それもここまで伝わってくるからにはかなり大量の血液だと信じこんでいたのです。でも、それも無理からぬことだとは思われませんか。突然自分の部屋の天井から血が滴り落ちてくる、その気味悪さ、怖ろしさ。……私は徐々に拡がっていくその血溜りがまるで自分に降りかかる不吉な悪意そのもののように思えて、声もなく立ち竦《すく》んでおりました。

　そっと眼をあげますと、長い年月で両端の反りあがってしまった羽目板はあちこち黒いしみだらけです。そしてその天井の、中央からやや縁側よりの一部に、酔仙翁《すいせんのう》の花ほどの大きさに血が拡がっておりました。いえ、光線の具合でなのかは分かりませんが、私は最初、それが本当に花ではないかと思えたくらいですから。

　こんなことを申しますと笑われるかも知れませんが、私はそのとき、ありありと階上の屍体を幻視しておりました。糸の切れたマリオネットのように不恰好《ぶかっこう》に手足を投げ出した屍体。首は異様に捩《ねじ》れ、その顔だけが見て取れない。けれどその胸からはドクドクと血が流れ、それは人間の体内にこれほど蓄えられていたのかと疑うほどの量なのです。

私はどれほどのあいだ、そうやって痴呆《ちほう》のように立ちつくしていたのでしょうか。気がつくと柱時計の時を刻む音が私の鼓動と歩調をあわせるようにシャクシャクと鳴り続けております。私は文字盤に眼をやり、二時十一分であるのを確かめました。なぜかそこにも奇妙な暗合があるような気がして、はっと我に還ると同時に、血の出処を確かめなければという想いがワーッと頭のなかで破裂したようでした。

ご存知の通り、私の住いと他の方がたの部屋とは、同じ建物内にありながら出入口が別々です。私は八畳間とは逆方向の障子をあけ、そのすぐ先のガラス戸をあけ、転がるように外に出ました。正面は五メートルもあるセメントで固めた崖で、そこは左右にのびる細長い通路なのです。左に折れると風呂の焚罐《たきがま》や炊事場に通じ、右に折れるとその先には表に出られるドアがある。ええ、勿論私は右手に折れて駆け出しました。一旦表の通りに出ないと階上の部屋には行けないのですから。

足に何をつっかけたのかなぞ憶えておりません。ただ夢中でした。雨は勢いを増していて、真っ暗な通路は処どころ深い水溜りになり、私の足はたちまちズブ濡《ぬ》れになりました。ドアを抜けて坂道にとび出すと、コンクリート舗装の上を流れる雨水に遠い街灯がゆらゆらと滲《にじ》んでいます。家並も木立ちも黒く沈みこんで、私には巨大な生き物が息をひそめて蹲《うずくま》っているように思えました。

他の部屋べやへの共同玄関にとびこみ、階段を駆けあがって、私はまず真上の梅本さんのドアを叩きました。ええ、大声で呼びながらです。人の迷惑も何もあったものではありませんからね。

廊下の照明は二十ワットほどで、しかもずいぶん古くなっているので、ひどく薄暗いのです。その赤茶けた光に濡らされた白壁や床板は私の不安をいよいよつのらせました。夜中の二時過ぎですから、当然深い眠りのなかだったでしょう、梅本さんが顔を出されるまでにはかなり時間がかかったように思います。もっとも、焦《あせ》る私の気持ちがその時間を必要以上に長く感じさせたのも事実でしょうね。私があまり大声で戸を叩きつけるものですから、ほかの部屋の方がたも起きだしたのか、ゴソゴソと気配が感じられました。

たっぷり五分もたったかと思う頃、ようやく梅本さんが顔を出されました。黒い顎《あご》鬚《ひげ》を蓄えた梅本さんは眠そうな眼をそれでもいっぱいに開き、何事かという顔でこちらをしげしげと眺めて、ようやく私だと認めたていでした。

まわらぬ舌でもどかしく、下の部屋の天井から血が滴っていることを伝えますと、梅本さんは眉を顰めるようにじっと見返していましたが、急ににやりと笑って、「それはうちじゃありませんよ」と言われました。確かですか、ええ、という押し問答を繰り返しているうち、三階の小野田さんが階段から降りて来られました。何の騒ぎだという問いに、梅本さんが私に代わって血の落ちてきたことを伝えると、小野田さんは唇を捩《ねじま》曲げるようにして、「それ、何の皮肉でっか」と、ええ、そんなふうに仰言いました。忘れません。

そうこうしているうちに江島さんも顔をお出しになります。そしてやはり心あたりはないと仰言られる。つまり前回の水漏れのときと全く同じなのです。私は訳が分からなくなりました。この三人のお部屋以外には、まず血の出処は考えられない。しかもその三人は自分のところではないと否定する。だとすれば、私の幻視した屍体は一体どこに存在しているのでしょうか。

私は赤茶けた光に濡れた三人の顔をぐるりと見まわして、何だか背筋にひやりとしたものを感じました。でっぷりと肥《ふと》った偉丈夫の小野田さん。その逆に小柄で痩《や》せた江島さん。そして眼つきの鋭い、鬚《ひげ》の梅本さん。このうちの一人は嘘をついていなければならないのです。もしかすると部屋のなかに血みどろの屍体を放置したまま、こうやってぬけぬけと白ばっくれているのではないかと、私はそう疑わざるを得ませんでした。

ですからそのときの私の顔には、さぞありありと猜疑《さいぎ》の表情が浮かんでいたでしょう。それに反して三人の表情からはどうしてもそのような気配を覘《うかが》うことができませんでした。

「あほらし。おおかた天井裏に死んだ鼠でもおるんと違いまっか」

小野田さんはそう決めつけるように仰言って、もうそそくさと階段を登っていきます。梅本さんも眠そうな欠伸《あくび》を嚙み殺しながら、それじゃ、というふうにドアをしめてしまう。江島さんだけがしばらくバツの悪い沈黙を挟んで立っていましたが、ようやくか細い声で、

「その血というのを見せて戴けますか。ひょっとしたら何かとんでもないことかも知れませんからね」

と、いかにも内気そうにぽつぽつと仰言るのです。私は是非ともと、喜んで承知しました。

私たちはそして階段を降りかけたのですが、そのとき背後に何か刺すようなものを感じたのです。振り返って、私はゾッとしました。二階にはもうひと部屋、御原響司

郎というまだ十四、五の少年が住んでいるのですが、その少年が廊下の角から軀を半分覗かせるようにして、じっとこちらを覗っているのです。濡れたような長い髪が青白い頬のあたりまで垂れて、何だか私の幻視した屍体がそのまま起きあがってきたような印象でした。

私はその錯覚を振り棄てるようにして、念のために同じことを訊いたのですが、少年はゆっくり首を横に振るだけでした。

私たち二人は雨のなかにとび出し、再び狭い通路を抜けて私の住いに戻りました。あけ放たれたままのガラス戸と障子。六畳間は明るい光に照らし出されております。

「ここです。この部屋に血が――」

その場所を示そうとして、私はくらくらと眩暈《めまい》がしました。卒倒しなかったのが不思議なくらいでした。たった十分かそこら前には滴り続けていたはずの鮮血が、そのときにはもう血溜りどころか一滴たりとも見あたらなかったのです。最初に血を見たとき以上の恐怖でした。

私は犬のように這いつくばり、鼻をくっつけんばかりにして痕跡《こんせき》を捜しました。けれども血は煙のように消え去っていました。私の呼吸は荒くなる一方でした。

「そんなはずはない。確かにここに落ちてたんです。ここにこうやって拡がって――」

私は混乱して、いろいろあられもないことを言いつのったようでした。

ここを出て、二階にあがり、再びここにとって返す、そのあいだに何が起こったのでしょう。どこか間違って、私は別の場所に来てしまったのでしょうか。そうだとすると、私はあれ以来、ずっと別の世界に迷いこんだままだということになります。そしてもとの世界では、あの六畳間に落ちてきた血が今も放置され、ドス黒く畳に拡がっていなければならない。

江島さんはそんな私をどうご覧になったのか、何だか怯えたような顔で、「僕には分かりません」を繰り返し、早々にお引き取りになりました。ああ、そうです。江島さんはきっと私のことをノイローゼか何かだと思ったに違いありません。とんでもないことです。私の見たものは幻覚ではない。私は狂ってなどいないのです。

しかしそれならこのことをどう考えればいいのでしょう。私にはさっぱり見当もつきませんでした。私の幻視した屍体はどこに行ったのか。私はどこに迷いこんでしまったのか。青い畳と、あけ放たれた戸と、そしてそのむこうの雨の音だけが響く闇を瞶《みつ》めながら、私はいったいどれほどのあいだ立ちつくしていたのでしょうか。

そして不意に、柱時計がボーンとひとつ鳴ったのを憶えております。

……浅川さんの話を信じなかったわけではありません。現に、あとをついていったくらいですから。でも、あの有様を見れば……。いや、私には分かりません。私には分からない……。

私が思うに、そもそもこの樹影荘《こかげ》のせいではないでしょうか。このじめじめとした薄暗い建物のなかでなら何が起こったって不思議はない。少なくとも、そう思わせてしまうところがここにはあるんです。……私はまだ入居して四ヵ月あまりですから詳しいことは知りませんが、この建物は築六十年近くになるそうですし、しかももともと病院だったというじゃありませんか。

ええ。そのことは知りませんでした。最初に樹影荘を見たときは、和洋折衷の風変わりな建物だなと思っただけなんです。そう言えば、夾竹桃《きょうちくとう》の繁った植込も、フランス風の窓も、二階の寄りそって並んだ切妻屋根も、かすかな予感を投げかけていたのかも知れません。しかし造りはなかなか立派だし、部屋自体は落ち着いた和室なので、割に気に入って申しこんだのですよ。でも、最近は後悔半分です。

先程言いました、じめじめとした薄暗さも表面的なものではなく、建物全体にしみこんだ空気のようなものなのです。ですから実際に住んでみないと、骨身にしみて納得できないのではないでしょうか。私は確かに何か不吉なものが影をひそめているような気がしてならないのです。

……そいつは待合室のソファーに腰をおろしているときもあれば、階段のつややかな手すりに寄りかかっているときもある。……

こんなことを言うとあれですけども、私には何だか樹影荘の住人自体、何か気味の悪い生き物のように思えて仕方がないんです。恐らくそういった空気が軀の芯までしみついているせいでしょうか。勿論ここだけの話ですよ。私にしたところが、人からどう思われているか、およその見当はつきますからね……まあ、それはともかく。

樹影荘はこの通り三階建てで、浅川さんのところだけ出入口が別になっています。全部で六所帯。一階が浅川さん、一色さん。二階は私のほか、梅本さん、御原さん。三階は小野田さん。……こうしてみると、梅本さんのお宅以外はみんな一人で住んでいる方たちですね。

浅川さんと小野田さんは、私が越してくる前、水が漏ってきたとかどうとかで大喧《げん》嘩《か》したことがあるそうです。ええ、大変だったそうですよ。摑《つか》みあいの一歩手前だったとか。浅川さんはあの通り長身ですし、小野田さんは百キロ近くある堂々とした体格でしょう。二人が言い争うさまは、そりゃ怖ろしいものだったに違いありません。私の部屋の前の住人はそれがもとで出ていったという話も聞いています。とにかくあの二人は水と油とでも言うのでしょうか。顔をあわせても知らんぷりという感じです。

現に私が越してきてからもひと悶着《もんちゃく》ありました。三月頃でしたか、やはり水が漏ってきたと、浅川さんが駆けあがってきたのです。不思議なことに、そのときはどこからの水なのか分かりませんでした。誰もそんな覚えはないというのです。浅川さんは小野田さんを疑っていたようで、そんな言葉を洩《も》らしたことから、ちょっと険悪な雰囲気になりました。

考えてみれば、その頃からですね。樹影荘にいろいろ妙なことが起こりはじめたのは。

小さなことは気のせいかも知れませんが、四月にはいって、それははっきりしました。ある夜、共同玄関からはいってすぐの板間――もともと患者の待合室だったそうですが――あそこにマネキンの首が投げこまれたのです。そのとき私は外出していたので詳しいことは分かりませんが、ガシャンという大きな音に気がついたのは一色さんと梅本さんの奥さんだったそうです。二人が行ってみると、表に面した窓ガラスが割れて、とび散った破片とともに首が転がっていたわけで……ええ、そりゃ吃驚《びっくり》したと思いますよ。

もうひとつはっきりしているのは、五月になってから……。待合室から階段に繋がる、その右側のトイレなんです。樹影荘では、私と一色さんと御原さんの部屋にはトイレがありません。ですからそこを利用するほかないのです。見つけたのは一色さんでした。ええ。その壁に赤いペンキのようなもので、大きく〝死〟と書き殴《なぐ》られてあったんです。いかにも稚拙だったせいか、薄暗いなかでその文字はいっそう生々しい感じでした。そのときは私もいましたので、声を聞いて駆けつけると、蒼褪《あおざ》めた一色さんはもうゾッとするほどの美しさで……。

……ああ失礼。そのときの印象があまりに強かったものですから。……全くあの人は美しい方です。大袈裟かも知れませんが、この世の人ではない雰囲気があると思います。ひどく無口で、御原さんとだけ仲がいいようですけども。……私もこの建物の空気に呑みこまれようとしているのでしょうか。もしも浅川さんの見たのが幻覚の類《たぐ》いだとすれば、それはやはり黒ぐろとした影のせいだとしか思えません……。

……しかし私がいちばん気味悪いのは御原響司郎というあの少年なんです。だいいち、十五、六の子供が一人でこんなところに住んでいるというのがそもそもおかしな話です。もう中学は卒業しているのでしょうが、高校に通っているふうでもなく、さりとて特別仕事に就いている様子もない。廊下などで見かけるときは……あれは木綿じゃない、紬《つむぎ》ですね、その白っぽい単衣《ひとえ》をぞろりと着流しているんです。濡れたような長い髪を頬まで垂らして。

……しかも時どき、ひどく憔悴したように見えることがある。

いちばん気味が悪いのは、一色さんとはまた違った種類の、男の眼から見ても寒気のするような美しさなんです。……一色さんはこの少年を可愛がっていて、傍目《はため》にはまるで仲のよい姉弟といったふうですが、私の見るところ、どうもあの少年には何か怪しげな影がつき纏っているような気がしてなりません。

……いえ。

……実のところ、こんなことを言うのは、ただ見た目だけの勝手な憶測ではないのです……。

…………。

……こんなことを言ってしまっていいのでしょうか。現実に私は奇妙な光景をこの眼で見てしまったのです。ですから……。

……いえ。言ってしまいましょう。あれは確か、四月の頃です。夜桜に誘われて洗《せん》足《ぞく》池を巡った帰りでしたから。

桜は見事でした。私はカップ酒を一本あけただけでしたが、その桜に酔ってしまったようでした。樹影荘に戻ったのは、もうかれこれ夜中の一時をまわっていた頃でしょうか。玄関をあけると、勿論なかはしんと鎮まり返っています。私は跫音に気をつけながらゆっくり階段を登りました。

廊下はいつもの通り、赤っぽい燻《くす》んだ光の下に浮きあがっています。私は階段を登りきり、その廊下に足を踏み入れました。するとどうでしょう。急にそれまでの興が私の軀からすうっと抜けていくような気がしたものです。なぜか、ぶるっと身震いまで走りました。

いえ。それは多分、あの音のせいだったのです。……余程のことがなければ聞き逃してしまいそうな、かすかなかすかな音なのです。

それまでにも私は夜遅く、あの少年の部屋から、カッ……カッ……という何かよく分からない音が聞こえてくるのを知っていました。音と音との間合はひどく不規則なのです。そしてそのときも、しんと鎮まり返ったなかに同じ陰気な音が響いていたのです。私は何だかひやりとしたものを感じて、少年の部屋のドアが見える角まで歩いていきました。鉤《かぎ》に折れた先の廊下はひときわ薄暗い一郭で、羽目板は処どころ鋭いナイフのように光っています。そしてその黒い闇の横たわった床の上に、ひとすじ細い灯影が落ちているではありませんか。

引戸が少し開いて、室内の明かりが漏れているのです。

私は決してそのような趣味があるわけではありませんが、そのときは何かこう、強い誘惑にかられたような感じでした。息をひそめ、跫音を忍ばせて、私は戸のそばにそっと近づきました。

十センチばかり開いた戸から覗くと、ひと間しかない部屋のなかを、部分的にでしたが見通すことができました。部屋の中央に少年がこちらに背を向けて坐っています。やはり白っぽい着物でした。背後からなので、何をしているのかはよく分かりません。しかも明かりというのが上の電灯ではなく、卓上スタンドでしたから、なおのこと仔細《しさい》は摑みづらいのです。ただその後ろ姿からは、何か徒《ただ》ならない気配を強く感じました。……いいえ、決して覗き魔がいの行為をしている私自身の後ろめたさのせいではなく、確かにひどく切羽《せっぱ》詰まったものがありました。

少年はしきりに居ずまいを正し、頰に掌をあて、かと思うと、首をかくんかくんと前に倒す動作を繰り返しています。初めは分からなかったのですが、それは膝に肘を立てた手の拳《こぶし》に自分の額を打ちつける動作でした。そうです。少年は確かに何かに懊《おう》悩《のう》し、呻吟《しんぎん》していたのです。全く異様な光景でした。

私は自分が犯罪者になったような気持ちで、じっとその光景に見入っていました。心臓は冷たく高鳴って、息苦しいほどでした。そうこうするうちに、私はあの言葉を耳にしてしまったのです。

「……殺せるはずだ。……殺せるはずなのに……」

喘《あえ》ぐような声でした。透き通った、だからこそ地獄の底から伝わってくるような、そんな声だったのです。私は背筋が凍りつく想いで、ようやくその場から離れ、あとも見ずに自分の部屋に戻りました。

……やはりこの樹影荘のせいだと私はずっと信じています。この建物は瘴気《しょうき》めいたものに包まれているような気がしてなりません。ああ、こんなことを私が言うのは既にその空気に毒されてしまっているからなのでしょうか。……

その後、近くの公園などで時どきあの少年の姿を見かけますが、いつも物思いに沈んだ様子です。私はあの大人びた……いいえ、大人にも決してできない、かと言って少年のものでもない表情を垣間見ると、何となく膚寒くなって、ついその場から離れてしまいます。

そう言えば、少年のところにはたびたび年配の来客があるようです。

私は少しずつ、ここに越してきたことを後悔しているのです。

廉価な植木

へえ、三階に住んどります、小野田欣三だす。川崎で測量のほうの事務所をやらせてもろとります。樹影荘に入居《はい》ってから、さあ、もう六年になりますやろか。

この建物でっか。どうちゅうこともあらしめへんが、あっちゃこっちゃガタきてるんは厄介《やっかい》だすわ。だいたいここの土地はもともとが坂やったんを、片っぽ削り、片っぽ埋めして、百坪ほどこさえたもんらしいおますけど、やりかたが杜撰《ずさん》やったんか、埋めたほうがもう二十センチも地盤沈下しとるんですわ。土台がそれやさかい、なかもそらえぐいもんで。

大っきな声では言えしめへんけど、鼠も出よるんでっせ。うっとこは大した被害もおめへんけど、下の江島はんの前の住人、女の人やったもんやさかい、まあえらい大騒ぎで。壁の隅破って出てきよるんですわ。真夜中にいきなり金切声あがるんで、最初はそらびっくりしてましてんけど、最後はあほらしなって慣れてしもたような具合だす。去年に越していきよりましたけど。

え、喧嘩のせいやちゅうんでっか。そら存外だすわ。確かに言いあいはしましたけど、喧嘩やなんて。だいたい浅川はんが無茶言わはるんだす。うっとこは逃げも隠れもせえへんのやから、どこへなりと訴えたらどやねん、言うたっただけで、そんな摑みあいやら何やらしたわけやおまへんのやさかい。

まあ聞いとくれやす。確かに水出したんはうっとこですけど、あれはこっちも被害者ですねんで。厠《かわや》の水槽タンクが古なって水があふれるなんちゅうのは、そらそこの部屋借りとるもんからしたら不可抗力ですわ。水の被害蒙《こうむ》ったんはうちも同じでっしゃろ。それをあの浅川はん、畳は大家はんが替えてくれるから、服はお前とこで弁償しろやなんて、そらおかど違いちゅうもんですわ。設備が古なって起きた事故やさかい、責任は全部大家はんにあるんと違いまっか。

大家はんも大家はんだす。そないな分かりきったこと、巧いこと言うて、責任の半分こちらに押しつけようっちゅう算段でっさかい、話にも何にもなれしめへん。だいたいあの大家のおばはん、えらいケチねんですで。うっとこも雨漏りいっぺんしましてんけど、よっぽどくどう言わな修理してくれへんし、だいいちわてがここ入居《はい》ったときかて、畳は表替えもろくにしてくれへんような按配《あんばい》ですわ。あのときかて、水槽タンク自体、もうガタきてるんやさかい、新式のんに替え替えちゅうてもグズグズしてて、流石《さすが》に二度目の水漏り起こったときは、こりゃたまらん思たんか、ようやっと焼物のんに替えよりましてん。それまではあんた、木箱みたいな水槽でっせ。水洗になってからこっち、よう持った思て感心するくらいですわ。

そらあのおばはん、もうここしか収入源あれへんちゅう話やさかい、なるべく切りつめよう思うのは無理ないか知れまへんけど、そやから言うてあんまり因業なまねするんは甘えっちゅうもんですわ。わて、そういうとこキチッとしとかな気に喰わん性分でっさかい。へえ、仕事かてそうだす。

まあとにかくそんなこんなで、一階の玄関はいった、もともと待合室やった板間あたりで浅川はんと言いあいしたんはほんまだす。責任の半分がうっところにあるちゅうんなら、役所でも裁判所でも訴えなはれ。もしそれでほんまに責任の半分あるちゅうて言われたら、きれいにはろたる。うだうだこんなこと言われるより、そのほうがうちとしてもよっぽどええわ、ちゅうて言うたったんだす。ええそらもう、すうっとしましたわ。

せやけどわてかて気の毒や思う気持ちはありますわ。それにあんまりうだうだ言うもんやさかい、結局全部ぽーんとはろたんでっせ。まあ全額ちゅうても、むこうの言うてくるのん、もう古なった服の原価やさかい、その半額にしましてんけど。考えてみたらスーツが濡れて駄目《あかん》よなったちゅうのも怪しいもんだっせ。まあよろし、厄払いや思て諦めますわ。——さあ、これだけ足しにせんかい、ちゅうて叩きつけたら、むこうは眼ェ白黒させてましたわ。ほんま、こすい奴ばっかしだす。

マネキンの首？　ええ、そらよう憶えとります。デパートのショーウインドに飾っとるようなやつでおます。ヘヤピースは濡れてザンバラで、片っぽの眼ェ抉《えぐ》られて、そこに赤いもんが塗りつけられて……。可哀《かわい》そうに、一色はん、震えてはりました。わてがゴミに出したんだす。トイレの字ももう塗り直してまっしゃろ。血のことといい、ほんまにしょむないことしくさる奴がおるもんですわ。

あれ、みんな浅川はんの仕業と違いますのん？　よう調べとくなはれ。

こすいちゅうんで思い出しましてんけど、下の梅本はんかて、あら相当でしたで。おとどしやったか、荘内が殺風景やからどないかしよやないかちゅうて、玄関の両側と一階の板間に植木買うて、その費用とか管理費とか、住人から集めたんだす。それがあとから聞いた話やと、その植木、集めた費用と較べもんならん安物やちゅうやないですか。呆《あき》れたもんや。管理費取るんはそれ以来習慣になってもうたけど、あんなサボテンやゴムの木、適当に水やるだけで育ちますわ。

一色はん、それだけや淋《さび》しい思たんか、自分でもいろんな鉢買うて飾ってはるけど、あれがほんまやわ。ほかの人から金取って木ィ置くなんちゅうの、話が間違《まちご》うとります。あの人が梅本はんよりよっぽど熱心に植木の面倒見るもんやさかい、流石に気不味《まず》うなったんか、管理費、それ以来取りよらしめへん。傑作ですわ。

そんなんと較べるわけやおめへんけど、ほんま、一色はんだけはええ人だす。気持ちがええちゅうんだっしゃろか。ええ、そら綺麗《きれい》なちゅう点でも、あんだけの人、そうざらにいてしめへんで。いっつも何やこう、淋しそうにしてはるんが気ィかかるけど。まあ、掃《は》き溜《だめ》に鶴だすなあ。何かと手伝《てつだ》いしたらな思てますのんやけど、ちいっと無口なんが困りますわ。せやけど、言いますやろ。女は無口な人がいいィ……。あ、これ『駅』ちゅう映画で使とった曲ですわ。八代亜紀だす。へえ、わて、演歌はごっつう好きですねんで。村田英雄、北島三郎……。最近流行《はやり》のニュー・ミュージックちゅうんでっか。あんなん、あきまへん。訳の分からんことヘロヘロ歌うて、どこがえんやろ思うわ。

だいたい近頃、日本らしいもんが尠《すく》のうなりましたわ。俠気《おとこぎ》っちゅうやつだすな。厭な世の中だっせ。右を向いても、左を見てもォ……。鶴田浩二だす。人の迷惑なんか誰も考えよらしめへん。せやから平気でマネキンの首なんか投げこむ奴、出てきよるんだす。

下の御原っちゅう子なんか、あら何だすやろ。髪伸ばして陰気臭うにフラフラしとるけど、あんなふうに暮してるやなんて、親御さん知ってはるんやろか思うわ。まるで陰間《かげま》の若衆《わかしゅ》みたいや。ひょっとしたらほんまに商売してるんと違うか。……ああ気持ち悪。

わてら測量のほうだすけど、黒部あたりの山んなか行ったり、今度沖縄で海底都市の仕事もやるんだっせ。あんなふにゃふにゃしたん集めて一年でも現場で働かせたほうが、学校やとか行かせるよりよっぽど世のためになりますわ。それぐらいしたら校内暴力なんかもなくなるん違いますやろか。

そら山とか海とかはようおまっせ。特に山がよろしいわ。これでもわて、山登りは若い頃から好きでやってましてんけど、山はやっぱり飛騨《ひだ》だすなあ。東北とかもええ山おますけど、もひとつ何や頼りのうて。富士山なんかあほらしゅうて登れまへんで。こない言うても山のよさ、分からしめへんやろけど、そらいっぺん登ってみなはれ、苦しいの乗り越えて頂上立ったときなんか、もう厭なことやら何やら忘れて、ほんまに生まれ変わったような気ィします。誰かていっぺんで取りつかれますで。請負いますわ。まあ、現場で働かせるんは無理やとしても、そうでんな、山登らしてみたら効果あるんと違いまっか。

何ですて。江島はんのことも。

そうでんなあ。あの人のことはよう分かりまへんわ。ほとんど口きいたこともおまへんさかい。せやけど何とのう鬱陶《うっとう》しい感じですわ。仕事はガス会社関係と聞きましてんけど、休日でもないのにうちに居《お》るか思たら変な時間に出かけたり、妙な具合でっせ。

はあ、そう言うたら、入居早々奇態《けったい》なこと訊きよりましたわ。どの部屋にもガス管は設置されてるんやろかちゅうて。そのときは仕事熱心なこっちゃ思てましてんけど、あとでよう考えてみたら何やおかしな質問だっせ。さあ、どこかてガス管ぐらい出てますやろ言うて答えといたんだすけど。……

せやせや、こんなことも訊きよりましたで。ガスの元コックや電気のブレーカーはどこにあるんやろちゅうて、えらい神経質な人やな思いましたわ。へえ、それはみんな浅川はんとこにあるんだす。

この建物、もともとひとつの病院で、一階が診療室と手術室、それに院長はんの住いでっしゃろ。それから二階が病室。わてが今住んどる三階は看護婦さんの部屋やったんですて。それをあとでアパートみたいに貸すことにしたさかい、ガスも電気も水道も、メーターやら元栓やらは全部浅川はんとこにあるんだすわ。診察室と手術室が今の一色はんのとこ。院長はんの住いが今の浅川はんのとこ。あいだはドアを壁に塗りこめて仕切ってるんやそうだす。

せやから不便なこともあるんでっせ。ちょっと電気使いすぎてブレーカーがおりてもうたら、それを戻すの浅川はんまかせやさかいなあ。まあ、おりよるのはたいがい親玉のブレーカーですさかい、すぐ気ィついて直して貰えまっけど、運悪う、うっとこのブレーカーだけおりてみなはれ、浅川はんに報せん限り、むこうは気ィつけしめへん。待てど暮せどちゅうやつですわ。いいええな。まだ浅川はんのおるときならよろしいで。たまたま余所《よそ》出てたりしたらアウトですわ。長いことおれへんようなときはしょうおめへんがな、大家はんとこへいちいち合鍵借りに行って、浅川はんとこお邪魔するちゅう次第だす。これ、実際難儀でっせ。

いっぺんあったんだす。おとどしの夏。おまけに夜中やったさかい、真っ暗で電話もかけられしめへん。わざわざ下に降りて呼び鈴押すけど返事なしだす。留守ですわ。もうバスもあれへんし、だいいちそんな夜中に大家はん叩き起こすのも気の毒でっしゃろ。調べ直さなあかん書類おましたのに、しょうことなしに寝ましたけど、お陰で次の日一日パアだすわ。何でこんな目に遭わなあかんのやろ思て、そら業腹なこったっせ。

赤黒い踊り

六月十二日でした。テレビで空飛ぶ円盤がどうのという番組をやっていましたから間違いありません。

主人が戻ってきたのはその番組がはじまってすぐでしたから八時過ぎだったと思います。戻るとすぐテレビの前に腰をおろし、用意してあった食事に手をつけました。

「こんお清汁《つゆ》、冷めてしもうとう」

「すいません。あっため直しますけんが」

「いんにゃ、そがん、よかァ」

私が躯を起こそうとするのを、夫は箸《はし》を持ったまま手を振って、喰い入るようにテレビに見入っていました。

ええ、私は三年ほど前から躯を悪くしまして、そのためかよく頭痛が起こるのです。家事に差し支えがあるほどではありませんが、外出するともう駄目です。雨の日は特にひどくて、その日も床を取っていました。病院でいろいろ検査してもらったのですが、貧血性の偏頭痛とかいうだけで、いっこうよくならないのです。

食事がすんで、私が洗いものをすませて戻ってきても、主人は依然テレビと睨めっこで、「あいは嘘《うつさ》ごとォ」とか「ふうん、そりャア知らんやった」とか呟《つぶや》いていました。

はっきりとは憶えていませんが、その番組で取りあげていたのは宇宙人に連れ去られた人の話だったように思います。日本のどこそこにピラミッドがあって、それが円盤の基地だとか……。主人はどういったものか、そういう話が好きでした。

私ですか。私はちょっとそのほうは。毎週お昼にやっている心霊現象の番組は見てますけど、宇宙人とかいう話になりますと……。主人は少し変わったところがありましたから。いいえ、以前はそうでもなかったんですけどねえ。

私どもは同じ九州で、そちらで結婚してから八年前に東京に出てきて、樹影荘にはそのときから住んでいます。勤めは近くのスーパーで、最初は一緒に働いていたのですが、私は軀を悪くしてからやめました。東京に移ってから暗い面の出てきた主人はその頃からいっそう閉じこもりがちになったようです。私のせいなんでしょうね。申し訳ないと思ってるんですけど……。

すみません。つまらないことを喋ってしまいました。

番組が終わると主人は、

「よう降るねえ」

ぽつりとそんなことを言って、

「隣の江島さんは一日《いちんち》じゅうおったごたあか」

私が頷《うなず》くと、主人は何やら声を殺して笑い、

「遊んで暮さるってェ、よか身分たいね。案外、あん人こそ宇宙人じゃなかろうか」

「おかしかこと言うて」

「冗談《ぞうたん》ばい」

主人はなおもくっくっと笑って、

「そいはそいとして、あん男、何やい胡散臭《うさんくさ》かばい」

「そりゃほんなごと?」

「何やい嗅ぎまわっとうごたあ節んある。そがん言うとはさい、こないだっちゅうぎ、おいが外に出ようと思うて階段ばおりよったら、夜《よん》の夜中やあとにあん男が待合室の壁んきわにじいっと立っとうじゃなかか。何ばしようとかって尋ぬっぎた、びっくいしたごとこっちば向いて、別に何でんなかっちゅうて、おじおじしながら答ゆっと。そいがいかにもなァ……」

「あんた、聞こゆっよ」

「大丈夫ばい。そいよい、気いつけんばならんとは階段のほうばい」

「階段て」

「箪笥の裏たい」

私ははっと振り返りました。主人の言うのは、私どもの部屋から下の浅川さんの部屋に直接通じる階段なのです。

ただざっと見てまわっただけでは分からないでしょうね。玄関から廊下を通じて三階まで続く階段のほかに、もうひとつそんな階段があるなんて。上にも下にも戸口があって、螺旋状にぐるっとひとまわりする、かなり急な狭い階段だそうですよ。今は上の戸口で鍵をかけて、その前にああやって箪笥を置いているんです。

「浅川さんのはいりんさあずうっと前に、いっぺん見たことのああ。下の戸口はしめきっとらん。そいけん、すぐそこの裏までは、浅川さん、あがって来らるっとばってん」

「そがん誰《だい》も彼《かい》も狂《ささかたぐ》っとうごと言うて、ようああもんね」

「そがん言うぎんたァ、近頃の騒ぎは……」

主人は声を落としながら、ひょいと顔を突き出して、

「もしかするとあんい男の仕業やなかか」

そう言ってごろりと横になりました。私はぞっとして……。ええ、先程お話した男のことです。そうでも考えなければ、最近の厭な出来事は納得がいきません。どちらにしても、血が消えたという話は訳が分かりませんが……。

外の廊下には時折り跫音が往き来したと思います。でも最後に聞こえたのは何時頃だったかまでは分かりません。いつも九時近くなると静かになりますから、その日もそうだったんじゃないでしょうか。主人もその頃には蒲団のなかに横になって、文庫本の頁を捲《めく》っていました。

私と言えば、先程の会話のせいでしょう、何となく落ち着かない気持ちでいました。血のことだけでなく、次々起こっていた妙な出来事の全部がもやもやと頭から離れないでいたのです。特に、あのマネキンの首。片眼が抉られて、そこに濡れた髪がドロドロと絡みついた怖ろしい顔を私は当分忘れられないでしょう。いえ、違った情況でならどうということはなかったかも知れません。でも、あの首はガラスを割って投げこまれたのですよ。旨く言えませんが、あの顔は首を投げこんだ人間の心をそのまま表わしているのだと思います。だからこそ怖ろしいのです。

そんなことを考えながらじっと雨の音に耳を傾けているうち、ますます頭が重くな

ってくるようで、

「こん建物から早う出ていきたかね」

そう話しかけました。けれども主人は本に眼を向けたまま、何だか気のない返事です。

「あんたはそがん思わんと？」

「おいは結構気に入っとうとばってん」

「どこがね」

「この何とも言われん様相《よそわ》悪しかとこが」

「あんたも風変わいね」

私は天井を見あげました。黴《かび》っぽく黒ずんだ板が並び、処どころぶよぶよと弛《たわ》んで大きなしみが拡がっています。その木目としみが織りなす不気味な模様を今初めてのようにつくづくと瞶《みつ》めながら、私はふと妙なことを思い出しました。

「そがん言うぎ、いつ頃やったか、おかしか音のしよったよ」

主人はそれでようやくこちらを向いて、

「どっから」

「よう分からん。床《よか》ん下からやろうか。一時《いっとき》ようしよった。そいも昼やったい夜やったい……。鼠じゃなかよ。もっと太か、ミシミシ響いてくっ音さい」

「ほんなごとか……？」

主人が眉を顰めると、私もぶるっと震えて、

「考えてみいぎっと、何もなかとにあがん音のすっはずのなかたいね。……ああ、気味悪《じゃあわつ》かァ。ほんなごて、ずうんとしてきた。あんたが恐《えす》うなあごたことばっかい言うけん」

「何やろか……」

手の上に顎《だい》を乗せて、指先で鬚《ひげ》をいじりまわしていた主人は、

「まさか誰かが床《よか》ん下を這いまわいようっちゅうわけでんなかろうに。ここん天井裏、覗《あ》けて見たことのああが、あがん汚《きさんぶらっ》かとこ、ちょっと人のはいらるっもんじゃなかぞ」

「私、やっぱい早う出ていきたか。そいでのうても今度また水の出《ず》っぎた、浅川さんと小野田さん、血ば見かねんでしょうもん」

私の言葉に主人は無言のまま軀を起こし、窓際に近づきました。多分頭を冷やそうとしたのでしょう。けれども幾筋も雨の流れる暗いガラスの外に眼をやった主人は、その途端、顔を強張らせて呟きました。

「庭におる——」

私はその徒《ただ》ならない気配に吃驚《びっくり》して、

「浅川さんの？」

起きあがって尋ねると、主人は庭を瞰《み》おろしたまま、こっくりと頷くのです。慌てて立ちあがり、そっと寄りそって、主人の肩越しに覗きこみますと……ああ、本当です。下の階の障子明かりを受けて、確かに黒い人影がぼんやりと浮かびあがっていました。

正面と左は朽ちかけた木塀、右側は風呂場の棟で囲まれた庭です。地面は雨に濡れて細かな光が揺れ、草花や灌木《かんぼく》が黒ぐろと蟠《わだかま》ったあたりにはナイフのように鋭い葉影が顫《ふる》えていました。その庭の一角——中央のやや風呂場寄りに、人さえ埋められるほどの深い穴が掘られているではありませんか。そして人影はそこを覗きこむ恰好《かっこう》で、傘もささずに立ちつくしているのです。

私にはそれが浅川さんではなく、見知らぬ何者かのように思えました。人間ですらないような気がしました。何か真っ黒な人間ではないものがああやって地の底を凝視《みつ》めながら佇《たたず》んでいる。——そう思われて仕方がなかったのです。いいえ、決して大袈裟に言ってるのではありません。

「掘おぎんたァ、水子っでも出てくっとやろか……」

主人がぽつりと呟きました。

見てはいけない光景だったのかも知れません。私はぶるぶる軀が震えてくるのをどうしようもありませんでした。私はとても臆病《おくびょう》なほうで、この建物から出たいという理由の何割かはその気持ちからなのです。私はすぐ窓際から離れようとしました。

そのとき廊下から突然けたたましい物音が聞こえました。ダンダンダンと、わざと激しく床を踏み鳴らすような。そして続けて、もの凄《すご》い男の悲鳴です。

「血や！　血や！　誰か来てえ！」

主人がいち迅くドアのほうにとんで行きました。私は少しよろけながら、主人のあけ放ったドアから外を覗きました。

薄暗い廊下には黒い男の影がふたつありました。主人と小野田さんです。陰気な薄暗い照明の下で、まだ金切声で喚いている小野田さんの顔――。私はあんな恐ろしい顔を見たことがありません。いつもは細い眼をそのときはいっぱいに見開いて、今にも泣きそうに歪めた表情はとても常人のものとは思えませんでした。赤茶けた光のなかでもそれが真っ青に蒼褪《あおざ》めているのが分かるのです。

何が起こっているのか、初めのうちは理解できませんでした。廊下には何かドス黒いものが貼りついていて、ビチャビチャと二人の足を濡らしています。よく見ると、それは恐ろしいほどの量の血だったのでした。

そのとき私は何を考えていたのでしょうか。最早耳にはいってくる言葉も理解できない状態でした。くらくらと眩暈《めまい》がして、ほんの一瞬、眼の前に動いているのは手を繋いで奇妙な踊りを踊っている大男と小男のような気がしました。いつか何かで見た、大昔にでも行なわれていたような秘密の祭祀《さいし》のです。そんな想いがちらりと掠《かす》めたあと、激しい吐き気が胸の奥から押し寄せてきました。

気がつくと、人影はもういくつも集まっていました。怒鳴るような声が交わされ、ひどくやかましかったように思います。けれどもそれは私の空耳だったのかも知れません。赤茶けた光は廊下を押しのけて拡がり、私の眼には人びとの姿も真っ黒な影としか映りませんでした。恐らく柱に凭《もた》れるようにして、やっとのことで立っていたのでしょう。ただはっきりと感じられたのは夥《おびただ》しい冷汗が軀を伝ったことだけなのです。

時間の感覚もなくなっていました。

そのうち烈しい痛みが下腹部を襲いました。内臓がひっくり返るような、灼《や》けた火箸《ばし》をさしこまれるような、そんな激痛でした。

「あッ、夕子！」

主人のそんな叫びを聞きながら、私は何もかもが横倒しになり、逆さまになり、泥のような闇に包みこまれていくのを感じていました。前のときとまるで同じです。私は同じ痛みを以前にも味わっていたのです。

私は妊娠していたのです。三ヵ月——いちばん危ない時期でした。ずいぶんながい時間が流れたと思ったあと、横倒しになった闇がゆるゆるとほぐれ、見知らぬ病室のベッドで眼を醒ましたとき、ですから私はそれを告げられるより前に、自分が流産したのだと悟っていたのです。

二部

深い穴の底

これは何かの罰なのだろうか。それとも深い謀《たくら》みごとなのだろうか。浅川はそのことばかりを考えていた。彼は知っている。そんな言葉はこの世界にべったり貼りついている者たちのあいだでしか通用しないということを。自分は生きてはいない人間なのだ。だから宿命などというものとは無縁なはずである。

けれどもここのところ、どこか違ってきていた。そうでなくする材料が揃《そろ》いすぎているのだ。彼は静かに、死人のように暮していたかった。それを破るものはたとえ蟻《あり》のような存在でも彼の神経に障《さわ》るのだ。

庭は黒い、肥《こ》えた土壌だった。このため彼の植えた草花はたいした手をかけずともすくすくと育った。むしろ育ち過ぎと言えるほどだ。雑草も少し油断しているとたちまち繁殖し、我がもの顔に蔓延《はびこ》ろうとする。そのため除草だけは日を置かず続けなければならなかった。そしてたびたび彼は指を切った。庭土にはどういうわけか、ガラス片が数多く埋まっていたからである。

実際彼がここに入居した当初は庭の状態といえば惨憺《さんたん》たるものだった。陽の射す場所なら小蘗縷《こはこべ》・酢漿草《かたばみ》、掃溜菊《はきだめぎく》、耳菜草《みみなぐさ》、じめじめした日陰には蕺草《どくだみ》、犬芥《いぬがらし》、鬼田平子《おにたびらこ》と夥《おびただ》しい雑草に占領されているのはまだしも、押し被さるように梢《こずえ》をのばしている樫《かし》の大木から落ちる葉が庭全体に厚く堆積し、銭苔《ぜにごけ》の下でじくじくと腐っているのは凄まじい有様だ。彼は掃除しようと落葉の山を掻き分けてぞっとした。その下には何千何万という蚯蚓《みみず》がウジャウジャと犇《ひしめ》いていたのである。

腐蝕《ふしょく》した落葉は彼らの絶好の棲家《すみか》なのだろう。庭全体が蚯蚓の巣なのだ。彼はしばし茫然《ぼうぜん》と蟠《わだかま》る虫たちを瞰《み》おろすほかなかった。

そうは言っても先の住人が特別不精だったわけでないことは一年たたぬうちに納得がいった。春夏の雑草ののびる迅さ、そして秋の落葉の量といえば、通常の感覚ではとても追いつかぬものだったからだ。

雨は水溜りを作り、そこに波紋を幾重にも描き出している。彼は傘もささぬまま庭に出ると、そのあたりに見当をつけ、最初のひと鍬《くわ》を入れた。掘りはじめると、それ以外のことは頭のなかから消え去っていた。

小さなガラス片は鍬の先でさらに砕け、カチッ、カチッと厭な音をたてた。掘り進めると雨水が黒土に混じってどぶ泥のようになり、彼はたちまち下水工事の人夫さながらになった。

その下は粘土質だった。

六十センチ、七十センチ。その間にボロ屑のようなビニールの切れ端がいくつも出てきた。漠然とした予感は次第にはっきりとした輪郭をなしはじめ、雨に打たれる軀とともに心もしいんと冷えきっていた。自分は何をしているのだろう？　考えることは恐かった。その不安に衝き動かされるように振りおろす腕に力を籠めた。

時折り這いつくばるようにして掘り出した土塊や泥水を検分する。そこに手足をばたつかせている蟻を見つけては、彼は残酷な笑みを浮かべた。

この蟻のせいだ。一匹一匹には何の力もないくせに、うじゃうじゃと寄り集まってひとつの生き物のように行動する、この気味悪い虫けらどものせいなのだ。そう考えると、彼の腕にはますます狂暴な力が加わった。奴らがついには、こうして気違いじみた行為に走らせている。

前の住人もそれにはさぞ閉口しただろうと思われる。蟻の侵略なのだ。しかもその場所はどういうわけか風呂場に限られていた。

建物は築五十数年ということだが、流石《さすが》に風呂場はタイル貼りに改装されていた。とは言っても、それから既に二十年はたっているだろう。従ってタイルは湯垢《ゆあか》で黒ずみ、どんなに磨いても落ちなかった。その上、処どころ罅割《ひびわ》れ、剥《は》がれ落ちたところに新たに嵌《は》め直した跡もある。蟻はそういったタイルや板の隙間、あるいは水道管と壁との隙間から毎日何百匹と押し寄せてくるのだった。

最初はただ不思議がり、呆れるだけだった。冗談ごとと思えなくなったのは一ヵ月を過ぎた頃からだった。毎日その隊列に熱湯を浴びせて殺したが、効果はない。殺虫剤を吹きつけてみても、やはりそれはその場限りのことで、次の日になると相も変わらず行軍が続く。風呂を沸かすと、必ず湯槽《ゆぶね》のなかで十四以上の蟻の死骸《しがい》が浮いている有様だった。

一旦塗りつければその場所を通らなくなるという薬も使ってみたが、湯を使うので洗い流されてしまうらしい。隙間という隙間を全部塞《ふさ》いでしまえばいいのだが、板が朽ちてぼろぼろになっている部分となると、到底手に負えるものではなかった。

湿気を好むのは頷ける。けれどもこれほどの大群となると徒事《ただごと》ではない。やってくるのは蟻だけではなくて、夏になると庭のむこうの鬱蒼《うっそう》とした林から藪蚊《やぶか》なども大挙して飛来する。けれどもそういったほかの虫より、ある意味で蟻の侵略は始末に困るものだった。だいいち薄気味悪くて仕方がない。

蟻の隊列を注意深く観察すると、どうやらその源は風呂場の窓のすぐ先あたりのようだった。列はそこからまだまだのびて、塀をくぐって小さな稲荷《いなり》の祠《ほこら》がある林のなかへと続いているが、源はそちらにあるのではなく、むしろこの庭の本拠地から発した支流と思える節があった。

塀には裏木戸があったが、彼はそこから外に出たことはない。林はよその建物が並ぶ私有地のなかにあり、木戸を一歩出れば隣家の庭に足を踏み入れるという趣きだったからである。祠は左手の石段から見あげる恰好になり、時折り老婆がその石段を登ってきては、猫の額ほどの境内を掃除して戻る。土地の所有者の変遷の具合からそうなってしまったのだろうが、いわばそこは〝あかずの裏木戸〟なのだ。

とまれ、飽きず繰り返される蟻の侵入に虚しい防衛策を講じながら、彼は次第にある疑念を育てていった。なぜこれだけの蟻が庭に棲みつくことになったのか。この繁殖を促したものは何なのか。

彼は考えながら躓《つまず》き、立ち止まり、足が動かなくなるのを感じていた。疑念というより妄想なのだろう。あまりに莫迦《ばか》げている。彼は笑いとばそうとして顔を歪めた。けれどもそれは本当に莫迦々々しい邪推なのだろうか。終戦直後の産婦人科ならそれくらいのことはあたり前だったのではないか。考え直すと、どちらがより自然なことか分からなくなる。……いや、やはりあり得ない。少なくとも自分の住居の庭先にそんなことをするなんて、普通の神経では考えられないことだ。……もしかすると半分はそんな空想をして愉《たの》しんでいたのかも知れない。

いずれにしても、彼には地面を掘り返してまで確認するような酔狂な心づもりはさらさらなかった。人に較べても猟奇的な趣味が強いほうではない。ところがあの水漏れ事件以来、次々と降りかかってきた様ざまな事柄がその心づもりを少しずつ変えていったのだ。居ても立ってもいられぬ重苦しい不安がつのり、あるとき不意に堰《せき》は切れる。彼の場合、俄然《がぜん》その行為への衝動となって顕《あら》われたのだ。

実際、彼はそうする以外に採《と》るべき行動を持ちあわせていなかった。部屋のなかにぽつねんと坐っていると、息が詰まるような灰色の空気のために、じりじりと押し潰《つぶ》されてしまいそうになるのだ。

深くなるにつれ、掘り下げるのが困難になった。大きな瓦礫がごろごろ出てくるし、雨水が流れこんでどぶ泥の量は増す一方である。半日かかってようやく胸のあたりまで達したときには、もうすっかり陽も落ちていた。彼は一旦家にあがり、八畳間の明かりを点けると、再び下にとって返した。

日が暮れて、雨は一段と激しさを増した。時折り鍬を振りおろす手を休めて、思いきり軀を反らす。二階の窓は鎖《とざ》され、厚いカーテンのわずかな隙間から明かりだけが漏れていた。三階は奥にひっこんで、庭からは屋根しか見えない。鍬を入れる音は雨に紛れて聞こえないだろう。さらに頭上を見あげると、押し被さるような樫《かし》の大木が鉛色の空に真っ黒な枝を展げている。樹影荘とはよくつけたものだ。彼はそうひとり頷いて、再び鍬を握り直した。

ガラス片。ビニール。そして瓦礫。彼は穽《あな》を掘りながら、次第にひとつの確信が深まるのを意識していた。これらの夥《おびただ》しいガラクタは地面を掘り返す障害としてわざと埋められたものではないだろうか。だとすればここにはやはり何かがなければならない。雨のせいだけでなく、軀は冷たく震えてくる。

ふと鍬の先が何か異様なものに突きあたった。石ではない。もっと柔らかな、それでいて妙にずっしりとした手応えだった。

彼は鍬を傍らに抛り出し、用意していた小さなスコップを取った。それで少しずつ土塊を掻き除く。彼の心臓は狂ったように高鳴り、咽元まで迫《せ》りあがってきた。

——俺はなぜこんなことをしているのだろう。頼まれもしないのに、何を好きこのんでこんな恐ろしいものを確かめようとしているのだろう。だけどもう中止するわけにいかない。俺はどうしてこんなところまで追いこまれてしまったのか。

穽の底ではしゃがみこんで顔を近づけても物の見分けははっきりつかなかった。自然、作業は手探りになる。震えでスコップを取り落としそうになるのをやっと怺《こら》えながら、注意深く周囲の土を掘っていく。そのうち何か白いものがちらりと覗いたような気がした。

なおもゆっくりと掘り下げる。それは次第に姿を現わした。乳白色の、ぬるりとしたもの。彼はそこに手を入れようとして、指先に伝わる感触にとびのいた。何か小さな生き物がひしひしと絡まって蠢《うごめ》いていたのだ。同時に凄まじい悪臭が鼻を打った。死ぬ想いでもう一度その白いものをひっぱり出そうとする。細長い。結構大きなものだ。立ちあがってよく見ると、何やらどろどろとおぞましいものが纏わりついていた。一体これは何なのだろう。戦慄《せんりつ》が何度も背筋を駆けあがるのを感じながら、首を傾げ、ひっくり返したり裏返したりしてつくづくと眺めていたが、そのうち彼はアッと叫んでそれを取り落とした。

骨だ。腐肉が絡みついている。

彼の予想は奇怪なかたちで裏切られた。彼は土の下に埋められているのは夥しい水子だと考えていたのだ。けれどもそれは胎児や嬰児《えいじ》の類いではなかった。だいいちこの建物が産婦人科の医院だったのは二十年以上も前のことだ。院長が亡くなったのがその頃で、男の嫡子《ちゃくし》がなかったために仕方なくアパートにしたのである。水子ならばいくら夥しい量だったとしても、二十数年の歳月によって殆ど土くれと化しているはずで、よしんば形骸《けいがい》が残されていたとしても、これほどはっきりしたかたちであるはずがない。それはもっと大きな何物かだったに違いないのだ。

彼はしばらく虚脱したように立ちつくしていた。雨はなおも激しい勢いで降り続けていて、それを除けば森閑とした沈黙ばかりが続いている。ずいぶん遠い昔、彼はこうして同じように雨のなかに立っていたような気がする。あるいは半分気を失っていたのかも知れない。

ふと気がつくと、穽の底には再び水が流れこんでいる。二階から見られなかっただろうか。彼はちらりとそちらに眼をやり、依然カーテンが引かれたままなのを確かめると、慌しく水を搔き出した。

白いものが再び顔を覗かせる。乏《とぼ》しい光のなかでもそれは眼に焼きついた。スコップを取り直し、周辺の土を少しずつ刮《こそ》ぎ落とす。もう間違いない。屍体だ。それもかなり大きなものだ。白い骨はバラバラになって、いくつも土中から掘り出されてくる。それとともにウジャウジャと団子になった虫の塊りもついてきて彼を脅かした。ひとつひとつの骨片は決して胎児などのちっぽけなものではない。猫ですらない。

犬か、あるいはそれ以上の――。

彼の眼は血走り、息は肩で喘《あえ》ぐほどだった。耳が錐《きり》を刺しこまれたように痛む。我慢しながら掘り続けていると、スコップは何か大きなものに突きあたった。頭蓋骨だった。眼が眩《くら》み、激しい嘔吐《おうと》に襲われるのを必死で怺えながら、彼は形を崩さぬようにそっと全体を掘り出した。

犬でないことはすぐに知れた。彼にもそれくらいは分かる。写真や模型でよく見る人間の頭蓋骨に間違いなかった。

雨に打たれてヌラヌラと光っている。指先だけで両方の側面をはさみこむようにして持ちあげると、廊下からの明かりに晒《さら》されて大きな黒い洞《うろ》がふたつ、恨みがましくこちらを睨んでいた。そしてその眼窩《がんか》や剝き出しの歯の隙間から、泥とも腐肉ともつかぬものがダラダラと流れ落ちているのだ。彼は自分の頭髪の一本一本が生き物のようにざわめくのを感じた。心臓は硬いゴムのように縮みあがり、咽の奥の筋肉が痙攣《けいれん》して、唾《つば》をうまく呑みこむことすらできなかった。

不意にその髑髏《どくろ》の下顎がバックリと開き、ブランと垂れさがったかと思うと、糸が切れるようにはずれて落ちた。彼は訳の分からぬ呻《うめ》き声をあげ、それを手から抛り出した。髑髏はボトッと穽の底に落ち、バウンドもせずにそこに静止した。

そのとき彼はその頭蓋骨の顱頂《ろちょう》に、ほぼ三角形の穴がぽっかりと生々しく開いているのに気がついた。鋭く尖ったものを叩きつけた痕だ。

雨の音。

彼は殆ど感覚もなくなった手でスコップを取り、狂ったような勢いでその周辺の土に突き刺した。何度目かに堅いものにぶつかる。急いで手をつっこむと、棒状のものがモッコリと引きずり出されてきた。凶器だ。

殺人が行なわれたのだ。

彼が入居する前、頭を叩き割られ、凶器と一緒にここに埋められた何者かがいたのだ。

彼は慌ててそれを穽のなかに抛りこみ、外に這い出ると、必死で土を戻しはじめた。凶器や髑髏がひと通り見えなくなってしまうと、ようやく放心したようにその場に佇《たたず》み、鍬も何もかも投げ出してじっと雨に打たれていた。

これは何かの罰なのだろうか。それとも深い謀みごとなのだろうか。

ずいぶんながいあいだそうやっていたような気がする。気がつくと二階あたりから騒がしい声が聞こえており、彼は痺れきった頭で、ようやくその不吉な黒い建物のほうに眼を向けた。

錐と釘抜き

二階の廊下はL字型である。

一階から階段を登ると、その縦軸の上端に出る。江島の部屋のドアがあるのはそのあたりだった。左に折れて縦軸を辿り、曲がり角の近くにある梅本の部屋のドアを通り過ぎると、そこからL字の横軸部分になる。横軸の中央手前には御原の部屋のドア、突きあたりは左に折れて、三階への階段が続いている。

階段を含めて真上からその廊下を透視すると、ほぼ完全な四辺形になっているのだ。

血がぶちまけられていたのはその廊下の縦軸部分だった。殊に階段の昇り口あたりは足の踏み場もないほどで、壁にも飛沫《しぶき》が数多くはねとんでいた。恐らくバケツ一杯ほどの量は充分にあっただろう。

最初に気づいたのは三階の小野田だった。「煙草切れたさかい、買いに行こ思て」階段をおり、角を折れると、すぐ床が濡れているのが分かった。雑巾掛けの水が残っているのだろうと考えたが、そのまま歩いてみると余りに量が多く、しかも厭に粘っこい。不審に思い、顔を近づけてよく視ると、初めは黒っぽく見えたその液体はヌラヌラと紅い光沢を放っており、そこからたちのぼる赤錆《あかさび》に似た臭気がムッと彼の鼻腔《びこう》を突いた。

小野田のあられもない叫び声に、真っ先に顔を出したのは梅本夫妻だった。江島と少年はほぼ同時、少し遅れて緋沙子も駆けあがってきた。それが九時半頃のことだった。

その有様に騒然となったところへ、梅本夫人が倒れ、事態はいよいよ急迫の度を増した。梅本は慌てて救急車を呼び、そうなるとこの惨状を放置しておくわけにもいかず、協力して手迅《てばや》く血を拭《ふ》き取ることになった。

事態はそのように進行し、全員血にまみれての夜中の拭き掃除にかかった。一旦それにかかると、皆一様に押し黙った。

恐ろしく黙々とそれは行なわれた。互いに互いの顔色を覗《うかが》い、誰がこの悪戯《いたずら》をしたのか疑いあっているのがひしひしと感じられるだけに、その一種滑稽《こっけい》な作業はこの上なく重苦しい時間を齎《もたら》した。

夫人は程なく到着した車で運ばれ、夫の梅本も同乗して、そのサイレンが遠ざかってしまうと、あとに残された四人の上には呆《ほう》けたような空気が舞いおりた。

浅川が引きずるような足取りで登ってきたのはそのしばらくあとだった。四人はその姿を見て、背筋が凍りつくのを覚えた。今にも泣きだしそうに歪んだ般若《はんにゃ》のような表情は、普段が端正と言える容貌だけに、いっそう鬼気迫るものがあった。どうしたわけか衣服は泥だらけで、ゆっくり階段を登りくるその長身の影は、否応なく彼らに振りかかろうとしている凶暴な悪意そのもののように思えた。

とは言っても、二階の廊下にいた四人にしたところが、その表情は浅川のものとさして変わらなかったのである。

「血が落ちてきてるんですよ。もの凄い量の……」

低く押し殺した声で浅川は呟いた。無論、あれだけの量の血がぶちまけられて、一階まで流れ落ちなかったはずはない。彼らは言葉を失ったが、ひとり小野田だけが憤然とした面持ちで、

「旨いこと言うて、あんたやないんか。ヤケになって、わざと血ィぶちまけたんと違《ちゃ》うか」

そう決めつけるように言った。

彼らは心臓が縮みあがる想いだった。

浅川の顳顬《こめかみ》に青筋が浮き出し、ムクムクと蠢《うごめ》くのが分かった。蒼褪めた顔がドス黒く鬱血《うっけつ》する。

「これは血を拭いたあとですか。……今度は間違いなく血が流されたのですね」

それまで低い声で呟き、不意にキリキリと歯軋《はぎし》りをしたかと思うと、声を荒らげて、

「それで、私がやったというんですか。——冗談じゃない！」

危険な予感に、咄嗟《とっさ》に割ってはいったのは緋沙子だった。

「こんなことで喧嘩なさらないで下さい。この建物の人じゃないかも知れないし……。いいえ、きっとそうですわ」

「ああ、こら一色はんの前で大人げないこと言うてもうた。わては別にそんなつもりやおめへん。誰がこんなえげつないまねしくさったんか知れへんけど、どっちみちわてには拘《かかわ》りないこっちゃさかい」

鼻白むように小野田は言うと、さっさと階段をおりていった。

あらましは三人で説明した。気の亢《たか》ぶりが治まった浅川はむしろ悄然《しょうぜん》と項垂《うなだ》れ、

「そうですか」を繰り返した。

「どうなさいます？　ここまで来たら、いっそ警察に調べてもらいますか」

そう尋ねられ、しばらく浅川は俯きがちに黙っていたが、ひと渡り三人の顔を見まわすと、なぜか幽《かす》かな笑みを洩らして、

「無駄でしょう」

ぽつりとそう答えた。

浅川がその場から去ると、怯えた表情の緋沙子はとても一人ではいられないと言い、少年を誘って階下におりた。

一人その場に残されたのは江島だった。

彼は床に眼を落とした。板にしみこんだ血液は完全に洗い落とすことができず、赤茶けた光のもとで、沈んだ斑《まだら》模様を残している。足元から曲がり角までゆっくり視線を這わせると、その模様は次第に薄闇に融《と》けこんでいくようだった。突きあたりの壁には櫺《れん》格《じ》子の窓が角からわずかに覗いていて、その窓の先も夜の闇だった。

江島は眼を覆う恰好で額に手をやり、しばらくその場に立ちつくした。ふとその手を離して光に翳《かざ》すと、彼はぶるっと軀を震わせた。

斑模様は彼の手にもしみついていたのだ。

部屋に戻り、すぐに手を洗う。石鹸をごしごしとなすりこむようにして左手、右手。そして足を片方ずつ流しの上に乗せて洗った。ごろりと横になると、疲れがどっと押し寄せ、もう何をする気にもなれなかった。

そうこうするうちに、ドカドカとけたたましく床を踏み鳴らす音が通り過ぎた。煙草を買いに出た小野田が戻ってきたのだろう。その音が去ると、再び雨の音だけが周囲を包んだ。

ごろりと寝返りを打ち、しばらくして再び軀を逆に返す。そんな輾転反側《てんてんはんそく》を繰り返しながら、彼は何やらぶつぶつと口のなかで呟いていた。そのうちふと彼は拇指《おやゆび》の爪を細かに嚙み砕いている自分に気がついた。苛立《いらだ》ったときのいつもの癖である。いかにも腺病質な印象を与えるこの癖を彼は疎《うと》ましく思っていたのだが、いざやめようとしてもなかなかやめられなかった。

彼はぐるりと部屋の内部を見まわした。数少ない食器を納めた水屋。小さな洋服簞笥。テレビ。卓袱台《ちやぶだい》兼用の座卓の上には本が数冊。そのほかに眼に映るものといえば、壁にぶらさがった鏡と、流しの横に抛り出した鍋釜《なべかま》、洗面用具だけだった。窓にはカーテンすらかかっていない。冷蔵庫すらない。

これが生活空間と言えるのだろうか。しばらくその風景を眺め渡して、彼は皮肉な笑みを浮かべた。

本のタイトルは順に『自殺の心理』『死のサイン』『自殺論』『生を放棄するとき』『自虐と自殺』……。彼の眼はそこに留まり、笑みはいよいよ大きなものになった。

しかしその表情もいきなりスイッチが切り換わるように強張った。眉を顰め、宙空に視線を泳がせる。半身を起こしてそろそろと周囲に眼を配り、そうかと思うと乱れた頭髪をバリバリと掻きまわした。

その動作もややあって止まった。ゆっくり顔をあげる。ただでさえ痩せこけた血色の悪い面相に、血走った眼をぎらつかせ、大きく肩で息を切りながら、

「そうだ。確かめなければ――」

舌先で呟いて、彼はゆらりと立ちあがった。

廊下に滑り出ると、もう荘内はしんと鎮《しず》まり返っていた。梅本夫妻の部屋は依然ドアが半開きになったままで、そこからスリッパが片方だけ裏返しになって覗いていた。

ただの卒倒だったのだろうか。夫のほうも今夜はもう戻ってこないのだろうか。半開きのドアから漏れる明かりを眺めながら考えたが、そのときの彼には分かるはずもない。

跫音をたてぬように階段をおりる。一色緋沙子のドアは下の板間の右手にあった。ドアの横手には板を打ちつけて塞いだ跡があり、もともと受付の小窓だったことが分かる。板間にはもう幾筋にも革の裂けた古い長椅子が置かれ、そこが待合室だった頃の佇《たたず》まいを如実に残していた。

かつてここに多くの患者たちが並び、診察の順を待っただろう情景が髣髴《ほうふつ》とする。そしてここで誕生した生命と、闇に葬られた生命と、果たしてどちらの数が多かったことだろう。両極端の想いを抱いて訪れる患者たち。その彼女たちが等しく坂を眺めたフランス風の出窓には、今は観葉植物の鉢植がいくつか並んでいる。もうひとつの窓は浅川の通路に面してついているが、そちらには鉄格子が嵌《は》まっていた。

そっと靴を履き、共同玄関の戸をあけて外に滑り出る。表はながい坂道だった。街灯の間隔がやけにひらいたその中間の、ひときわ夜眼のきかぬ一角だった。

道幅は四メートルくらい。向かい側にはセメントで固めた二メートルほどの崖が続き、その上には手入れもされず草木が繁っている。樹影荘に向かって左、つまり坂のひとつ下の段は古い石屋の建物で、さらに五十メートルばかり下れば、その小径《こみち》は広い大通りと直角に繋がっていた。右隣のひとつ上の段には大きな邸宅の石塀が瞰《み》おろすように聳《そび》え、坂道はその邸宅の周縁をなぞって放物線状のカーブを描いている。その道が見えなくなった先には不見地蔵《みず》と呼ばれる小さな堂が祀《まつ》られていた。それに由来してだろう、そこは〝地蔵坂〟と呼び慣わされている。

雨はその頃ようやく勢いを弱め、霧のようにコンクリート舗装を濡らしていた。深夜の坂道に人通りはなく、ただ遠い街灯の光を滲ませている。

彼は玄関の左手の低い煉瓦《れんが》塀を乗り越え、植木で音をたてぬよう注意しながら細い通路に降《お》り立った。人が躯を横にしてやっと通れる、建物と木塀のあいだの狭い場所だ。木塀の下はそのまま崖になっている。樹影荘と石屋の建物の間隔すら一メートル半しかないのだ。

彼は黒い影となって、ゆっくり窓の下ににじり寄った。石屋の建物の二階には、こちらに面する窓はひとつもなく、緋沙子の部屋の窓明かりだけがわずかにその周辺を照らし出していた。

その通路はそのまま浅川の庭に通じていたが、実際の通行は不可能だった。緋沙子の部屋に設置されたクーラーが窓の横に大きく迫《せ》り出し、しかもそれを支える鉄の支柱が二本、斜めに交差して通路を遮っていたからである。その隙間をくぐり抜けることなど大人には到底できない相談で、朽ちかけた木塀はいかにもやわな造りだけに、その上を伝っていくわけにもいかない。

窓の下に身を忍ばせると、室内の声がかすかに伝わってくる。徐々に頭をあげ、下半分が曇ったガラスを透して片眼で覗きこむ。

白っぽい室内。正面に緑色のアコーディオン・カーテンがあるのは、そのむこうにユニット・バスを置いているからだ。ベッドも見える。美しい白木の衣裳箪笥もある。ただそれだけなら普通の部屋だ。しかしその部屋には目立った特徴があった。

それは異様なほどの鏡の多さだった。大小の鏡台、吊り鏡、手鏡。そのほか細ごまとした調度品も鏡のような光沢をもつものに揃えられていた。右側のドアの近くには銀色のテーブルが据えられ、それを挟んで緋沙子と少年がいた。少年はこちらに背を向けているので表情は分からない。声はかすかに聞こえるが、会話の内容までは聴き取れなかった。ただその様子から察する限りでは、怯える緋沙子を少年が宥《なだ》めているふうに見えた。

江島は闇に身をひそめながら再びカリカリと爪を噛みはじめていた。血走った眼で急がしく室内を観察し、二人の様子を注視する。そしてその視線がふとテーブルの上に置かれているものに注がれたとき、彼の眉根《まゆね》は大きく寄せられた。

彼の眼はその黒いものに吸いつけられた。長い、L字状のもの。釘抜きである。彼は首を傾げた。美しい姉弟のような二人とその重々しい大工道具はいかにも場違いな取りあわせだった。

緋沙子のひときわ大きな声が聞こえた。表情は険しい。口論をしているのだろうか。けれども彼女はすぐに顔を曇らせ、諦めに似た意思表示を見せる。しばしの休止。かと思うと意を決したように再び何事かを口早に言いたてはじめるのだ。初めは首を横に振り続けていた少年も次第にそれに押されてか、軽い頷きを示すふうだった。

ながい沈黙が割りこんだ。迷いが二人のあいだを占めている。呟きと眴《めくばせ》。確認。そして突如少年が立ちあがった。緋沙子に何か指図する。彼女は慌てて衣裳簞笥の前に行き、いちばん下の抽斗《ひきだし》を探りはじめた。捜しものが見つかる。彼女はそれを差し出した。かなりの太さの錐《きり》だった。

二人は部屋の奥まったところに向かった。壁の一部が恰度ドアくらいの大きさに少し迫り出している。聞いていた話から、それが浅川の住居に通じていた戸口であることは容易に推察できた。少年はその前に立ち、横に並べて打ちつけられている板と板の隙間に、手にした錐を突き刺した。

一分ほどで錐は板のむこうに貫通したようだった。一旦それを抜いて、細い穴からむこうの気配を覗《うかが》っている。大丈夫と判断したのかどうか、少年は再び錐を刺しこみ、穴を押し展げにかかった。そばで緋沙子は不安げに見守っている。江島の握りしめる掌もなぜかしらヌルヌルと汗ばんでくるのが分かった。

充分な大きさに達したのか、錐を床に抛り出すと、少年はその穴に眼をあてて覗きこんだ。緋沙子にもそうしろと手振りで示す。それに従って、彼女は恐る恐るしゃがみこむ。そのあいだに少年はテーブルに戻り、あの黒い金具を手にして踵《きびす》を返した。

江島の脳裡《のうり》に、ふといつか聞いた少年の言葉が蘇った。――あッ、いけない。穴を覗きこむ彼女の後頭部に、今にもあの鉄槌《てっつい》を振りおろすのではないか。――けれども眼の前の光景は彼の想像を嘲笑《あざわら》うかのように、何事もなく進行していった。

二人のあいだに二言三言のやりとりが交わされる。強い頷き。少年は長い前髪を掻きあげ、眦《まなじり》を決して板に掌を置いた。四、五秒、気息を整えるかのように唇を結び、ゆっくりと金具の先を釘にあてた。

浅川の住居に侵入しようというのだろうか？　何のために？

江島の不審をよそに、少年は作業を開始した。一本、二本……。そして見る間に一枚の板がはずされた。板を引き剝がしたむこうにはぽっかりと黒い闇が覗いている。

緋沙子は顔を被うようにしてその闇を凝視した。

次々と板がはずされ、充分人が通れるだけになるのに十五分とはかからなかった。

少年は額に浮かんだ汗を拭い、釘抜きを置くと、そこに首を差し入れた。その直後に、口籠《くぐも》ったような少年の声が江島の耳にも届いた。慌ててひっこめ、振り返ったその顔は紙のように蒼褪めていた。

早口の囁き。緋沙子が後退《あとずさ》る。二人が恐怖に脅えているのは歴然としていた。一体そこに何があったのか。江島からは闇のむこうにあるものを見て取ることができない。それは分かっていたが、知りたいという願望のほうが強すぎた。だから身を伸ばし、窓ガラスに顔を押しつけたのは殆ど無意識の行為だった。

掛金が弛《ゆる》んでいたのか、窓枠がキシッと高い音をたてた。

彼が身を屈《かが》めるのと、二人が振り返るのと同時だった。見られたか？　しかし考えている暇はない。彼は脱兎《だつと》の如く通路を抜け、咄嗟に坂の上へと駆け出した。部屋に戻るわけにはいかない。遁走《とんそう》するほかないのだ。

坂は左にゆるやかなカーブをなし、そこを息が切れるまで駆け登った。誰もあとを追ってくる気配がないのを確かめて、彼はようやく足を止めた。

霧雨が膚に冷たい。街灯の青い光に石塀と森が淡々《あわあわ》しく浮かびあがっている。睫毛《まつげ》に列をなした微細な水滴のせいで、その光景は虹色の暈《かさ》がかかって見えた。

江島はふと、右手の木立ちの奥に小さな堂があるのに気づいた。彼が夢中で走り着いた場所は不見地蔵《みず》の正面だったのである。ぽつんと立った街灯は見当違いな方向を照らし、そのために堂の奥はか黒い闇になっている。

息を整えながらその闇を瞶《みつ》めていると、不意に巻き起こった一陣の風が細かな霧雨を舞いあげた。その途端、強い戦慄が江島の軀を貫いた。薄い天鵞絨《ビロード》のはためく夜空に何やら生白いものがまっすぐ落下していくのを見たような気がしたのである。

留まった霊

眼醒めると頭のなかは腐っていた。結局眠りに就いたのは明け方近くだったたし、何やら正体の分からぬ悪夢ばかり見て、その残滓《ざんし》のようなものは眼醒めてからもどんよりと纏わりついていた。

眼をこじあけるようにして髪を整え、髭《ひげ》を剃《そ》る。鏡のなかの顔はただでさえまるまると肥えている上に、じくじくと脹れぼったい。特に瞼は紫色の血管さえ浮き出ている。気分を鎮《しず》めるためにとやたら吹かした煙草のせいで、口のなかも灰汁《あく》を含んだようにいがらっぽい。

「ほんまに近頃、ろくなことあれへん」

吐いて棄てるように小野田は言って、黒いジャケットに太い腕をつっこんだ。冷蔵庫から口のあいたパックの牛乳を取り出し、ごくごくと咽の奥に流しこんで、すぐそそくさとドアに向かった。

階段からおりると、すっかり赤黒く変色した廊下のしみが眼にとびこむ。彼は一瞬忌まわしそうに表情を歪めたが、敢《あ》えて無視するように歩調は乱さなかった。むしろ普段よりいっそう跫音が高くなったのだが、本人はそれに気づかなかった。

一階への階段にさしかかったとき、下の板間に誰かが立っているのに気づいた。こちらに背を見せ、悄然と佇んでいる。

「梅本はんやおまへんか。奥さん、どないな具合でおます」

そう階段をおりながら呼びかけたが、返事はなかった。北側の窓のほうを向いたまま身動きすらない。

まさか、と思いかけて、彼にも梅本が何を瞶《みつ》めているのか分かった。鉢植である。白檀《びゃくだん》、翁丸《おきなまる》、葉団扇《はうちわ》、月下美人などのサボテン。ベゴニアやドラセナ、アンスリウムも様ざまな種類がある。ポインセチア、ヘデラ、窓蔦。それらの植物は広い桟や床に並べられた鉢から悉《ことごと》く引き抜かれ、葉も毟《むし》り取られて無残に散らばっていた。

梅本が購入したもの、緋沙子が新たに並べたものに分け隔《へだ》てはない。

「慙《ざん》ないこっちゃ。こら一体どないなっとるんや」

慌てて駆け寄り、その有様にカン高い声を挙げる。しかし憔悴しきった梅本は首を横に振るばかりで、しばらくしてからようやく、

「血を流したり、鉢を抜いたり、一体誰がこんなことを……」

半ば呟くような言葉に力はなかったが、ふつふつと滾《たぎ》る激しい怒りがたちのぼっていた。

「こないなことする奴ちゅうたら気ィ違《ちご》てるに違いないわ。やっぱり警察にでも報せといたほうがええか知れへん」

腕を拱《こまね》いてもっともらしく言を下したが、急に腕時計を気にして、

「ああ、こらあかん。遅れるわけにいきまへんのや。悪いでっけど、あとのことは誰かにあんじょう頼みますわ」

せかせかと逃げるように玄関からとび出した。

事務所に着くや、たて続けの来客、事務処理、電話での打合わせと息つく暇もなく、昼過ぎになってようやくひと段落ついた。

そうなると頭に浮かぶのは最近頻発する奇怪な出来事である。彼は窓の外に眼をやった。物思いに耽《ふけ》るとき、机の端を太い指でこつこつ鳴らすのが彼の癖だった。

窓の外は暗かった。雨は一時的にやんでいたが、濃い鉛色の雲が厚く垂れこめ、工場や材木置場が並ぶ川沿いの土手には人通りもなかった。林立する煙突から煙が横ざまに流れ、強い風が出はじめたのを示していた。

「どうかなさったんですか」

そう声をかけられて、初めて彼は机の上に茶が置かれたことに気がついた。

「ああ、チイちゃんか。何でもあれへん」

慌てて手を振ったが、若い女事務員はおかしそうに笑って、

「だって珍しいんですもの。小野田さんが考えごとなんて」

「そらえげつないで。わてかて考えごとぐらい、しょっちゅうや」

「そうだったかしら」

彼はがぶりと茶を呷《あお》り、渋面《しぶづら》をつくって再び窓の外に眼をやった。

水かさを増した流れは灰色に濁り、川面から頭を覗かせた葦が激しく揺らめいていた。空の色はそのまま川の色である。遥か遠くに一ヵ所だけ、雲間からの光がスポット・ライトのように洩れていたが、あとはどんよりと日暮れ過ぎの薄暗さだった。

「なあ、チイちゃん」

そう口を開いたのは、一条の光さえもゆっくり吸いこまれるように消え去ったあと

だった。

「なあに」

「幽霊て信じるか」

「まあ。急にどうしたんですか」

「幽霊ちゅうんやないんやな。……何ちゅうか、人間の怨《うら》みが悪いこと起こしたり、そういうことてあると思うか」

「霊とか祟《たた》りとか、そういったものね。小野田さんはどうなの」

「わいは――いっさい信じんほうや」

「あら、私は絶対信じるわ。その手の本も割に読んでるのよ。結局好きなのね。きっと」

「ほほう、そないに詳しいんか」

「そういうわけじゃないんですけど、私にもそんな体験があるから……」

「体験？」

彼は驚いて訊き返した。

「たいしたことじゃないんですけど、私んち、三回引越したの。その二番目の家でいろいろ変なことがあったんです。誰もいないはずなのに仏壇の鈴《りん》が鳴ったり、火もつけていないのに線香の匂いがしたり。……いちばん恐かったのは畳がはねまわったことね」

「畳が？」

「そうなんです。私たちが寝てると、夜中に突然お座敷のほうでもの凄い音がしたの。慌ててそこに行ってみたら、畳が何枚も捲れて裏返しになってるのよ。もうみんなぶるぶる震えるばっかり。そのことがあって、あるお坊さんに訊いてみたら、どうやら悪い地縛霊が取り憑《つ》いてるって。あとで分かったんですけど、私たちが借りる前、その家で一家心中があったの。奥さんが主人を刺し殺して、そのあと子供二人を道づれにガス自殺したんですって。家主はそんなこと曖気《おくび》にも出さないんですもの、ひどい話でしょう。私たちもそうならないうちにって、早々に引越しちゃったけど」

「へえ。おっそろしいめに遇《お》うたんやなあ。……で、その地縛霊ちゅうのは何やねん」

「地縛霊というのは、ある場所に留まっていてそこから動けない霊。その逆は浮遊霊といって、いろんなところをふらふらさまよっているのよ。狐狗狸《コックリ》さんで呼び出されてくるのは浮遊霊のほうね」

「そない言うたら、狐狗狸さんちゅうのはわてがちっちゃい頃もよう流行《はや》ってたわ。

その頃聞いたんは、棒を三本まんなかで結わえて、こう櫓《やぐら》みたいに立てるやろ。その上にお盆かぶせて、みんなで手を乗せるやり方や。コックリさん、コックリさん、おいで下さいまし、ちゅうて……」

「それ、古いやり方だわ。私たちは十円玉でやってたから。それとか、せいぜいお猪《ちょ》口《こ》を使うくらいで」

「狐狗狸さんも進歩するんかいな」

彼はそう言って、しばらく何事か考えこんでいたが、

「地縛霊ちゅうのは狐狗狸さんでは呼び出されんのやろか」

「どうかしら。地縛霊のいるその場所でやれば呼び出せるんじゃないかなあ」

「なるほど」

てっぺんが平べったい、五分刈りの頭をガリガリと掻きながら、彼は感心したように嘆息した。そして「流石に詳しいわ」と言いかけたとき、突然机上の電話が鳴った。気味悪い話をしていたためか、その音に彼はびくっと軀を揺すらせた。

慌てて受話器を取り、耳に押しあてる。すぐに怪訝な表情が浮かんだが、

「なんや、あんたはんでっか」

急にぞんざいな口調になって、電話の相手に投げかけた。しかしややあってその表

情は再び強張り、眉間《みけん》に深い縦皺が刻まれた。

「何やて。ちょっと、あんた！」

その胴間声に、先程の女事務員がびっくりして振り返る。けれども彼の眼にはもうほかのものは映っていないらしい。何事か呻《うめ》くと、後方に椅子《いす》を蹴《け》って立ちあがった。

「……ご冗談でっしゃろ……」

無理に笑おうとするかのように顔を歪めたが、その努力は空しかった。その声も嗄《しわが》れて力がなかった。厚い脣がぶるぶると細かく震え、その顔からみるみる血の気が失せていった。ふつふつと額に汗が浮き出し、脂ぎった膚を滑って机に落ちる。かと思うとその表情は今にも泣きだすかと思われるほど醜く崩れた。

電話は十分近く続いたが、彼はそれが終わるまでのあいだ、もうひとことも言葉を発さなかった。

「どうなさったんですか」

受話器を置くなり、待ちかねたように女が尋ねたが、彼は青白さを通りこして土色に褪めた顔で「何でもないんや」を繰り返すだけだった。

彼は地の暗さと空の暗さの混じりあった川べりの風景を眺め、気忙《きぜわ》しく机の端を指で叩きはじめた。風はますます強くなっているようだった。鋸《のこぎり》状にささくれた雲が恐ろしい迅さで走っていく。五分ほどすると突如弾けるように席を立って、

「わい、寄らんならんとこあるさかい、今日はもう抜けさしてもらうわ」

女事務員が慌てて、

「でも午後は高木さんがお見えになるんでしたでしょう」

「急用ができたさかい、あいすんまへんちゅうて連絡だけしといて。それがすんだら帰ってもええわ」

ジャケットをひっかけると、その返事も待たず、蒼惶《そうこう》と出ていった。

硬い冷たい風が吹いていた。

暗い街路を急ぎ足で通り抜け、とある金物屋の前に来ると、彼はばったりと立ち止まった。そこで人眼を憚《はばか》るように左見右見《とみこうみ》し、意を決したようにとびこんだ。しばらくして店から出てきた彼の懐には細長い新聞紙の包みが抱かれていた。それをジャケットで蔽《おお》い隠すようにして軀をまるめ、石畳の水溜りをバシャバシャとはねとばしながら駅の人ごみのなかに紛れこんでいった。

禍毒は二度

どんよりと雨雲を孕《はら》んだ空。

樹影荘の前に一台の軽トラックが駐《と》まっていた。窓の傍らに高くのびた夾竹桃《きょうちくとう》の下枝《しずえ》がそのトラックの荷台にしなだれかかっている。固い蕾《つぼみ》は数多く膨らみ、いくつかは既に白く咲き開いていた。

浅川の住居のドアがあけられており、作業服姿の男が二人、その通路を往復している。いずれも鋭く曲がった手鉤《てかぎ》を持っていた。ヨイヨイと掛声をかけながら通路から出てきた二人を見れば、腕に畳を抱えている。その畳の表には赤黒いしみが毒々しく展がっていた。一枚。また一枚。

その光景を玄関の石段に腰かけた少年がぼんやりと頬杖《ほおづえ》をついて眺めていた。着物姿のその少年が気になるのだろう、男たちは時折り横眼で一瞥《いちべつ》をくれるが、別段話しかけようとはしない。それよりも彼らは畳についたしみのほうが気にかかる様子だった。

不審そうな顔で、それでも次々と畳は運び出されていく。荷台に積まれたのは全部で八枚になった。戸口に浅川も姿を見せ、向き直った年長の男の神妙な口調が少年の耳に届いた。

「ちょっと見ただけですが、何枚かは表替えだけですみませんね。床《とこ》までやられちまってますから。そうなると新しいのと取っ替えなくちゃなりませんが、よろしいですか」

　答える浅川の言葉は聴き取れなかった。

「……そうですか。まァ二、三枚は大丈夫だと思いますよ。明後日以降、雨のあがった日に伺います。……それにしてもまァ、たびたびお気の毒でしたねえ……」

　頭を下げながら助手席に乗りこみ、車はそのまま坂を下っていった。それを見送る浅川の顔にはありありと憔悴の色が浮き出ていた。

　そのまま戸口に引き返すかと思えば、浅川はゆっくり少年に近づいていった。

「やあ」

　疲れた笑顔を夾竹桃の枝先が斜めに掠《かす》め、浅川は少年の横に腰をおろした。少年は頰杖をはずし、無言のまま軽く頭を下げる。咄嗟に言葉が出なかったのは戸惑いのせいかも知れなかった。浅川は暗く澱《よど》んだ空を見あげ、二人のあいだにしばらくの沈黙が割りこんだ。

「……大変でしたね」

細い声で少年が呟いた。窶《やつ》れたためにますます彫の深くなった浅川は困ったような微笑みを向けて、

「よほど水難の相があるらしい。いささか参ってるよ。もっとも、ここのところ、水難というより血難だけどね」

「どうして警察に報せないんですか」

「どうしてって――」

浅川は弱々しく首を振り、

「昨日も言ったように、無駄だからさ。誰がやったかなんて結局分からないよ。本腰を入れて調べてくれるならともかく、こんなとりとめのない事件。――それに昨日のことを話すなら、前の出来事も黙っているわけにいかないじゃないか。落ちてきた血が消えてしまったなんて話、まともに取りあげてくれると思うかい？　へたをすればこちらの頭を疑われかねないしね」

その説明に少年は一拍置いて、

「……でも、ひどい話だなあ」

「同情してくれるんだね。有難う。……同じ樹影荘に住んでいながら、君とはろくに

言葉を交わしたこともなかったね。でも今度のことで、逆につきあいのなさすぎたのを痛感したよ。僕は何も知らないんだ。梅本さんのこと、一色さんのこと、江島さんのこと……。もっとも、あまりつきあいたくない人間もいるけどね」

露骨に仄《ほの》めかして浅川は、

「とにかく何も知らないものだから、今度のことにしてもさっぱり見当がつかない。そこでどうなんだろう。こちら側の区画に住んでいる君としてはどんなふうに考えているのか……」

「ボク？」

少年は困惑の表情を顕《あら》わして、長い前髪を掻きあげた。

「こちらに住んでると言っても、訳が分からないのは同じです。……ただ、はっきりしているのは、血を流した人と血を拭き取った人は同じ人物だろうってことですね」

「と言うと……」

「血が流されたことを知らない人間が血を拭きに忍びこむなんて考えられないでしょう。血が流されたことを知っているのは血を流した本人だけのはずですし」

浅川は興味深げに身を乗り出し、少年の言葉を促《うなが》すように頷いてみせた。

「それで？」

「……だから、浅川さんの部屋に忍びこむことができたのは誰かを考えればいいということになります」

「忍びこむことができた人物……？」

淡々とした少年の言葉に、浅川は初めて眉根を寄せた。改めてまじまじとその顔を覗きこみ、

「君が言っているのは梅本さんのことだね」

押しこむように言って、浅川は急に立ちあがった。

「ちょっと来てくれないか」

少年が腰をあげるのを見届け、浅川は先にドアに向かった。

「外部の人間が血を流したとは考えられない。一色さんも一階だから、血を流せるはずがない。だけど君を含む残りの四人は自分の部屋から姿を現わしたのを僕が見ている。血を拭き取ってから、僕の眼をごまかして部屋に戻ることが可能な人間は誰か。

……君の言ってるのはそういうことだね」

ドアから狭い通路にはいると、湿った苔《こけ》の匂いが鼻をついた。コンクリートで固めた崖と下見板《したみ》貼りの壁に挟まれた、人ひとり通るのがやっとの道。崖の上からは烏瓜《からすうり》の茎が何本かまっすぐに垂れ下がっており、コンクリートの層はじくじくと水気を含

んでいる。二階の窓には古い手すりが突き出ていた。

「ところでこれは江島さんも保証してくれるだろうけど、部屋には水滴ひとつ残されていなかったんだ。その人物が誰にせよ、外からはいってきたのなら、雨の滴りくらいはどこかに残っているはずだよ。とすれば、そいつは雨に濡れずに侵入したことになる。そんなことが可能な侵入経路といえば、階段しかあり得ない。そう、君も知ってるんじゃないかな。僕の部屋と梅本さんの部屋を直接繋いでいる階段だ。

この階段は現在、梅本さんのほうの戸口でしめきってあるそうだ。前に簞笥を置いていると聞いたことがある。だから僕のほうから梅本さんの部屋に出入りすることはできない。だけど梅本さんのほうからはそれができるんだ。僕もやっぱりそんなふうに考えたよ。血を拭き取ったのは梅本さんでなければならない。だから血を流したのも梅本さんだろうと……」

板貼りが途切れると、そこには二間のガラス戸があった。そこから先の通路にはビニールの庇《ひさし》が被さっている。浅川はガラガラと戸をあけ、踏み石にサンダルを脱ぎ棄てる。少年もそれに倣《なら》って駒下駄《こまげた》を揃えた。

すぐ眼の前に障子があり、薄暗い廊下が左右に続いていた。左側のそれは直ちにジグザグ状に折れ曲り、直角方向の闇のなかへとのびているのが見て取れる。恐らくその先に緋沙子の部屋との境があるのだろうと容易に見当がついた。

やや蒼褪めて見える少年の表情からは、しかしはっきりとした感情を読み取ることができない。浅川はその少年の耳許に口を寄せ、

「ちょっと見てみるかい」

囁くように言って、障子を開いた。

まず眼にとびこんだのは畳をあげた剝き出しの床板だった。畳がないというだけで、その六畳間は異様な雰囲気に満ちていた。乱雑に敷かれた古い新聞紙には処どころ赤黒いものが滲んでいる。つと眼をあげると、天井はさらに惨憺《さんたん》たる有様だった。殊に中央のあたりは一面の血痕で、吊り下がった蛍光灯の笠にも垂れ落ちた跡が幾重も残されていた。

柱や壁は、正面の鴨居のなかほどに欄間《らんま》を伝って流れた跡が見えるほかは、かろうじて被害から免れていた。

「襖のむこうも畳二枚がやられた。……ここは通るわけにいかないから、こちらから」

障子をしめながら示したのは廊下の右側だった。浅川は自分から先に立ち、天井の低い三畳間を通り抜けて、目的の場所に案内した。

そこには三つの戸口が並んでいた。

右は炊事場、左は浴室。問題の戸が中央のそれであることは説明されずとも明らかだった。枢《くるる》で開閉する、いかにも古めかしい木の舞戸《まいど》。横に組んだ桟のひとつが隠し閂《かんぬき》になっており、その脇には真新しい錠が取りつけられてあった。

「もとからじゃないよ。あのことがあって気味が悪くなったから、急遽《きゅうきょ》取りつけたんだ」

傍らに下げてあった鍵でそれをはずし、閂をコトンと滑らせると、わずかな傾きと戸の重みで、自然に音もなくこちらに開いた。よく視ると、枢をさしこんだ戸臍《とぼそ》の両側にも金具を打ちつけ、そちら側から戸をはずせないようにしてある。

階段は左へ回りこむように続いていた。覗くと湿っぽい空気が舞いおりてくる。古い壁土の匂い。天井近くに小窓があるだけで、そこは極端に暗かった。階段にも電灯があるにはあるが、電気のコードが途中で切れていて、全く役に立たないらしい。浅川はそれにつけ足して、この住居には意味のないスイッチやコンセントがいくつもあることを指摘した。

「上に梅本さんはいるだろうか」

尋ねられたが、少年は知らなかった。浅川は急に声を落とし、少年にスリッパを履くよう促して、闇のなかに足を踏み入れた。

階段は粗い埃《ほこり》がうっすらと積もり、スリッパの下でシャリシャリと音がした。

「分かるだろう。この埃」

闇のなかで再び耳許に寄せ、浅川はそっと囁いた。

「あのときまで半年近く、この階段に出入りしたことはなかった。だから梅本さんが本当にここを通ったのなら埃の上に足跡がつくはずだ。僕はそう考えて、懐中電灯でここを調べてみたんだよ」

二人はぐるりと一回転し、突きあたりの戸口まで達した。その先はもう梅本の部屋なのだ。人の気配はないが、念のためだろう、浅川はいよいよ声をひそめ、

「だけど——どこにも足跡を見つけることができなかったんだ」

その言葉の響きには聞く者をぞっとさせるものがあった。暗闇のなかで浅川と少年の呼吸の音が混じりあい、そのまま十秒ほど言葉が途切れていたが、やがて二人はどちらからともなく急な階段を下っていった。

下の戸口でスリッパを脱ぐと、少年は浴室の先に、庭に面した縁側が続いているのを見つけて、急に声の調子をあげた。

「こちらが庭なんですね」

「そう。庭といっても、みっともないものだけど」

「そんなことはありませんよ。庭木や鉢植もきれいに手入れして——」

少年はそのことで思い出したのか、朝に起こった鉢植荒しの件を持ち出した。浅川はまだそのことを知らないでいた。

「全く、何がどうなっているんだろう。僕には訳が分からない」

窶《やつ》れた顔で浅川は呟いた。

二人が共同玄関まで戻ったとき、暗い坂の下に小野田の姿が眼に止まった。ビヤ樽《だる》のような軀を揺すりながら登ってくる。途中から小野田もこちらに気づいたらしく、浅川と少年の取りあわせが奇妙に映ったのか、怪訝な表情を向けながら近づいた。

「お待ちしてたんですよ。小野田さん」

呼びかけたのは浅川だった。しかし相手は心急《せ》く素振りで、無言のまま歩き続ける。

「お話があるんです。ちょっと時間を戴けませんか」

玄関のそばまで来てもう一度声をかけると、ようやく小野田はうっそりと猪首《いくび》を傾け、

「何ですねん」

「去年からのことで、ちょっと。私の部屋に来て戴いたほうがいいのですが、生憎《あいにく》と畳替えの途中なので、お宅ででも」

「へえ。……あんたもひつこいお人でんなあ。あのこと、もうすんだはずでんがな」

ふてぶてしく言って、さっさとあがりかけるのを、

「お逃げになるんですか」

そのひとことで小野田の表情が一変した。

「面白《おもろ》いこと言わはりまんな。もっとオモロいこと聞かせて貰えそうでっけど、何せわて、部屋でせんならんことありまんのや」

気色ばんで言うのに対し、浅川のほうも引きさがる様子を見せなかった。喰いさがり続けるうち、その押し問答に業を煮やしたのか、

「ほたら勝手にしたらええがな！」

小野田が怒鳴り、荒々しく跫音を立てて二人は階上に姿を消した。

十分ほどして、樹影荘の前に自転車の止まる音がした。少年はソファーから腰をあげる。はいって来たのはつるりと禿《は》げあがった七十男だった。職人風のその老人は羽織を纏わせればそのまま落語界の重鎮に納まれそうな風貌をしていた。その人なつっこい笑顔を少年に向けると、老人はぺこりと頭を下げた。

「今晩は。遅くなっちまって」

「待ってたんですよ。大工さん」

少年のほうも皓《しろ》い歯を見せて答えた。

「もう六時。いや、すいませんねェ。ちょいとゴタゴタしてたもんで」

大工は待合室に道工箱を置き、少年について階段を登ると、

「アァ、こりゃひでェもんだ。こっからあすこィ、全部じゃねェですか。やっぱり遅すぎたなァ」

てかてかとした頭をピシャリと叩いて嘆息した。

「遅すぎたと言いますと」

「ペンキが乾くのに時間がかかるんですよ。こんだけ塗り直すとなると、夜中まで人が通れなくなっちまいますからねェ。……しかし参ったねェ。今日一日ですむと思ってたもんですから。予定が狂っちまったなァ」

仄暗く翳《かげ》りつつある廊下を右往左往しながら大工はしきりに頭を叩く。その影はひょろりと長く、赤黒いししみの上を這いまわった。

「ボクはひと晩出かけてもいいんですけど、ほかの人はどうでしょうね」

「ようがす。あたしが訊いてみましょう」

一階のトイレまで登り降りしなければならない江島からあたってみると、外泊するからかまわないという返事だった。梅本の部屋には人の気配がなかったが、念のためにドアを叩くと、意外にもなかから声があり、とにかく早く血の跡を消してほしいということだった。

「問題はこの上ですがね」

大工は三階に顎をしゃくってみせた。それまでも言い争いに近い声が伝わってきていたが、その頃、二人の声は罵《ののし》りあうように大きくなっていた。

「また刃傷沙汰《にんじょうざた》にならなきゃァいいですがねェ」

そんなことを呟いて、大工はおっかなびっくり階段を登った。少年が下で聞いていると、しばらくして小野田の胴間声が、

「ああ、そらかめへん。わて、今日はもうどこにも出えへんよって。……さあ、帰り。あんたが帰らんと、大工はん、廊下にペンキ塗れへん言うとるやないか」

あとの半分は浅川に向かってらしく、張りあげられた。しかしそれに続いて、

「結構じゃないですか。朝方まで乾かないというのでしたら恰度《ちょうど》いい。今晩ゆっくりお話の決着をつけようじゃありませんか」

浅川の言葉が聞こえ、それによって再びひと悶着あったらしく、大工が引き返して

きたのは五分ほどのちだった。

「結局ひと晩ああやってそうですなァ。こちらも勝手に塗っちまいましょう」

愛嬌《あいきょう》のある苦笑いを浮かべつつ、大工は肩を竦めてみせた。下にとって返し、ペンキの罐《かん》をぶらさげて戻ったとき、少年はふと気になった様子で尋ねかけた。

「さっき、刃傷沙汰がどうとか仰言いましたね。また起こらなければいいというのはどういうことですか」

すると急に大工はあからさまに眉を顰め、口の前で指を突き立てた。あたりを覗《うかが》う素振りで顔を寄せ、

「そのこたァ――ちょいとここでは」

囁くように声をひそめた。少年は一瞬身じろいだが、すぐ好奇の色に頬を染めて、

「じゃ、どうでしょう。ほかにもいろいろお伺いしたいこともあるし、少し部屋で話を聞かせて戴けませんか。どうせ今日ひと晩は誰も廊下を使用しないんですから、塗るのを少し遅らせてもいいでしょう」

「へえ、そりゃようがすよ。塗るの自体ァ一時間もありゃァできますからね」

いかにも話好きらしい大工はむしろいそいそと少年の誘いに乗った。

少年は部屋の向かいの窓に眼をやった。頑丈な櫺格子《れんじ》の嵌まった窓の外では、厚く

垂れ籠めた雲のために黄昏《たそがれ》の色さえ押しやられつつある。ガラスにぽつぽつと水滴が付着し、再び雨が降りはじめたのを示していた。

鍵をあけ、薄暗い部屋にはいる。踏込みを通って奥に行こうとして、少年はふと、黒ずんだ床の上に白いものが落ちているのに気づいた。拾いあげてみると、四ツ折りにした紙切れである。

少年は首をひねった。

不審な面持ちで開いてみる。現われたのは鉛筆で書かれた文字だった。わざと筆蹟を変えたらしい、稚拙な金釘流《かなくぎ》。少年の眼はその文字の上に吸いつけられた。

『コロサレルノハオマエダ』

文字はそう読めた。少年はしばし立ちつくした。特徴もないメモ用紙。たどたどしい文字。けれどもそれを瞶《みつ》める少年の表情は消え去り、わずかに紅味のさした頬に垂れかかった髪がようやくそれと分かるほどかすかに揺れた。

殺されるのはお前だ……？

少年は紙片を握り潰した。

「どうかなすったんで？」

「いえ。何でもないんです」

少年は事もなげに答えたが、その鮮やかな脣に一瞬淡い笑みがたちのぼったのを大工は気づかなかった。

「それより、さっきの話をお願いします」

電気をつけ、座蒲団の上に落ち着くと、大工は身を乗り出し、

「そうそう、それなんですがね」

と、講釈師のように空咳《からぜき》までして語りはじめた。

「三年ほど前《めえ》のことですよ。当時、あの西側の部屋に住んでた人《しと》なんですが、ノイローゼってんですか、ちょいとおかしくなっちまったんで。隣の梅本さんに一部始終盗み聴きされていると思いこんだんですなァ。あいだの壁を防音にしろってんで、大家さんにしつこく言い立てるわ、それが駄目となると梅本さんのほうに怒鳴りこむわで、そりゃァ大変《てえへん》だったそうで。いいえ、大声でならいざ知らず、そんなに聞こえるわけァありゃしませんや。全くの気のせいですよ。ところがいくらそう説得したって、本人は耳も貸しゃしません。もう頭から信じこんでるんで。

そんな騒ぎが二、三ヵ月も続きましたかねェ。とうとうある日、そいつァ庖丁を振りまわして梅本さんのところィ押しかけたんでさァ。奥さんは背中を刺され、梅本さんも脚を斬《き》りつけられた。ホレ、梅本さん、少うし跛《びっこ》をしいてるでがしょう。あれァ

あンときの怪我のせいなんで。膝のあたりの筋をやられたってんでさァ。すぐに警察呼んで、男は取り押さえられたそうです。奥さんの傷自体もたいしたこたァなかったそうで。……ただ、お気の毒なことに、奥さん、そのとき妊娠中だったたってんですから——」

大工の口許を瞶めていた少年の眼が丸く見開かれるまで少し間があった。

「まさか……それじゃ」

「へェ。流産しちまったんで。イヤ、何ともお気の毒に。暗剣殺《あんけんさつ》が向こうからすっとんでくりゃァ、人間のほうはどう仕様もありませんや。全く物騒な世ン中で」

「大工さん、ご存知なんですか。昨日のあの騒ぎで、梅本さんの奥さん、やっぱり流産なさったんですよ」

今度は大工が眼を剝く番だった。怯えに似たものが初めてその顔に現われ、キョロキョロと周囲に眼を配る。そしてようやく溜息《ためいき》をつくと、

「まさか水子の祟りってわけでもあるめェに、あン人《しと》たち、この建物に住んでさえいなけりゃ、二人の子宝に恵まれていたはずなんだなァ……」

嗄《しわが》れた声で呟いた。

縛り首の木

緋沙子のなかの恐怖はゆるやかな振幅を繰り返していた。しかもそれは時とともに膨れあがっていく。

樹影荘で何かが起こっているのは確かだ。だがそれが何なのかは杳《よう》として摑めない。正体が知れぬだけにいっそう不気味だった。考えていると、恐怖がひしひしと身を縛りつけてくる。もしかするとそれらの出来事は将来起こるもっと怖ろしい何かの前兆ではないのだろうか。それも、ごく近い先の――。

緋沙子はそんな予感を振り棄てることができなかった。――部屋を覗く蠟面《ろうめん》。投げこまれたマネキンの首。トイレの死の文字。二度流された血。そして今朝、根こそぎ荒されていた鉢植。――並べてみても、そこからはっきりした輪郭は浮かびあがってこない。

底知れず窕《ふか》い狂気の淵《ふち》。あるいはこの世ならぬ黒ぐろとした場所。禍毒が齎《もたら》されるのは常にそのようなところからに違いない。

彼女は五分ばかり正面の大鏡を瞶《みつ》めていた。鏡のなかの自分とまっすぐ対座して睨みあうその行為は彼女にとって既に習慣以上のものになっている。けれどもここしばらく、何かが微妙に違ってきていた。わずかだが根本的な変化。眼に見えない齟齬《くいちがい》。地の底から死は来るだろう。死の触手はどこまでものびて、彼女を縛ろうとするだろう。

鏡の片隅には窓の横に掛けられた円型の時計が映っている。

深夜の一時。

それが逆になって、鏡のなかでは十一時を指していた。そうだ。逆さまなのだ。私は何のために鏡を見ているのだろう。今はなぜか、夥《おびただ》しく並べた鏡たちはよそよそしい。緋沙子は眼を閉じ、首を横に振った。何かが私を裏切ろうとしている。無論、死は来るに違いない。しかしそれはもしかすると私とは拘りのないところからではないのだろうか？

彼女は鏡から離れ、風呂の用意をはじめた。

もともと診察室だったこの部屋に風呂場はなく、彼女はユニット・バスを据えつけていた。コックを開いて湯を入れると、五分ほどで浴槽はいっぱいになる。彼女は窓のカーテンがしまっているのを確かめ、咽元まで被い隠すようなブラウスの襟に手をかけた。

湯に軀を沈める。

緊張と疲労が毛孔のひとつひとつから滲み出ていく。

掌に湯をすくって何度も顔を洗い、そのまま浴槽のへりに頭を凭《もた》せかけた。四方を仕切るビニールのカーテンは、淡いブルーの地に赤茶色の蔓草《つるくさ》が反復模様で描かれていた。その柄《がら》をぼんやり眺めているうち、急に胸の奥底から棘《とげ》のひっかかるような不安が湧きあがった。

無視しようとして浴槽に眼を落とす。湯気のあがる水面は彼女の動作につれてゆらゆらと波立ち、沈めた白い両脚はほんのりと紅くなっていた。その脚の産毛《うぶげ》には細かな気泡がびっしりと拡がっていて、掌で撫でまわすと膚から離れ、炭酸水のように水面にのぼっていった。

暢《の》ばした左脚をその水面近くまで持ちあげてみる。何気ない動作だったが、彼女は少なからぬ驚きを覚えた。水面近くになるほど光の屈折が著《いちじる》しいためか、彼女の足先は縦に縮まり、あたかもひとつの瘤《こぶ》のような畸型《きけい》なかたちを浮かびあがらせたのだ。

今度は爪先を横に倒してみる。すると踵《かかと》から先は禽《とり》の足のように細長く尖った。

不思議な感覚だった。手でその足先をさわり、実際は変形していないのを確かめようとしたが、同様に歪んで見える手で探ってみても、その実感はなかった。彼女はしばらく足先を縦にしたり横にしたりを繰り返した。

そのうち再び予感のようなものに惹かれ、彼女はカーテンに眼を戻した。赤茶色の蔓草はうねうねと蛇のように這いながら同じ形状を反復している。蛇と異なっているのはいくつにも枝分かれしている点だった。その茎にそって独特の形をした葉が数多く繁り、陽射しを遮るように密集している。こんな光景をどこかで見たことがなかったろうか。視界を阻む葉の重なり。絡みあった蔓草。噎《む》せるような樹液の匂い。その先の暗紛れには鋭い牙を光らせた恐ろしい猛獣がひそんでいるに違いない。

現実の体験ではないだろう。映画かも知れない。一枚の写真かも。——それともいつか読んだ小説の情景だったろうか。

猛獣はゆっくり軀を起こし、遠巻きに歩を踏み出し、やがて恐ろしい跳躍力でまっすぐこちらにとびかかってくるだろう。その悪意の眼。低い低い唸《うな》り声。そして大写しになった顔は、もしかするとバックリと口を開いたあのマネキンの首かも知れないのだ。彼女はそんな空想に怯えた。訳の分からぬ不安だった。

そう言えば、ドアに鍵をかけただろうか。ロックした記憶はあったが、絶対かというと自信がなくなる。蔓草の葉の一枚一枚がその動揺を奇妙に押し展げるような気がした。

今、誰かがドアをあけて侵入してきたら。

考えると心臓が次第に高鳴ってくる。そうだ。その何者かは既に影のように滑りこんでいるかも知れない。猫よりもひそかに跫音を忍ばせ、ひょっとするとこの奥の部屋にまでやって来ているかも知れないのだ。

しめきったカーテンのなかから彼女はその影を見透かそうとした。その想いは蔓草の葉陰にひそむ何者かを捜す行為と重なりあう。濛々と立つ湯気でカーテンは汗をかき、ゆっくりと筋をつくって流れ落ちていた。

ハアハアというかすかな息遣いは聞こえてこないだろうか？　もしかするとその何者かは大胆にもカーテンに眼と鼻を寄せ、こちらの様子を覘《うかが》っているのではないか？

再び顔を洗う。神経が亢《たか》ぶっているのだ。落ち着かなければ。彼女は窓の外から聞こえる雨の音に耳を傾けた。カーテンの外の人影は砂が崩れるように溶けて消える。単なる妄想なのだ。強く瞼を押さえ、首筋の凝りをほぐすように顎を突き出す。大丈夫。そしてもう一度蔓草の模様に眼をやった。

彼女の脳裡に別の不安が蠢《うごめ》きはじめた。昨夜板を剝がして再び打ちつけておいた例の戸口。そのむこうに黒い気配が寄りそってはいないだろうか。

人間のものではない恐ろしい力で板を押し破り、それはこの部屋のなかにはいりこんで来ているのではないだろうか。

そこまでが限界だった。手をのばし、一挙にカーテンをあける。ベッドの横のゼラニウムの葉がかすかに揺れていたが、人影はなかった。胸を庇《かば》うように立ちあがると、濡れた髪が首から肩に纏わりついて気味が悪かった。

急きたてられるように軀をバスタオルで拭き、下着をつける。それでもなお不安は去らなかった。むしろ正体の知れぬ気配は今にも彼女を圧倒せんばかりに、すぐそこまで迫っているような気がしてならなかった。

彼女はしばらくその不安のせいで、夜着を纏うか先程の普段着を着直すか迷っていた。部屋のなかの夥《おびただ》しい鏡は冷たく光り、その数だけ下着姿の彼女が映し出されている。鏡は恐ろしい。結局彼女は不安に負けて、ブラウスとタイトスカートのほうを選んだ。

雨は静かに降り続けている。階上からのかすかな軋《きし》みが伝わってきていた。彼女は衣服をつけ直すと、呆心《ほうしん》したようにベッドに腰をおろした。

じっとそうしていたかと思うと、不意に電撃を浴びたように立ちあがる。そのまま部屋のなかをぐるぐると歩きまわる。そっとドアに寄り、ロックがかかっているかどうか確かめる。こんな心弱いことでどうするのだ。再びベッドに取って返し、毛布の上に両腕をついた。眼は板づけした戸口に向ける。彼女はしばらくその不安定な姿勢を動かさずにいた。無論、それらひとつひとつの行為は不安から逃れようとする必死の試みである。彼女自身も充分そのことは承知していた。

「――ラ――ラ――ララ――」

不意に出まかせのメロディーを口ずさみ、それを繰り返し唱えながら軀を起こす。部屋の中央でピルエットめかして一回転し、彼女は吊りさげられた一面の鏡の前に立った。

湿りを帯びて艶《つや》やかに光る髪。釣りあがり気味の細い眉。睫毛は濃く長く、水色を含んだ白眼に対して、瞳はどこまでも深い透明な闇だ。鼻は形よく尖って、脣もくっきりと品がいい。

しかし喰い入るように覗きこむと、口のはたや頰の産毛がふるふると細かくそよいでいるのが分かった。さらに眼を凝らすと、皮膚の上を網目状に走る溝が大写しに見て取れる。罅《ひび》割《わ》れた荒れ地とどれほどの違いがあるだろう。やや堆《うずたか》く黒ずんでいるのが黶《ほくろ》である。具《つぶさ》に視ると、雪で洗ったような膚にさえ、かすかなしみや黶は意外なほど数多く散在していた。

眼のなかを覗きこむ。水色を含んだ白眼も、よくよく視れば濁った部分がある。毛髪よりも細い血管が走り、あまりに細いものは青黒く見えた。瞼のふちは皮膚の網目がくっきりと浮き出し、それらは重なりあって、より深い皺となっている。下瞼の薄い皮膚からはその下を走る血管が透き通って見え、まるで水底に棲む線虫のようだった。

彼女はつと顔を遠ざけた。ゆっくりと視線を落としていく。鼻から口。頤《おとがい》。咽を通って弛められた襟元へ。鎖骨の間《あわい》で留まると、彼女の視線はそこに釘づけになった。

死神のキス・マーク。

彼女は眼を閉じ、急いでボタンを詰め直した。不意に涙があふれ、意外な迅さで頬を伝った。そうだ。これある限り、呪縛は消え去るはずがない。骨の髄まで灼《や》きついた烙印《らくいん》なのだから。私がそれを望んだ。ほかならぬ私が――。

そのとき激しい物音が身近で起こった。彼女はびくっと身を縮めた。誰かが樹影荘の玄関に駆けこんできたのだ。

「早くう！　誰か、誰か……」

女の金切声。聞き憶えのない声だった。しかしその徒《ただ》ならぬ様子は何より強く聞く者に迫った。彼女は胸の奥に氷の刃でも刺しこまれたような感覚に襲われ、その場に立っているのがやっとだった。

ややあって階段を踏み鳴らす跫音が続き、声の主と何やら応対があった。咳上《せきあ》げるような女の声と男たちのどよめきが重なる。緋沙子は前のめりに重心を失いかけた。

「そうなのよッ。坂の上のお地蔵さんのとこ。こちらの梅本さんに間違いないのよッ！」

ドアをあけて玄関に出ると、雨は本降りになっていた。男たちはバラバラと坂を駆けあがっていく。少年の姿はなかった。彼女は少し遅れてそれに続いた。

坂はゆるく左にカーブを描き、再び右に蛇行して、鬱蒼とした森の木下闇《このしたやみ》へとまわりこんでいた。さらに先へ行くと、木立のあいだに切れ目が現われる。簡素な石畳の続く小径《こみち》だった。突きあたりは崖の入り組んだ場所で、不見《みず》地蔵はそこに祀られている。小さな堂のなかに、中央に一段高く両側に低く、三体の石仏が並んでいた。

堂の前には一本の木の電柱が立っていたが、笠を被った裸電球はまるでそっぽの方角を向き、その乏しい明かりでは赤い涎《よだれ》かけを認めるのがやっとだった。その堂の下手に既に五、六人の人影が屯《たむろ》しており、彼らはその先に黒ぐろと聳える椎《しい》の巨木を瞻《み》あげていた。緋沙子はその背後に並び、同じ方向に視線を泳がせる。梢の折り重なった窕《ふか》い闇のなかに、その途轍もなく大きなてるてる坊主はぶら下がっていた。

そうだ。人間ではない。何か別の、異様なもの。

髪は煙るように逆立ち、眼はいっぱいに見開いてとび出しそうだった。だらしなくあいた口からは牛のような大きな舌がはみ出し、歯はそれを強く噛みしめている。そこから流れたねばねばとしたものが黒い鬚《ひげ》を白く汚していた。

彼女は瞻あげたまま凍りついた。顔が似ているはずはない。けれどもそれは幼い頃に見た老婆の死顔とそっくりだった。死は地の底から来る。長い触手はどこまでものびて、彼女とその周囲の人びとを縛るだろう。……

いいや違う。断じて違う。これは私とは拘りないところから来たものだ。

首にかかった縄は耳の下まで喰いこみ、異様に膨れあがった顔はやや黒ずんでいた。ぶらりと垂れ下がった足の片方には靴がなく、ズボンの下から雨も混じってか、気味の悪い液体がボタボタと滴り落ちていた。

見開いた眼はどこも見ていない。屍体は闇のなかに、ぼーっと仄白《ほのじろ》く滲んで見えた。

屍体？　だけどどうしてそう言えるのだろう。みんなどうして黙って見ているのかしら。もしかすると、まだ死にきっていないかも知れないのに。ああ早く降ろしてやって。今なら助かるかも知れないのよ。そうじゃない？

しかし緋沙子はそれを口にすることができなかった。恐ろしさともどかしさが頭のなかで弾け散り、くらくらと眼が眩んで彼女は顔を背けた。そして彼女はその場で激しく吐いた。ドロドロの吐瀉物《としゃぶつ》は屍体から垂れ落ちる液体によく似ていた。ねばねばした涙が眼のなかにあふれ、サイレンの音がその場に到着するまで、彼女は何度も嘔吐を繰り返した。

爬虫類の眼

ただでさえ小暗い森。しかも深夜。侘《わび》しい裸電球は見当違いの方向を向き、屍体の下がったあたりまでがかろうじて見通しの利く範囲だった。その先の木下闇となると、一寸先を読み取るのも容易でない。雨は森全体を押し包むように降り続け、車のライトで照らし出すと、屍体は濡れたズダ袋のように見えた。

既に死亡は確認されている。弥次馬《やじうま》を森から追い出し、仕切りの線を張るあいだに写真撮影。すぐに引きおろすと、検視官の手に委ねられる。手順は速やかに進められた。

現場の不見地蔵は〝眼なし地蔵〟とも呼ばれている。その小さな堂から約七メートル左手にひときわ巨大な椎《しい》の木が聳えており、かつて神木として祀られていた形跡があった。屍体の吊りさがっていたのはその最も低い枝である。それでも地上からは充分三メートルはあった。

屍体の真下に転がっていた片方の靴のほかは、堂の横に倒れていたコウモリ傘だけがはっきりとした遺留品だった。周辺の地面は泥状にぬかるみ、発見当初に集まった弥次馬に荒らされ、足跡の確認などは不可能だった。首を吊る足台となったのは大木の背後に巡る石崖趾《あと》らしく、最も近接した場所には草の踏みしだかれた形跡が残っていた。石崖は一メートル半ほどあり、そこに立って手をのばせば、枝にロープを結ぶ作業はさほど困難ではないのである。

死亡した時刻は十二時から十二時半のあいだと推定された。発見されたのは一時半頃である。発見者は近所に住む学生で、死者が樹影荘の梅本雅生と認めたのは、その悲鳴を耳にして駆けつけた主婦だった。彼女の話によれば、梅本はたびたびこの場所に来ていたそうである。

遺書は現場からも、樹影荘の自室からも、ついに発見できなかった。

夫人は流産のため入院しているとのことで、その病院をつきとめ、直接訃報《ふほう》を伝えた。泣き崩れる夫人から解剖の了解を取り、また故人の郷里とも連絡を取った。その時点では、二度子供を喪《うしな》ったショックが自殺の動機として浮かびあがっただけである。しかし樹影荘の他の住人から事情を聴くうち、不可解な一連の出来事が背景として存在することが明らかとなり、その事実は警察を当惑させた。

発見当時、樹影荘にいたのは小野田欣三、浅川孝介、一色緋沙子の三人だった。江島貞之はその騒ぎの余韻がまだ残る夜中の三時過ぎに戻ってきた。御原響司郎が帰宅したのは十四日の昼近くだった。

解剖所見では特に不審な点は見あたらなかった。索溝《さっこう》は咽から両耳の下にかけての明瞭な一本のみで、赤紫色に変色し、陥没している。頸椎《けいつい》には荷重による損傷が見られ、頸部気管支の後面には拇指大《おやゆび》の溢血斑《いっけつはん》が七ヵ所あった。咽の周辺に表皮剝離《はくり》した擦過痕《さっかこん》が五ヵ所。いずれも生活反応が見られ、つまるところ、縊死《いし》を否定する材料は皆無なのである。

ロープはナイロン製で、柔らかく、膚ざわりのよいものだった。長さは一メートル七十センチ。輪の部分は〝8の字結び〟を応用した〝縊り縄《くび》〟になっており、枝に結着しているほうは〝舫結び《もやい》〟だった。

梅本には親しい友人と呼べる者は殆どなく、職場をあたってもこれという情報は得られなかった。

結局のところ警察としては、ほぼ自殺に間違いないにしても、何パーセントか残された疑問は引き続き調査するという方針を採った。

少年が樹影荘に帰宅したとき、江島はたまたま待合室に居あわせた。そこで彼は、少年が事件のことを報されるのを目撃した。

説明したのは緋沙子だった。彼女の眼は紅く充血し、顔色も冴えなかった。誰も眠っていないのである。外部の者がどう考えようが、彼らにとって梅本の死は一連の不可解な出来事から切り離されたものであり得なかった。

無論、流産の原因がそのうちのひとつである以上、自殺であるのが事実だとしても、そういう意味での繋がりは確かにある。しかし彼らの懼《おそ》れはそういった関係にでなく、もっと違った、何か言い表わし難いものに向けられていた。

初めから異変を敏感に感じ取っていたらしい少年は、梅本が首を吊ったという話に、驚きよりまず怪訝な表情を浮かべた。少年はすぐ、その場にいた江島に眼を向け、一瞬何事か言いかけたようだった。

江島もはっとして向き直る。

奇妙な一瞬だった。発せられるべき言葉が声にならないまま、二人の視線は絡みあった。見開かれた黒曜石のような瞳。気配はびりびりと膚を顫《ふる》わせ、江島のほうでも何か訊き返そうとしたが、そのとき既に少年の注意は話の続きに向けられていた。気のせいだったのだろうか？　混乱した頭で振り返ってみても、はっきり解答は得られなかった。江島は混乱していた。気を抜くと姿かたちの知れぬ魑魅魍魎《ちみもうりよう》がいくらでも頭のなかに湧き出して彼を脅かす。そのいやらしい生き物は建物の影の部分に棲んでいて、いつしか獲物となった人間の暗い頭蓋にまで忍びこんでくるのだ。ここに留まる限り、侵蝕《しんしよく》を喰い止める術《すべ》はないに違いない。

少年は話を聞き終わると、ゆっくり階段を登った。自室に戻るのかと思えば登りつめたところで立ち止まり、着物の両袖に腕を入れて佇んだ。廊下を端から端まで眺め、その視線をどことも知れぬ建物の内部に巡らせ、少年は蒼褪めた顔で黙想に沈んでいた。

そのとき、初老の男女が玄関に姿を見せた。

「住人の方ですか。私、梅本の父親です。このたびはたいへんお騒がせしてしもうて……」

白髪のまじった実直そうな男は深ぶかと頭を下げ、婦人もそれに倣った。母親のほうは下瞼を紅く糜《ただ》れさせ、さんざん泣きはらしたのが痛々しいほど一目瞭然だった。ひとつの死がこうやって確実なものになっていく。

緋沙子に促され、悄然と部屋に向かう梅本の両親を見送りながら、江島は再び奇妙な感覚に捉えられていた。その初老の夫婦を仄暗い階上から瞶《みつ》めていた少年の顔に、またしても訝《いぶか》しげな表情がたちのぼったからである。今度は気のせいではない。神妙に頭を下げ、二人が梅本の部屋に姿を消すまでのあいだ、その表情は凍りついたまま動かなかった。

午後から葬儀の準備が進められた。警察から梅本の遺体が還ってきたのは夕刻だった。葬儀社の従業員たちが通路を往復するうち、樹影荘は次第にしめやかな喪《も》の色どりに移り変わっていった。

「この部屋だけだと、明日はちょっと狭いですかねえ」

従業員のそんな言葉を聞きつけたのか、自分の部屋も使ってほしいと少年が申し出るのを江島は眼にした。梅本の両親は辞退しようとしたが、

「どうせボク、何日か部屋をあけますから」

少年はそう念を押して、彼らを承服させたようだった。

江島はそのやりとりを尻目に、ゆっくり階段をおり、玄関から出た。空はドロドロとした厚い雲に覆われ、家も崖も薄墨に染まって、そのなかで坂の地面だけが妙に仄白かった。樹影荘の玄関戸に忌中の札が下げられ、両脇には花輪が並べられている。

今晩が通夜、そして明日が葬儀である。江島はそれらのものから顔を背けるようにトボトボと坂道を下っていった。

あてがあったわけではない。坂を下りきり、大通りを右に折れると隣の駅まで商店街が続く。彼はそこをぶらぶらと通った。

下町の風情が残る街筋には風雪を偲《しの》ばせる古い店が多かった。それらの多くは惣菜《そうざい》屋、乾物屋、古本屋などで、また木地屋、建具屋、指物屋、石屋といった工匠の店も少なくない。けれどもそれはやはり一部のことで、デパートやスーパー、洒落《しゃれ》た内装の服屋、電気屋、喫茶店、化粧品店などが大半を占めている。夕間暮《ゆうまぐれ》の通りはそろそろ華やかなイリュミネーションが点りはじめ、それでも眼を奪うとりどりの色彩に飾られた洋品店やフラワー・ショップの角をひょいと曲ると、蝮《まむし》の壜詰や高麗人参《こうらいにんじん》を並べた生薬《きぐすり》屋があるという具合だった。

一軒一軒そうやって確かめながら通るのは初めてだった。海苔《のり》屋、煎餅《せんべい》屋、焼物屋、靴屋……。そして薄暗い鬘《かつら》屋のショーウインドウを振り返ったとき、彼は奇妙な気配を感じた。背後の通行人の一人が咄嗟に顔を背けたような気がしたのだ。

訳の分からぬ胸騒ぎが襲った。誰だろう。雑踏を眺め渡したが、視線の主は見当もつかなかった。

うそ寒い商店街の光景のなかに、生白いものがゆっくり落ちていくのが見えた。心臓の鼓動が乱れるのが分かる。くらくらと眩暈《めまい》がした。幻覚か？　そうには違いない。視線もそうだったのだろうか。自分は今どんな顔をしているのだろうか。一体何が牙を剝き出そうとしているのだろうか。江島は蹌踉《よろ》めくように再び先に歩きだした。

勤め帰りの時間帯なのか、人通りは結構多い。人眼を避けるように右手の路地に折れ、住宅の並ぶだらだら坂を辿った。その道にもいくつか往き来する人影はあり、小暗い水底に揺らめく藻の塊りのように見えた。時折りそっと振り返ってみるが、風貌も知れぬ人影のどれが怪しむべき人物なのか、確かめようもなかった。流された薄墨は次第に色濃く周囲を包む。彼はいよいよつのる胸苦しさを抱きしめ、人通りのない小径《こみち》を選んで何度か角を折れた。

一旦疑惑が転がりだすとどうしようもない。木塀に挟まれた道はどこまで行っても跫音がついてくるような気がした。不安に押されて自然に足迅《あしば》やになる。懸念は懸念を呼び、夜の闇と同じだけ深まりゆくのだった。

江島はぐるりと大回りをした恰好で樹影荘の近くの公園に出た。公園とはいってもブランコと砂場の周囲に藤棚を巡らせ、ベンチが五つ六つ置かれているだけのものである。彼は街灯の青紫の光に足を踏み入れ、ようやくほっと息を継いだ。碁盤のような石畳はぼおっと光を反射し、そこに藤の影が落ちている。彼はベンチのひとつに腰をおろし、汗ばんだ額を膝に埋めた。

公園はしんと鎮まり返っている。

彼は泣き伏すような恰好のままカリカリと爪を嚙《か》み続けた。考えを纏めようとしたが、自分が何を考えているのかも分からなかった。以前から彼の眼の前には細くて長い一本道しかなく、けれども今はそれさえ見失おうとしているのだ。

彼はそうやって何分のあいだ身を伏せていただろうか。

突如、背後で靴音がした。石畳と靴裏のあいだで砂が鳴る、ジャリッという音。知らぬうちに誰かがそっと忍び寄っているのだ。江島は弾けるように面《おもて》をあげ、振り返った。

青紫の光を浴びて、異様な風体の男がそこにいた。小柄な軀。鼠色のコート。髪はボサボサの蓬髪《ほうはつ》で、病的に見開かれた眼は右側が藪睨《やぶにら》みだった。味噌《みそ》っ歯が目立つ唇はキューーッと半月型にひきつれている。

爬虫類《はちゅう》の笑いだった。

腰を浮かし、身構えるように向き直ると、男はニチャニチャした声で、

「江島さんですねェ」

そう尋ねかけた。

江島は咽《のど》にものが閊《つか》えたように言葉を返すことができなかった。

「失礼。あたくし、楢津木《ならつぎ》という者でして、まァ、しがない窓際刑事ですよ。今度のことはあたくしが受け持つことになりましてねェ。つまり、何だかよく分からないあやふやな事件はこいつにでも任せておけってわけでして……」

「刑事さん……？」

江島の頭に残ったのはそれだけだった。魂が抜けたようにぽつりと返すと、楢津木はいよいよ脣を捩曲げて、

「そうです。……いやァ、分からない、分からない。一体誰があんなことをしてるのか。厭がらせだとすると、誰に対してのものなのか。……せめてあれが自殺だということさえはっきりしてくれれば、あたくしもサッサと手を引くんですけどねェ」

ボリボリと粗い髪を掻きまわした。その態度は妙にネチッこく、狎々《なれなれ》しい。江島は全身粟立つような悪寒を覚えた。そんな相手の印象を知ってか知らずか、ニタニタとした笑みを近づけ、内緒話でもするように、

「ホッとさせてあげましょうか。廊下に流された血ね。……アレ、豚の血だったそう

です。あれだけの量ですから、どこかの屠畜《とちく》場からでも盗み出したものなんでしょう。……どうです。ホッとしましたか。でも、あたしゃ残念でしたねェ。だって、そうでしょ。人間の血だったとしたら、こりゃもうハッキリした大事件だ。あたくしも力がはいろうってもんですよ」

「そうですか……」

江島も笑いを返そうとして、その試みは失敗に終わった。顔の筋肉は力なく歪み、泣きかけたような曖昧な表情にしかならなかったのである。

三部

会葬の裏側

朝から線香の匂いが立ち籠めていた。部屋から出ると、それは途端に鼻腔を擽《くすぐ》り、緋沙子は思わず数珠《じゅず》を握り直した。

階段を黒い喪服の人たちが往き来している。緋沙子は軽く頭を下げながら故人の部屋に向かった。樹影荘の空気はいつにも増して重苦しく、廊下に塗られた新しい白のペンキがひどく空ぞらしかった。

六月十五日。葬儀のはじまる十時までにはまだ二時間近くある。

部屋には既に十人ばかりいた。

今朝早く退院してきた梅本夫人の姿もあった。祭壇の近くにひっそりと座を占め、膝の上にハンカチを握りしめて、痛々しく顔を伏せている。それまで緋沙子は夫人をまじまじと瞶《みつ》めたことがなかったが、風丰《ふうぼう》としては平凡な、どこにでもいる女という印象だった。それが喪服に身を包んだそのときの彼女ははっとするほど美しく見えた。

そのそばに梅本の両親もいた。夫人の父親らしい猫背の男が窓の外を眺めている。潤《うる》んだ眼で何事か喋りあっている三人の婦人。腕章をつけた若い男。それにまじって小野田、浅川、江島の姿もあった。

「あ、一色はん。どうぞこちらへ」

小野田の勧めに従って、緋沙子は空いた座蒲団のひとつに坐った。襟元の詰まった黒いチュニック・ドレス姿の緋沙子に、若い男が眼を瞬《しばた》かせて振り返った。

窓の外は懶《ものう》げな霧雨だった。雨の伝うガラスのむこうに繁った樫の葉が淡々しく滲んでいる。女たちの会話や夫人を宥める父親の声が低くまじりあっているが、その内容までは分からない。緋沙子は祭壇に眼をやった。中央に掲げられた遺影は何年か前、海で撮ったものらしかった。

抜けるような青の空。皓《しろ》い歯をこぼれさせた梅本は彼らの知っている陰気で冷笑的な俤《おもかげ》からは限りなく遠かった。背後の白い棒は船のマストだろう。そこに映っているのは確かに梅本に違いなかったが、一昨日の夜に死んだ梅本と同一人物だとはどうしても思えなかった。写真自体の明るさもこの建物のなかから遊離して見える。脇に置かれた金色の優勝カップも妙にそぐわない印象だった。

「一色はんも昨日会わはりました、あの刑事？」

小野田が声をひそめて話しかけた。

「ええ」

「えらい気味の悪い人でしたやろ。片っぽ、藪睨《やぶにら》みで。どないなこと訊かれはったんでおます」

「どんなことって……梅本さんのこととか、最近のおかしな出来事のこととか。それに夕方から夜にかけて、玄関から誰か出入りする音が聞こえなかったかどうか訊かれましたわ。ずっと奥の部屋にいましたので、全然気づかなかったんですけど」

「はあ、そうでっか」

考えるように眉根を寄せ、いよいよ声を低く落とすと、

「あの刑事、おかしなことに気ィつきはったんだす。そこの廊下、ペンキ塗り終わったんが七時頃で、下で騒ぐ声聞こえてわてらが駆けおりたときは、まだ乾いてなかったみたいですねん。わてら二人の足跡はぎょうさんついてまっしゃろ。それやのに眼

ェ皿にして調べてみても、梅本はんの足跡だけついてェしめへんちゅうんだすわ。いいえぇな、下にあったどのスリッパ見ても、裏にペンキがついてへんのだす。……一体どないしておりたんか……」

緋沙子は思わず小野田に向き直った。腫《むく》んだようなその顔を覗きこみ、

「足跡がないんですって？」

「そないでんが。大工さんが塗りはじめるとき、念のため声かけたら、確かに返事があったそうだす。いつ出ていきはったんか知りまへんけど、わてらより先には違いおめへんよって、足跡残らんはずないんだす。おかしおまっしゃろ。わてらもさっぱり訳が分かりまへん」

彼女のなかの何かが掻き乱されるのが分かった。鼓動が迅くなる。恐怖はゆっくりとやってきて、襞《ひだ》を重ねるように彼女を取り巻いた。

やはり何かが起こっていたのだ。

一瞬、耳鳴りがしたようだった。雨音と人の囁き声に混じって、それは猛獣の唸りのように思えた。闇に眼を光らせるけだもの。視界を遮る葉の重なりのむこうの――。

私はその獣の名前を知っている。

「奇態《けったい》な話でっけど、あの刑事かて、負けんくらい妙な男でっせ。梅本はんの御両親

に話聴いてるとこ見てましてんけど……」

小野田によると、楢津木と名乗った刑事は故人について尋ねかける前置きに、おかしな言葉を口にしたらしい。

「息子さんは首を縊《くく》られましたが、その縄は、同時に過去をも括《くく》ってなくっちゃなりませんのです」

それには二人も怪訝な顔を見せた。

両親の語った梅本の過去は小野田には意外なものだった。幼い頃から愛嬌がよく、眼から鼻に抜ける悧発《りはつ》な子供で、学生時代も積極性豊かな、人に好かれる性格だったというのだ。それが次第に変わったのは上京し、就職してからで、三年前に足を悪くしてからいっそう輪がかかったらしい。

「大学んときはヨット部にはいっとって、部長も務めたことのあるくらいですから」

陽に灼けた皺の多い顔に悲嘆の表情を浮かべ、父親はそう語った。

そしてそのとき、どういうわけか、刑事は尖らせた口を窄《すぼ》め、ありありと落胆の色を顕わしたというのである。

「そらもう、この眼ではっきり見ましたわ。何であないにガッカリしたんやろか……」

小野田の声を聞きながら、けれども緋沙子の注意は別のところに向いていた。

浅川だった。

少し離れた窓際に坐った浅川は彼女たちのほうには一瞥《いちべつ》もくれず、膝の上に両手を支柱《つかえ》にして、じっと前方を瞶めていた。祭壇ではなかった。遺族のあたり。視線の先は夫人と思われた。浅川はぴくりとも軀を動かさない。瞶めるというより、睨み据えていると言うべきかも知れない。その様子には緋沙子を膚寒くさせるものがあった。

江島のほうに眼を移すと、こちらは魂が抜けたように力なく背を丸め、肘をついた左手の拇指《おやゆび》を口許にやり、カリカリと爪を嚙み続けている。時折りかすかに肩を震わせ、キョロキョロと周囲に眼を配るが、再び呆然《ぼうぜん》と爪を嚙みはじめるといった具合だった。

「刑事はん、今朝も早ように来たんだっせ」

小野田の言葉が再び彼女の注意を惹いた。

「そのとき奥さんが言うてはりましたわ。今度のいろんな出来事、鳴沢ちゅう男の仕業に違いない……。三年前、梅本はんとこに刃物振りまわしてねじこんで、結局奥さんを流産させてしもた男のこと知ってはりますか。江島はんの部屋に住んどった男ですわ」

「ええ、響司郎さんに聞きましたわ。……その人、今はどうしてるんですか」

「刑事はんの答えるには、あたくしも一応調べてみた。その男、精神鑑定で病気やちゅうことはっきりしたさかい、一年ほど入院してたそうでおます。そのあと半年くらい通院してたんやが、今は行方知れずちゅうことで。実家は岐阜のほうで、病院もそのへんやそうだすけど、ひょっとして東京へ戻って来てるか知れまへんなあ。額の狭い、痩せた、眼つきの鋭い男だす。まさか思うけど……」

そのうち弔問客の数が増え、僧侶も着き、葬儀は十時にはじまった。樹影荘の住人は響司郎の部屋に席を移し、そこで会葬することにした。梅本の部屋に列席しきれなかった者も数人、そこに陣取った。

少年の部屋は六畳ひと間だった。緋沙子も滅多にはいったことはない。もともと家財道具は少なく、きちんと整頓されていた。壁の一方に据えられた大きな本棚だけがどっしりと重々しく、前面は白いカーテンで鎖されていた。壁を見まわしても、少年の心遣いで額はずしがされたのか、絵やポスターの一枚もない。

読経がはじまった。低く太い声が荘内に響き渡り、薄暗い空気はいよいよ重く沈みこんでいった。

「おたくはんら、どない思わはります？　自殺するような素振り、おましたんでっか」

ひとしきり黙坐していた小野田は梅本の職場の配下らしい男に話しかけた。

「いやあ、僕は全然。梅本さんは控え目で、もの静かな方でしたから、素振りと言っても」

二十歳そこそこの若い男も結構話し好きらしく、小声ながら話を続けた。緋沙子はそのボソボソとした会話に、聞くともなしに耳を傾けていた。

「でも、やっぱりアレなんでしょう。二度も流産なさったという――」

「ええ。そら自殺ちゅうのがほんまやったとしたら、それが理由に違いおめへんけど」

「と言いますと、そうではないと？」

「まあ……わてにはよう分かりまへんけど、何やらちょっとキナ臭うて」

ほかの者はわざとその会話を聞かぬふりをしていた。ひとり眉を顰めているのは浅川だった。

「あの人、奥さんが流産してまうようなこと、自分でしてしもたんと違うやろか」

「自分で？　どういうことです」

「さあ。分かりまへん。……分かる人には分かるんでっしゃろけど」

浅川はたまらず横合から口を挿《はさ》んだ。

「血を流したのが梅本さんだというのですか。面白いですね、こんな時と場所で。……何か確かな証拠でも」

その声に江島も首を向けた。緋沙子も危険な予感に息を詰める。

「証拠やなんて。せやけどほかに考えられしめへん。ほんまやったら血ィ流した者《もん》をつきとめようとするん違いまっか。それがそうやない。……何でだっしゃろ、自分のせいやったからだす。何せ、自分で自分の子、殺すことになってしもたんだすさかいなあ……」

小野田はそこでふてぶてしい笑みを含み、

「もっともこれは自殺がほんまやとした上での話だす。血ィ流したんが梅本はんやと知って、殺しとなった者《もん》もおるか知れまへんしなあ」

「……どういう意味ですか」

押し殺した声。事情を知らぬ者にも二人の会話にどういった毒が籠められているか、朧《おぼろ》げにでも察せられたに違いない。部屋の空気は険悪なものに占められ、二人を睨《ぬすみみ》る者たちのあいだに戸惑いの表情が展がった。しかし小野田は喜色満面のていで手を振ってみせ、

「安心しなはれ。あんたはんやないことはずうっと一緒にいてたわてがよう知ってま

すわ。義理立てする気さらさらおめへんけど、生憎《あいにく》、わて嘘だけはようつけん性分でっさかい。運がよろしおましたなあ」

そう言って声をあげて笑った。浅川はしばらく気色ばんだまま押し黙っていたが、不意に席を立つと、蒼惶《そうこう》とその場から立ち去った。

再び読経だけが周囲を占めた。

「奇態《けったい》な男でっしゃろ」

ポカンとしている若い男に小野田は再び囁きかけた。彼はそして相手が事情を知らぬのも構わず、一方的に喋りはじめた。

「実際のとこ、あの男のはずおめへん。話聞いたとこでは、血ィ流したんも梅本はんやなさそうですわ。血ィ流したんは、血ィ拭き取った人間やないといかんさかい、梅本はんのほかにそれができた者《もん》おれへんか、考えてみなあかんのだす。

あの男が二階にあがった隙に下に往き来するちゅうたら、もう窓からロープ使うほかあれしめへんわ。せやけどその方法やと、ここの部屋の子、絶対無理だす。そこの東っ側《かわ》の廊下の窓使うよりあれへんけど、見た通り、あすこにはがっちりした櫺格子《れんじ》嵌まってますよってに。

わてかてそうだす。小柄な人やったらともかく、わて、この軀だっしゃろ。九十七キロおますねんで。雨で濡れたロープ伝うて三階までよじ登るやなんて、とてもやあらしめへんが、ようせんこっちゃ。窓も奥まってるよって、屋根踏み破ってまうやろし。

なあ。そうなると、残るんは一人しかいてへん。小柄やし、窓は出入り自由やし、そらもう打ってつけだっせ……」

あからさまな当てつけだった。江島は顔色を変え、まじまじと小野田の顔を瞶めた。

「私だって言うんですか！　私がそんなことをしたと！」

その声に今度ははっきり全員が振り向いた。梅本の部屋にまで聞こえたのではないかという危惧《きぐ》が彼らの共通の表情だった。

「何ですねん、そんな大声で。わて、理屈を通して話しとるだけでんがな。ひとつの仮説ちゅうやっちゃ」

嘲《あざけ》るようなその返事に、江島は何とも名伏し難い表情を浮かべ、不意にそれが空笑に変わったと思うと、突如として外に駆け出していった。跫音はバタバタと遠ざかった。

「アッハハ、こら面白《おもろ》い。みんな逃げていきよる。脛《すね》に疵《きず》あれば笹原走る、ちゅうやっちゃ」

緋沙子は胸苦しさに、殆ど息をしていなかった。何かが取り返しもつかず、こうして破局を押し進めているのではないか。樹影荘の住人ひとりひとりに凶《わる》いものが取り憑いているとしか思えなかった。途轍もない悪意。それは私たちに何をさせようというのだろう。緋沙子は石を詰められたような胸を抱きしめ、ただ黙って気を揉むほかなかった。

それから一時間ほどたって、読経は長い尾を曳《ひ》くようにして終わった。

焼香がはじまった。

いよいよ濃密に立ち籠める香の匂い。鎮まり返った建物のなかにかすかに畳を踏む気配が伝わってくる。彼らは少年の部屋で順番を待った。

再び読経の声。

順番が近づき、緋沙子たちも列をなして廊下に出た。ドアをくぐり、誰にともなく会釈して、彼女は親族の前に進んでいった。

年配の婦人が三人、ハンカチを眼に押しあてて鼻を鳴らし続けている。その横に夫人の父親、次が故人の両親、そして夕子未亡人だった。

「このたびはほんま、ご愁傷さまなこって」

神妙な面持ちで悔みを述べる小野田に続いて、彼女も何か声をかけようとしたが、巧く言葉にはならなかった。

膝の上で固く手を握りしめた夫人は今は気丈に軀を引き起こしている。皺の多い額にさらに深く縦皺を寄せ、胡麻塩《ごましお》頭をガックリと落とした父親。その傍らで今にも消え入りそうに忌島田《いみしまだ》を下げ続ける小柄な母親は眼を真っ赤に泣き腫らしていた。

緋沙子は今一度深く首《こうべ》を垂れ、祭壇に向き直ると、設けの席に進み出た。香を抓《つま》みあげ、押し戴いて香炉に焼《く》べる。それを三度繰り返し、数珠を持ち直して合掌する。ここに眠っているのは梅本ばかりではない。地からのびた死の触手に搦《から》め取られた者すべて、この葬儀で弔《とむら》われているのだ。

あの老婆もまた。

彼女は不意にあの老婆が彼女自身の祖母だったのではないかという疑念を抱いた。脈絡のないその想いは彼女を戸惑わせた。そうだ。彼女は母方の姻戚関係を全く知らない。産後すぐに死んでしまった母のことを父もあまり語りたがらなかった。老婆の子供が少なくとも一人は生き残っていて、それが彼女の母だったとしたら。

それで何がどうなるというわけではないのだけれど。

告別式は時間を置かず続けられ、再び読経の声が樹影荘の空気を重々しく震わせ

た。最後の対面がすみ、釘打ちも終わって、出棺が行なわれる頃には午《ひる》近くなってい
た。
霊柩車《れいきゅう》を見ると、彼女は自然に拇指を握りこんだ。幼い頃、父方の祖母に教わった
言い伝え。拇指を隠さないと親の死に目に会えないよ。その彼女は既に双親を喪《うしな》い、
癖だけが消えず残った。私は誰のために指を隠すのだろう。それを思うと、緋沙子は
いつも弱々しい笑みを浮かべるほかなかった。
葬儀社の男が二人、祭壇の片づけにかかった。緋沙子も部屋の整理に加わる。白布
をかけた二段の簡単な壇を用意し、男たちは引きあげていった。
小野田は胡座《あぐら》を立て膝に崩し、やたら煙草を吹かしている。
壇の上には供物を載せた三方《さんぽう》、香炉、線香立て、鈴《りん》、燭台《しょくだい》のほか、例の優勝カップ
も置かれてあった。近づいてよく視ると、そこには〝唐津ヨットレース優勝記念〟と
彫られてあった。
「あの梅本はんがヨットやってたやなんて、思いも寄りまへんでしたな」
既に眼敏《めざと》く見て取っておいたのだろう、小野田は吸殻を灰皿に捩りつけながら呟い
た。
遺族が遺骨を携えて戻ってきたのは二時を過ぎた頃だった。そのあとも小野田は何《なに》

呉《くれ》となく世話を焼き、話の相手をしていた。緋沙子は早々に引き取ることにした。

「お疲れでした。いろいろ手伝って戴いて」

母親は何度も頭を下げた。

階段をおり、ドアの鍵をあける。疲労が軀の芯まで澱《おり》のように沁《し》みついていた。あの騒ぎのときからの悪い予感はまだ続いている。彼女の部屋はその暗い気分を多少なりとも和らげてくれるはずだった。しかし、そのときは何かが違った。

部屋にはいった瞬間から奇妙な違和感が彼女を抱き竦めた。

昨夜大幅に取り払った鏡のせいかとも思った。しかしどうやらそうではない。もっとかすかな気配なのだ。悪い予感はいよいよ膨れあがっていく。彼女はその正体を見極めようと神経を針のように尖らせた。

そこは四辺形ではなく、角が欠けた五角形の板間だった。一方に小さな流しとコンロ台が置かれている。テーブルの上や床には荒された鉢植のうち、まだ大丈夫だったものを植え直して並べてある。長い葉の中心に美しい黄緑の帯が走るドラセナ・フラグランス。川筋に沿って緑地に黒い街が展がるさまを思わせるベゴニア・マソニアーナ。灰の上にインクで葉脈を描いたようなカラジウムのキャンディダム。それらのうちにも違和感の正体は影をひそめている。

奥の部屋へのドアに近づき、そっと押しあけてみる。違和感はそれとともに大きくなった。

その途端、緋沙子は気配の由縁に思いあたった。細ごまとしたものの位置が少しずつ変わっているのだ。電気スタンド。ペン立て。眼醒し時計。花瓶。ポット。カレンダー。……

彼女は思わずベッドのほうに駆け寄ろうとして、もっと大きな異変に気づいた。板を打ちつけて鎖してあった例の戸口。その板が四枚剝がされ、床の上に転がっていたのである。剝がされたあとは黒い穴になって、巨人の口のようにポッカリと開いていた。

彼女は倒れそうになるのをやっと怺えた。あまりの恐怖に、叫び声を挙げることもできなかった。

表のドアには鍵がかかっていた。誰かが忍びこんで板を剝がしていったのではない。その何者かはこの黒い口のむこうから訪れたのだ。少なくともそのときの彼女にはそうとしか思えなかった。板を突き破り、彼女の部屋に足を踏み入れ、そして再び闇のなかに戻っていった人間ではない何者か。――その黒ぐろとした姿が一瞬だけありありと像を結びかけたが、すぐにまた茫漠《ぼうばく》としたイメージのなかに消えていった。

躯じゅうの血が引いた。

マネキンの首。死の文字。窓の蠟面。一面の血の海。梅本の死顔。それらのものが一度に脳裡に押し寄せ、ぐるぐると渦を巻いた。耳鳴りはまたしても猛獣の唸り声となり、腥《なまぐさ》い息が不意に首筋にかけられたような気さえした。

そうなのだ。闇の底の最も暗い部分に棲むそいつの眼ははっきりと私に向けられたのだ。

戦慄はしばらくあとから来た。緋沙子はその莫迦げた恐怖を振り棄てるのに必死だった。いくら何でも魔物の類いであるはずがない。それはやはり人間なのだ。だけどそいつはどうやって忍びこんだのか。鍵は一体どうしたのか。

彼女は他人に鍵を預けたことは一度もない。誰も合鍵を持っているはずはなかった。しかもここの錠は釘や針金でおいそれとはずせる簡単なものではない。

ひょっとすると木に吊されるはずだったのはこの私だったのではないだろうか。

緋沙子は訳の分からぬ強迫観念に押され、整理簞笥から大型の懐中電灯を取り出した。スイッチを入れ、光線を暗い穴に翳《かざ》す。しばらくぐるぐると回してみて、意を決してそこに足を踏み入れた。

私はとんでもない無鉄砲な行動に出ているのだろうか。背を屈めてやっと通り抜けられる穴をくぐり、たちまち周囲が闇に呑みこまれると、そんな想いが鼓舞した決意を萎《な》えさせようとする。それをさらに奮い立たせるには、その何者かがまだここに残っているはずがないと強く自分に言い聞かせるほかなかった。惑乱に頭のなかがくらくらと安定を失う。懐中電灯を取り落とさぬよう手に力を籠めるのはもとより、自分の軀をも必死で支えなければならなかった。

私がここに入居する前に既に合鍵を手に入れていた人物ならば不思議はない。鳴沢という男だろうか。ここに何の用事があったのだろう。それはそれでいいとしても、私の持ちものの位置をずらしていく、どんな必然性があったのだろう。

どこまでいっても深い謎ばかりが続く。その一部分でもいい、真相というものに指を触れ、爪のあいだに刮《こそ》ぎ取ることはできないものなのか。

彼女はあらん限りの気力を振り絞って、電灯を前方に掲げ直した。そこにはやはり幅の広い厚板が横に並べて打ちつけられていた。

響司郎とともに初めてここにはいったときから仕切りのからくりは呑みこめていた。ふたつの住居を隔てていたのは板一枚分の壁ではなかった。ごく手狭なこの空間を挟んで、両側から板を打ちつけていたのである。夥《おびただ》しい蠹魚《しみ》はこの空間から這い出てきたのだ。

二人で殺虫剤を振り撒《ま》いて退治したので今は死骸が転がっているだけだが、当初はそのウジャウジャと犇《ひしめ》きあっているさまに手を束《つか》ねて顫えあがるばかりだった。なぜこの空間を封じこむような仕切り方をしたのか。——その答もこの闇のなかにあった。彼女は光線を左側に向ける。そこには壁はなく、黒い闇がぽっかりと巨大な咽のように続いていた。地下に続く階段。樹影荘には隠された地下室が存在していたのである。

彼女は一歩一歩腐った階段を踏みしめた。板は処どころボロボロに朽ち果て、粗いセメントが剥き出しになっている。両脇の壁も天井もじめじめと湿気が沁《し》み出し、埃を纏った蜘蛛の巣が重たげに垂れていた。黴臭《かびくさ》い匂いがつんと鼻を突き、それには饐《す》えたような悪臭も混じっていた。

地の底まで続くかと見えるその階段も実際はそう長いものではない。蜘蛛の巣を避けながら三メートルばかりおりると、突きあたりの横手に半開きになったドアがあった。その戸も湿気のためにぶよぶよに腐っている。すり抜けるようにしてそこを通ると、十数畳ばかりの部屋に出た。

緋沙子は早鐘のような鼓動を覚えつつ、電灯の光をぐるりと巡らせた。

そこはリノリュームの床と漆喰《しっくい》の壁天井に囲まれた、ひどく陰湿な空間だった。あちこち剝落《はくらく》し、粗いセメント面が覗いている。その上にも無惨な亀裂が縦横に走り、褐色のしみはその罅割《ひびわ》れから滲み出て、天井から床にかけて何重にも折り重なっていた。やはり夥しい蜘蛛の巣が張り巡らされ、床にはあちこち水溜りができている。部屋じゅうに積まれた書籍や書類。ミカン箱。そこからあふれ出たガラクタの山。ひときわ眼を惹きつける、錆びついた婦人科用の内診台。注意すれば、それは床に据えつけられたものであることが分かる。とすれば、この地下室の用途が何であったかも容易に推察できた。

湿気の激しいこの部屋に貸間としての価値が全くないのは緋沙子の眼にも明らかだった。だからこそガラクタ類を運びこんだ上で、出入口を塞いでしまったのだろう。異様なほど虫が湧き出しさえしなければ、この部屋の存在は誰にも知られずに終わったに違いない。

懐中電灯でひと渡り照らしつけ、人影がないのを確かめようとして、彼女は髪の毛がざわざわと逆立つのを感じた。人の姿があったのではない。光線に描き出された内診台の影が彼女の手の動きにつれて暗褐色の壁の上を大写しに這い進んだのだった。

最初から妙な予感がしていたように思うのは気のせいだろうか。

コンクリートで固めた崖は湿った苔が貼りつき、腥《なまぐさ》い臭気を放っている。骨の髄まで侵蝕していく皮膚病。あるいは深海に棲む巨大な生き物の膚はかくの如くだろうか。崖の上から烏瓜《からすうり》の蔓が何本もまっさかさまに垂れさがり、地面の上に蜷局《とぐろ》を巻いている。その崖はドアまで十メートルあまり続き、従って通路は常にじめじめとした湿気に包まれていた。

その日の朝も細い雨が淫《みだ》らに降り続けていた。通路は決して平らかとは言えず、二、三ヵ所に水溜りがのさばっている。下駄の音をたてながらそれを避け、突きあたりまで歩いていく。まだ新しい頑丈なドア。古い建物にそれだけが場違いな印象だった。

ドアを押しあけると、すぐ右手には伸び放題の夾竹桃《きょうちくとう》が植わってある。これだけは近年のものでなく、病院だった頃から純白の花を結び続けているに違いない。盛夏となれば緑のなかに浮き立つばかりに咲きこぼれるだろう。もしかするとひとつひとつがここで闇に葬られていった生命のように。しかし花だけは血に染まることなく、ひと夏の鮮やかさを人びとの眼に灼きつけてきたのである。

けれども今はまだ花の数は少ない。繁った細長い葉はドアをあけたはずみでバラバラと雫を落とし、首筋と手を冷たく濡らした。

木の下には郵便受けがある。新聞を取ろうとして、そこに一通の手紙がひっそりと舞いこんでいるのに気がついた。裏を見ると差出人の名前はない。表を返して、封筒を持つ手がびくっと凍りついた。

真っ白な封筒には似合わないカラフルな色。その色は切り貼りした紙によるものだった。雑誌か何かから活字を選んで並べたのだろう。文字は『アサ川サマ』となっていた。

彼はその封筒を新聞に重ね、パジャマの胸元に隠すようにして急ぎ足に部屋に戻った。

直接郵便受けに投げこんだものではない。切手にはちゃんと消印も捺《お》されている。

彼は蒲団の上に胡坐《あぐら》になり、固く糊づけされた封を切った。予想に違《たが》わず、便箋にも大小の活字が踊るように並んでいた。

『重大ナ用ケンアリ

6月二二日ゴ後7ジ
カラツ城ノモン前ニテマツ
カナラズコラレタシ』
文面はそれだけで、そこにも差出人の名前はない。
地理に疎《うと》い彼にもその名称は聞き憶えがあった。しかし実際にどの県のどのあたりに位置するのかまでは知らなかった。
唐津市——九州は佐賀県北部に位置する城下町。玄界灘に面する港町であり、また焼物は唐津焼の名で知られる。唐津城は別名、舞鶴城とも呼ばれ、風光明媚な観光地としても有名である。
事典で確かめ、地図帳でその位置を確認しながら、浅川の脳裡には漠然としたイメージが徐々に膨れあがっていった。そのイメージには内容がなく、ただ黒ぐろとした重量感があった。
重大な用件。それは樹影荘の上に矢継早《やつぎばや》に降りかかった一連の奇怪な出来事に関したものに違いないだろう。そうでなければ、このような手紙が送られる心あたりは全くない。しかし、それは一体何なのか。なぜ彼にそれを告げようとするのか。そして手紙を送りつけてきた主は誰なのか。

二十二日といえば二日後である。唐津は地図を見る限り、福岡から遠くはない。新幹線を利用し、あとは急行にでも乗り換えれば、たいした長旅とは言えないだろう。早く終わればその日のうちに飛行機で戻ってこれるかも知れない。そこで何が告げられるにせよ、彼はそれを知りたいと思った。従って待ちあわせに応じるかどうかは熟考の必要もない問題だった。

当日、彼が樹影荘を出たのは朝の七時頃だった。

新幹線のなかでは殆ど眠っていた。岡山を過ぎた頃に眼を醒まし、珍しく展がった晴れ間の下で明るく輝いている野山の緑を新鮮な想いで見送った。田の稲が風に揺れ、緑に銀色の波が渡っていく。しかしそれも束の間で、あとは福岡に到着するまで再び眠りに落ちた。

この何週間のうちで、そのときの眠りが最も深く穏やかなものだったかも知れない。

そして福岡では雨のなかに逆戻りだった。

そこからは筑肥《ちくひ》線を利用する。殆ど鈍行列車ばかりの線だった。三十分の待ちあわせののち、ディーゼル機関車に連結された短い車両の列車に乗りこむと、車内は独特の人熅《ひといきれ》に包まれていた。

奇妙に懐しい感覚だった。

東京ではどんなラッシュ時でもその不思議な温もりを体験することはない。それが客車の古さのせいなのか、暖房の仕組みの違いによるものなのか、それとも車内を占める九州訛《なまり》の会話がそう思わせるのか、彼にはよく分からなかった。

窓からは雨に煙る玄界灘が見えた。想像していたよりも明るい海の色。沖では雨が激しいのか、水平線は朧に融けこんで、空と海とがひと繋がりになっていた。その風景は彼の眼の前で、ひとつの象徴であるかのように思われた。

彼には語るべき言葉がない。彼にはなすべき行為がない。何もかも淡い単一色のなかに煙り、それはこの先、どこまで続くのだろうか。たとえ旅先で彼を待つものが何かの罠だったとしても、彼はそれでいいような気もした。感情なく海を眺め続け、東唐津駅に着くと夕刻の五時恰度だった。

タクシーに乗りこんだ頃から胸の奥底に棲む虫のようなものが騒ぎはじめた。彼自身にも覘い知れぬ奥深いところ。揉みあわせた両の掌にうっすらと汗が滲むのが分かる。

閑疎な市街地を走り、十分ほどで城に着いた。時間までにはまだたっぷりある。彼はそれまで観光客を決めこむことにした。石崖を巡るように段を登ると、黒い門から天主閣が望まれる。降りしきる雨のために訪《おとな》う人影は疎《まば》らで、藤棚も青くもの寂しげに霞んでいた。その藤棚を右に見ながら坂をあがり、天主閣に登ると、下界が一望のもとに見渡せた。

そこが別名舞鶴城と呼ばれている由縁はそのときになって得心がいった。玄界灘に寄りそって築城されたその天主からは東と西に美しい白砂の浜辺が湾をなし、そこに大鶴の翼を展げたさまを重ねあわせることは何より容易《たやす》かった。通称、虹の松原である。

彼はその天主で時間を潰した。白く毳立《けばだ》った海を眺めていると飽きなかった。垂れ籠めた雨雲が薄暗さを増し、徐々に仄明るい部分を押しやって、気がつくと渺茫《びょうぼう》とした海も暗い鉛色の底に沈みこもうとしていた。

時間になり、彼はゆっくり踵《きびす》を返し、門のところまで降りていった。

もう人影は殆どない。従ってその人物が現われたならすぐそれと分かるはずだった。

誰なのだろう。わざわざこんなところに呼び出して、何を伝えようというのだろうか。

胸の奥底に棲む虫はいよいよ蠢動《しゅんどう》の勢いを加え、彼は息苦しさに傘を持つ手を何度も替えた。木立も闇のなかに融けこんでいく。鉄柵も小さな売店も。そして帳《とばり》がそれらのものを覆いつくしてしまった頃から、急速に期待は醒めはじめた。

三十分過ぎ、一時間過ぎ、しかしそれらしい人影はおろか、猫の子一匹も訪れる気配はなかった。

悪戯だったのだろうか。いや、単なる悪戯のはずはない。それとも彼を呼び出した人物の身に何かが起こったとは考えられないだろうか。……ちょっとした手違い。不慮の事故……。浅川は醒めていく心を抱きながら、胸苦しさだけが弥増《いやま》すのを意識していた。

二時間待ち続けて、ついに人影は姿を見せなかった。今からでは東京に戻る飛行機の便もない。だから投宿の場を捜さねばならないのだ。彼は雨に濡《ぬ》れた地面を蹴り、大きく軀を反らせた。安堵などあろうはずもなく、かといって落胆もさしてなかった。後悔もなかった。あるのはただ担《にな》いきれないほどの疲労だった。いつまでもここに留まっていても仕方がない。

それなのになおも未練がましくその場に佇み続けようとする自分を、彼は苦渋に満ちた気持ちで振り返った。

樹影荘縁起

恐ろしい勢いで坂を駆けおりてきた一台のライトバンを江島はぼんやりと見送った。車はタイヤを軋ませながら右に曲がり、大通りを瞬く間に遠ざかっていった。すぐに夜の静寂が戻る。赤い尾灯《テール・ランプ》も闇に消えると、江島の周囲には眠りに就いた街が展がるばかりだった。角から坂を見あげると、間隔のひらいた街灯が四つばかり、青い光を投げかけながら立っている。樹影荘はその三つめと四つめの中間に位置するはずだったが、そこからは暗がりに沈んで見つけることができなかった。もう二時を過ぎているだろう。江島はゆっくり坂道を登りはじめた。

梅本の初七日も過ぎて、樹影荘には見せかけの平穏が続いていた。夕子はしめやかに夫の喪に服し、小野田はいつものように仕事に精を出し、少年はやはりブラブラしていて、緋沙子などはむしろ以前より輝いて見えた。しかしその底流にあるのはやはりドス黒い不安だった。彼らは眼に見えないところで何かが進行していくのを、息を詰めて覗っているに過ぎない。

起こったのが何であるにせよ、それはまだ終わってはいない。互いに口にはせずともそれは共通の了解だった。人知れぬ闇の底からそいつは再び顔を覗かせるだろう。——いや、もう既に破局の準備は整い、あとは哀れな次の犠牲者が罠に陥《おちい》るのを待っているだけなのかも知れない。

江島は樹影荘を呑みこんだ闇を瞶めながら、ふと戦慄が駆け抜けるのを覚えた。いったん震えがくると、それはどうしても押し留めることができなかった。

三つめの街灯の下を通り過ぎると、ようやく建物の姿が朧げに現われる。洋風な正面の造り。二階屋根のふたつ並んだ破風《はふ》。窓明かりはいずれも消えて、待合室の常夜灯すら点されていない。江島は左側の崖に沿って坂を登り、建物の前まで来て足を止めた。

怯えの混じった表情で瞻《み》あげる。樹影荘は巨大なひとつの生き物のようにひっそりと重々しく蹲《うずくま》っている。人びとが眠りに就いても建物は眠ってはいまい。無言のまま江島を瞰《み》おろしているのだろう。ひそかに彼を嘲《あざけ》りながら。彼はその視線に射竦《いすく》められ、思わず膝をつきそうになった。

軀の震えが激しくなる。

頭は以前から締めつけられるように重かった。そして悪寒。額に掌をやるとひどく熱っぽい。軀じゅうが懈怠《けだる》く、考えを纏めようとすることさえ非常な努力が要《い》った。

そうだ。嗤《わら》いを怺えているに違いない。哀れな人間め。魍魎《もうりょう》とはすなわち、お前のことだ。考えてもみるがいい。お前のやったことは何だったのだ。そんな言葉が渦を巻き、現実に耳に聞こえたような気がして、彼は一瞬重心を失った。よろよろと足が縺《もつ》れ、無様にその場に手をつくと、その哄笑《こうしょう》はいちだんと高くなったようだった。

「どうしたんですか、江島さん」

突然背後から声をかけられ、江島は心臓が潰れるかと思った。前屈みに手をついた体勢から弾けるように振り返ると、あの爬虫類めいた顔があった。半分は影に包まれ、見開いた眼だけが青く光っている。いつものように捩曲がった笑みを浮かべながら楢津木はニタニタと彼を瞰《み》おろしていた。

江島は口をひくひく動かしたが、言葉はそこから出てこなかった。

「具合が悪いんじゃありませんか。いけませんねェ。気をつけないと手に負えなくなりますよ」

「……大丈夫……何でもないんです」

やっとそれだけ言って、江島はフラフラと立ちあがった。

「大丈夫なもんですか。顔が真っ青だ。ホラ、そんなに汗をかいて……。疲れてるんでしょう」

「いえ、本当に。……刑事さんこそ、どうして……」

「あたくし？……ハハ、それがですね、ここの事件がどうにも気になって眠れなかったものですから、ちょいと散歩がてらに」

嘘だ、と江島は思った。

何を白じらしい。ずっとあとをつけて来たのだ。このところ、外出するたびにつき纏う視線を感じる。それもこの刑事だったのだ。これで分かった。……

江島のそんな想いに気づいているのかどうか、楢津木は覗きこむように顔を突き出し、

「もうお就寝《やす》みになるんですか。そうでなければ少しおつきあい戴けますかァ」

そう言って再び黄色い歯を剝き出した。有無を言わせぬ誘いだった。楢津木は自分から坂の上に歩きだし、ネチネチとした口調で語りかけた。

「全く分からない。分からないんですねえ。誰が何のためにイヤガラセめいたことをしてるのか。……あたくし、今度のことは意外に根が深いのかと思って、樹影荘の歴史というやつを調べてみたんですよ。すると面白いことが分かりました。イイエ、今度のことに関係があるとは言いません。だけど何だか気になるんですねェ。

七年前、浅川さんの部屋に住んでいた笹崎という男、細君に蒸発されちまって、自

殺してるんですな。それがどうも尋常じゃない。咽を掻き切っているんですが、裁縫用のピンキング鋏《ばさみ》――刃がギザギザになった、アレですよ。あいつでやってるんです。簡単にやれるもんじゃない。恐らく何十分かかかったんじゃないですかねェ。一体どういう神経になりゃそんなことができるのか、こいつもあたくしには分かりませんが……」

椨津木が地蔵に向かっていることはすぐに見当がついた。森の上には青い月がぽっかりと顔を出し、その周囲に朧雲《おぼろぐも》が切れぎれに走りとんでいる。そのためか、あたりは暗い水彩画のように見えた。椨津木の顔も仄青い光を浴び、ますますその膚は蜥蜴《とかげ》めいていた。

椨津木は森にはいり、地蔵の堂の前に着いてからも建物の話を続けた。なぜ彼がそんな話をして聞かせるのか、江島は真意を摑めないでいた。とまれ、それを順序だてれば次のようになる。

辻井といえば代々武蔵野《むさしの》で庄屋を務める家柄だったという。一粒胤《だね》の庸吉は早くから医学を志した。修学中に相継いで両親を亡くした彼は郷里の家を引き払い、この借地に個人医院を建てた。それが関東大震災の直後である。前後して、彼は妻も娶《めと》った。ところが医院を開業した翌年になって、彼は軍医として満州に移住することとなった。

建物を同輩の医師に預け、夫妻は海を渡った。満州時代に彼らは三人の子を儲《もう》けた。しかしその後、時局が改まり、大東亜戦争がはじまった。三人の子のうち、二人まで喪ってしまうのはそののちである。

終戦後、彼らは日本に戻った。建物を貸した医師は死亡していたが、建物自体はきわどく戦火から免れていた。一軒坂下の石屋から東側は殆ど一面焼跡と化した状態だったという。

産婦人科の医院としてかなり困窮した状態からの再開業だったが、混濁した世相によるベビー・ブームのさなかにあって、盛況の一途を辿った。当然のことながら、堕胎も相当こなしたであろうと想像される。しかしその盛況も長くは続かなかった。

昭和三十二年に院長が自殺。翌年には夫人も心臓発作で急死。しかも残された娘はその頃から悪性のリューマチに罹《かか》り、歩行も困難となったのである。仕方なく彼女は医院を手直しして樹影荘と名付け、自分は世田谷に移り住んだ。

「その娘というのが辻井ツヤ、つまり今の大家さんというわけですな」

四本柱に廂《ひさし》の浅い屋根が乗ったその堂はあれからようやく電灯の向きが直されたのか、地蔵の姿がはっきりと見えた。不見《みず》地蔵という名の由来はひと眼でそれと知れる。三体が三体とも眼の部分がぽっこり欠けているのだ。そのためか、口許に湛えた慈悲の笑みはひどく不気味なものになっていた。

「……話を聞いたんですが、鳴沢という男はまだ行方が分からないのですか……」

「あァ、鳴沢貫次ですね」

楢津木は大きく頷いた。

「岐阜の実家を出たあとの足取りがなかなかつかめませんでねェ。以前鳶《とび》だったそうですから、今も同じ仕事だろうと思いますがね。一時期千葉のドヤ街に転がりこんでいたのは確からしいんですが、一年ほど前からはぷっつり……。東京に戻って来ている可能性は大きいですねェ。頭は治りきっているとは言えないし、もともと執念深い、ちょいと異常な性格だったらしいですから……」

そこで楢津木は内緒話をするように耳許に口を寄せ、さも同情する口調で続けた。

「そう言えば、聞きましたよ。葬式のとき小野田さんが、血を流したのはあなただと言ったそうですね。あの人もなかなか変わった人だ。ロープを使って窓から出入りしたなんて。……だけどあたくしは腑《ふ》に落ちないんです。どちらにしても、ロープを使うなら雨の日は避けるんじゃないかって。しかもあなたの部屋の窓は西側にしても北側にしても、みんな浅川さんの通り道に向いているじゃありませんか。危険が大きすぎますよ。不合理ですね。まるで自殺するのにピンキング鋏を使うみたいに」

江島はぼんやり顔をあげた。青い光を斜めに浴びた楢津木の背には梅本の縊死《いし》した大木が黒ぐろと枝を展げており、その闇のあちら側で不吉な禽《とり》の叫びが聞こえた。

「その点、血を拭いたのが鳴沢だとすれば、これは頷けますな。……ただ、もしそうだとすると、どこから血を流したのか。廊下には血を流した跡がなかったんですよ。一体どう考えりゃいいんでしょうなァ」

楢津木はぷっつりと口を鎖し、試すような視線を絡みつかせた。いたたまれぬ沈黙。

江島は息苦しさに再び眩暈を起こしそうになった。枝を展げた闇のなかに生白いものが落ちていく。それが何か、彼ははっきりと見た。

彼は両眼を押さえた。吐き気が胸の奥から押し寄せ、思わず前屈みになる。瞼を鎖しても眼の前には真っ赤な血の海が展がった。生白いものはそのただなかをいつまでも落下し続けていた。

「やっぱり具合が悪いようですなァ」

楢津木の声が虚《うつろ》に響いた。

庭先の聖域

夕子は祭壇が据えられていた場所を瞶《みつ》めながら、わらわらと脳裡を過《よぎ》ってゆく形のないものどもにまかせていた。

彼女は幼い頃からそうすることが好きだった。どこか一点に視線を置くと、自然に様ざまな夢想が湧き出してくる。それは彼女のなかにいるもう一人の自分が息づきはじめる時間だった。何気ないふとした瞬間に、その日陰に似た淡い刻《とき》が滑りこみ、彼女のなかを占めてしまう。そのあとはただ空想だけが脈絡もなく数珠繋《じゆずつな》ぎに繰り展がっていくのだ。

言葉で表現できるようなものではなく、多くの場合は漠然としたイメージだった。他人の頭を覗いたことのない彼女にはそれを夢想と呼んでいいかどうかも判然としなかった。だから後になって思い出そうとしても、残っているのは摑みどころのない淡い気分だけなのである。朧げなりとも映像としての記憶が残ることは稀《まれ》だった。そしてそのとき彼女の脳裡を占めていたものは稀な部類の夢想だった。

そこには巨《おお》きな樹が聳えている。

千年も昔から動かぬひんやりとした闇は樹の下に外部から遮断された別世界を作っていた。懐しい朴《ほお》の木。幼い頃の記憶はすべてその木陰へと繋がっていく。風車に似た大きな葉は天幕のように視界を被い、濃い緑と葉裏の白さが複雑に紬《つむ》ぎあわされている。その天然の造型はいくら見続けても飽きるということがなかった。彼女はわずかな木《こ》洩《も》れ陽《び》を掌に遊ばせ、夕暮までの時を過ごすのである。

白い鮮やかな花。強い芳香。幼い彼女はそれらに向けて全身をあけ放っていたことだろう。心を震わせる不思議なときめきに捉えられながら、今から思えば、彼女は大きな謎と向かいあっていたのだ。葉の重なりはいかにも重々しく、それが宙空に押し展がっていること自体、ひとつの奇蹟としか思えなかった。まるで洋上に浮漂する氷山を海底から見あげたような軽いひそやかな眩暈。淡灰色の幹は到底腕のまわりきらぬ太さで、だからこそあの重さを支えることができるのだが、そんな理屈を持ち出してみても不思議な感覚を拭い去るには無力だった。

「こん木は昔、刀ん鞘《さや》に使いよったとばい」

そう教えてくれたのは祖父だったと思う。幼い彼女はその言葉をどう解釈したのか、太い幹のなかにひと振りの日本刀が埋めこまれていると思いこんでいた。亀裂のない樹皮からはその形跡を覗うことはできない。しかし彼女は曇りもせず錆つきもせず、艶《つや》やかな光沢を保っている日本刀の存在を固く信じて疑わなかった。

彼女は日毎その幹に頬をすり寄せ、わずかでもその冷気を感じ取ろうとするようになった。いつしか巨木の奥に睡る日本刀が彼女の守護神とも言うべき存在となるのは、ある部分自然ななりゆきだっただろう。鉤型に折れた母屋の庭先。そこに聳える朴《ほお》の巨木。だからそこは彼女にとっての何よりも大切な聖域だった。

葦がいらいらと波打つ川辺から風は緑の田圃《たんぼ》をさざめかせて吹き抜け、前栽を脅かしたかと思うと、彼女の産毛を逆さに震わせる。その風もまた刀の招き寄せたものに違いなかった。なぜなら風の唸りは刀を振る音であり、頬を鋭く掠《かす》める感触は間違いなく斬りつけられるそれだったから。

そこまで回想の糸を辿って、彼女は不意に軀を震わせた。ぼんやりと思い描いたその樹の映像に、枝からぶら下がった黒いシルエットが紛れこんだのだ。彼女の夫の姿だった。

本当は夫が首を吊ったのはあの樹ではなかったのか。彼女は現場を見たわけではないのだ。弔った遺体も既にここにない遺骨もすべて巧妙に設《しつら》えたまがいもので、本物の夫はまだあの樹の下で雨風に晒されているとしたらどうだろう。しかも縊死というのは見せかけのことで、実はその軀には縦に貫くように鋭い日本刀が埋めこまれているとすれば。

およそ意味もないその疑念は荒唐無稽《こうとうむけい》なゆえにいっそう彼女を惧《おそ》れさせた。そんなはずはない。あの聖域はもう既にこの世のどこにも存在しないのだから。彼女は繰り返しそう思い直し、莫迦々々しい妄想を振り払おうとした。

樹《き》は伐り倒されたのである。

理由はよく知らなかった。あのあと納屋を取り壊し、大きく拡張し直したことを考えれば、そのためだったのかも知れない。樹を伐り倒す話が親たちのあいだで持ちあがったとき、彼女はたった一度、やめてと訴えた。けれどもその訴えに対する大人たちの反応はまともに取りあう意図も見られぬ、お道化《どけ》たような眴《めくばせ》あいだった。その一度で無駄だということを知った彼女は、屈強の男たちの手によって巨木が伐り倒される光景をただ押し黙って眺めるほかなかった。

風車に似た葉が断末魔の身震いを見せ、耳に届かぬ叫びを挙げた。さほどの時間もかからなかった。ひときわ大きく身を振らせたかと思うと、葉の重なりがその下の闇とともにゆっくり横倒しになる。砂埃が蓙《ござ》を叩《はた》くように舞いあがり、それですべてが終わった。太い枝はその場でバラバラに切断され、幹もいくつかに等分されて、トラックで積み運ばれてしまうと、もうそこには聖域の名残りすらなかった。

樹から刀は出てこなかった。しかしそれ自体は何の不思議もない。難なく幹に滑りこむくらいならば、そこからするりと抜け出るのも造作ないことだろう。どのみちそれが彼女のもとから永久に失われてしまったことに変わりはないのだ。

彼女は深まりゆく夕間暮の庭にいつまでも立ちつくしていた。

晩夏だった。虫の音が涼やかに庭を包み、もっと庭先の朽ちかけた籬《まがき》の先には芒《すすき》が白く風に揺れていた。破れた籬は古い納屋の裏手へと続き、そのさらに先には細い溝が流れている。母屋の縁側から見て取れるそこは、茅《かや》の密生した、ひんやりとした場所だった。

空白な想いを抱きながらそのあたりを眺めていた彼女の眼に、ふと奇妙な黒いものが映った。

あれは何だったのか。蚊柱のようにわらわら蟠《わだかま》る、ひどく不吉な影。それは茅の上にゆらめきながらこちらの気配を覗っていた。けれども正体を確かめようなどという気は起こらなかった。なぜならそれを眼にしても、依然心のなかは空白のままだったから。

雨足が激しくなって、彼女は夢想から醒めた。初七日も過ぎ、遺骨は郷里に埋葬された。両親とともに彼女も同行し、そして二十三日の今日、彼女は一人で戻ってきたのである。彼女の瞶める先には既に祭壇はなく、今、部屋からは完全に一人分の空間が抜け落ちていた。

彼女は窓の外に眼を向けた。

本当にあれは何だったのだろう。ひどく重大なことのような気もする。黒い影。もやもやとした、濃い煙のような。

考えても今となっては得られるはずのない解答を彼女は窓の外に投げかけた。

死者は笑う

濛々と湯気が立ち籠めていた。人の数はまだ少ない。並んだ鏡は一面に曇っている。江島は頭から湯をかぶり、烈しく気泡の噴き出している浴槽に軀を沈めた。風呂桶を使う音がガラーンと天井に谺《こだま》する。もの淋しい響きだ。江島は顔を二、三度こすりつけ、後ろに背を凭せかけた。気泡が軀じゅうに纏わりつき、ゆっくり水面に舞いのぼっていくのが分かる。強張った筋肉がほぐれていくのもまた。

銀髪を長く垂らした六十過ぎの老人が隣の浴槽で長唄をうたいはじめた。

汗がふつふつと浮かび、額から眼窩《がんか》を伝って落ちるままに、江島はその唄をぼんやりと聞いていた。湯気のために脱衣場までは見えない。蛇口の湯を使う男たちの姿も半分からあちらは朧げにしか晛われなかった。白い靄のなかに肌色が蠢いている。江島は再び顔を洗い、眼を閉じたままへりに頭を乗せた。

湯を流す音。風呂桶の音。シャワーの音。カミソリを棚に置く音。石鹼箱が転がる音。ピシャピシャと人の歩く音。長唄にまじって聞こえる、ヨッチャレヨッチャレという意味のよく分からない話し声。浴場には様ざまな音が満ちていた。それらが反響しあって、眼を閉じていると気味が悪いくらいだった。

ふと誰かに呼びかけられたような気がした。

江島は眼をあけ、キョロキョロと周囲を見まわした。隣の浴槽の老人と近くで軀を洗っている二、三人の男たちのほかは湯気で顔も分からない。気のせいだったのだろうか。眉を顰めながら彼は軀を沈め直した。

三つ並んだ浴槽には彼のほか数人が湯につかっている。彼はそちらに注意を向けるともなく眼をやった。なぜか胸の奥に棘《とげ》の刺さったような感覚が残った。しかしそれもしばらくすると軀のほてりのなかに融け流れていく。空耳だったに違いない。彼は再び眼を閉じた。

また江島を呼ぶ声。

今度ははっきりと聴いた。彼は腰を浮かし、白い靄のむこうを透かし見た。湯からあがったらしい男が一人、水を垂らしながら脱衣場のほうへ歩いていく。靄のむこうに踏み入ろうとしたとき、その男は不意にこちらを振り向いた。鬚をはやした顔は莞爾《にっこり》と笑みを湛えていた。

「……梅本……！」

心臓が止まるかと思った。反射的に立ちあがりかけたが、慌てたために足を滑らせ、そのまま湯のなかに転倒してしまった。したたかに湯を呑み、慌ててへりにつかまって激しく咳こむあいだに梅本の姿はその場から消え去っていた。急いであとを追ったが、脱衣場にもそれらしい人影はない。江島の背筋を冷たい戦慄が駆け抜けた。

躯も拭かぬまま番台に走り寄って尋ねたが、しかし頭の禿げあがったその男は訝しそうな表情を露わに眼鏡をずりあげながら、

「十分ほど、どなたもあがってらっしゃいませんけど」

首を横に振って答えた。

江島はくらくらと眩暈を起こしかけた。

「大丈夫ですか、お客さん。お湯にのぼせたんでしょう」

心配そうに手を貸そうとするのを押し留め、江島は遽《あわただ》しく着更えをすませると外

にとび出した。

眩暈は依然続いていた。

確かに梅本に違いなかった。江島は両肩を手で抱くように丸く竦めたが、そうやっても恐ろしさは身から離れなかった。通行人の視線を避け、彼は足迅やに道を辿った。

そんな莫迦な。

彼は必死で眼の錯覚だと思いこもうとした。よく似た誰かだったのだ。他人の空似というやつだ。少し頭もぼおっとなっていたから――。けれども思い出せば思い出すほど、その人物は梅本本人であるとしか思えなかった。そうだ。はっきりと見た。あの笑い。

あの何とも言えない笑い。

カラカラという自分のサンダルの音が奇妙にちぐはぐに聞こえた。陽はまだ高い。ここ数日続いている晴れ間。しかもこの昼日中に、死人がひょっこり姿を現わしてたまるものか。梅本は死んだのだ。奴はもう生きてはいないのだ。江島は何度も反芻し、首を振りながら歩き続けた。

実際、六月も終わりに近づいたその日は雲さえない晴天だった。気温も夏らしくはねあがり、普通ならじっとりと汗ばむくらいだった。しかし江島は風呂あがりにも拘《かかわ》らず蒼褪めてさえいる。住宅街の合間を抜ける裏道を通って、彼は公園に出た。

不意に別の気配が割りこんだ。慌てて横を見ると、やはりそこにはあの刑事の姿があった。今彼を見かけたばかりのようにヒョイと手をあげ、猫背がちに首を突き出しながら近づいた。

「やあ、これは江島さん」

機嫌よく声をかけ、しかしすぐに顔を覗きこむように、

「どうなさったんですかァ。お顔が真っ青ですよ」

ニチャニチャしたいつもの口調で尋ねかけた。蛇に似ているのは外見ばかりではない。彼は楢津木の執念深さをひしひしと感じていた。相手のほうでもそれを思い知らせるようにわざと姿を見せつけてくる。この先どこまでつきまとうつもりなのか。江島は痺れたようにその場に立ちつくした。

「そんな恐い顔をして。ホントにどうなさったんです。最近よほどお疲れのようで。……まァあたくしもそれに近い状態ですがね。何せ、考えれば考えるほど分からなくなる」

そう言って脣を湿らせると、

「足跡なんですよ。梅本さんの足跡。……あの人の足跡がペンキの上に残らなかったはずはないんです。今度は裏階段にも下から鍵をかけていたから、そちらから浅川さんの部屋を通ってというわけにもいかない。……例の血を拭き取った人物にしても、梅本さんだと考えるのがいちばん自然なんですが、裏階段の埃の上に足跡は残っていなかったという。……エェ？　どういうことだと思います。梅本さんは空中浮遊術でも身につけていたと言うんでしょうかねェ。そうとでも考えなきゃ理屈にあわないじゃありませんか」

「……あなたなんでしょう」

「へ？」

相手の眉が釣りあがった。なぜそんな言葉が口をついて出たのか分からない。首を傾げる楢津木の顔を穴のあくほど瞶めるうち、江島の表情は次第に醜く歪んだ。

「あなただ。……あんなことまでして……一体私をどうしようと……」

その先は言葉にならなかった。たまらない感情が堰を切り、江島はその場から逃げ出した。彼はそうやって次第に自制する力を失っていったのかも知れない。窕《ふか》い謀みがポッカリと口を拡げ、彼の走りゆく先はそこへと続くのだろう。

駆け去る江島の後ろ姿を楢津木は頭を掻きながら見送った。

異形のものが江島の前にはっきりと姿を見せたのはその三日後だった。

ほかの部屋が寝鎮まった真夜中、小用で一階におりかけたときである。何気なく階下の待合室を瞰《み》おろして、彼の足は棒のように竦んだ。仄暗い照明が落ちる夜間の長椅子に、ぽつんと男が腰かけていた。

氷が背中に貼りついた気がした。男は首を窓側に向けている。中背で、やや骨太の軀つき、髪は短かめに刈り揃えられ、背けた顔の頰から顎にかけて覗いて見えるのは確かに黒い鬚だった。

しかもその軀は仄暗いなかにぼおっと青白く光っているのだ。

江島はその場から動けなくなった。見えない手が胸のなかに差しこまれ、心臓を強く締めつける。視線もそらすことができない。

男の首はゆっくりと動いた。蟻が這うよりも遅く、徐々にこちらに首を巡らせている。

江島の脣が意志とは関係なく戦《わなな》いた。

頰の面積が拡がっていく。眼の端が見え、鼻の先が見え、鬚も次第に口許へと近づいた。瞳をまっすぐ前方に向けたまま、じりじりと首だけが回転し続ける。

咽がカラカラに乾《ひ》あがっていた。やはり梅本に間違いない。

すっかり横顔が見えても首の動きは止まらなかった。梅本はゆっくり振り向き続け、金縛りにあった江島の眼の前で、その顔はようやく真正面まで向き直って止まった。青白い顔。赤茶けた照明がそこにかかって凄絶《せいぜつ》な影を落としていた。

梅本はすうっと顔を斜めに挙げた。視線と視線が交わる。血走った、既に生きたものでない眼。

口許だけがゆるゆると崩れ、鬚のなかに皓い歯を見せて、梅本はニターッと笑いかけた。

その途端、すべてが闇に落ちた。照明が消えたのだ。鼻を抓《つま》まれても分からぬ漆黒の闇の底で、恐怖がドーンと弾け割れた。

梅本が駆けあがってくる。笑いながら。生きたものでない眼を向けて。

ざわざわと音をたてて髪が逆立った。全身が烈しく痙攣する。鼓膜がビリビリと張りつめ、それは自分の挙げた悲鳴のせいかも知れなかった。手探りでドアを捜しあて、自分の部屋に転がりこむと、震える指でロックをかけた。

蒲団のなかにとびこみ、軀を縮めて息を鎮めようとしたが、いつまでたっても歯の根はあわなかった。闇のなかに跳梁《ちょうりょう》する異形の者どもに脅かされ、その跫音を聞き、江島はひと晩じゅうまんじりともせず過ごした。

血走った眼

　六月が終わりに近づき、快晴の日が続いていた。風は嘘のように爽《さわ》やかに吹き渡り、緋沙子の胸の暗雲さえ消し去ろうとする。街路樹の楠の並木も夏らしい緑に変わり、ふと気づくと、知らぬうちに鼻歌まじりに歩いている自分がおかしかった。久しぶりのことだった。

　けれども樹影荘に近づくにつれ、そんな気分も次第に沈滞していくのが分かる。地蔵坂に出て建物が遠目に覗われると、それはいよいよ押し展がった。暗く燻んだ外観ばかりでなく、樹影荘は周辺の明るさとはついに無縁だった。

　坂をぶらぶらとおりてくるのは小野田だった。こちらに気づくとぴょこんと頭を下げ、それから奇妙な薄笑いを浮かべた。

「今、あの御原っちゅう子のとこへお客はんが尋ねて来てはりますわ。あの子、留守してるみたいやさかい、しばらく待ってみる言うてはった。いえ、何回か顔見たことある人でんが。良家《ええし》の旦那《だん》さんちゅう感じの。……もしかしたらあの子の面倒見てはるおかたと違うやろか」

言葉尻に意味ありげな笑いを絡ませ、小野田はそのまま通り過ぎていった。

緋沙子の咽に黒い小さな塊りがひっかかった。

彼女は少年の素姓に関して何も知らないのだ。二人のあいだでそういったことに関する会話は巧妙に回避されてきたのである。自分の過去を隠そうとする互いの意識が話題をそこから遠ざけてきたのかも知れない。自らを省《かえり》みると、確かに思いあたる部分があった。だとすれば、少年の側には過去を明かしたくないどんな事情があるというのだろう。

玄関をくぐると、その男は待合室の長椅子に腰かけていた。会釈すると男も深く頭を下げ、

「住人のかたですね。失礼ですが、二階の響司郎君、いつ戻るかご存じないでしょうか」

太い、落ち着きのある声で尋ねかけた。五十年配の柔和な容貌の男である。羽織袴《はかま》を一分の隙もなく着こなし、声の抑揚も極めて端正だった。瞳は理知的な印象で、それはどこか少年と共通するものがあった。

緋沙子は知らぬ旨を伝え、少年とはいつも親しくして戴いていると言い添えた上で相手の素姓を尋ねると、

「失礼。私、御原と申します」

「あら。響司郎さんのお父様……？」

「ええ」

けれどもその肯定には一瞬の逡巡《しゅんじゅん》があったように思えた。瞳の輝きに共通するものはあったが、容貌自体は似ていない。緋沙子は先程の小野田の言葉を思い出し、不思議な惑乱を覚えた。

「もう少し待ってみますよ。有難う」

父親と名乗った男は飽くまで物腰柔らかく顔を下げた。

少年が戻ってきたのはその十分ほどあとだった。玄関の戸があけられるのを緋沙子は自分の部屋で耳にした。

「あッ、先生――」

愕《おどろ》いたような高い声。言葉が聴き取れたのはそれだけだった。少年は確かに先生と言ったのである。音もないまま二人の気配はその場から去り、建物はしんとした静寂に還った。

緋沙子の気分はそれからも徐々に沈み続けた。

夜が更け、どこか遠くから赤ん坊の泣き声が聞こえはじめると、もう彼女はたまらなかった。あの地下室？　そんな莫迦な。緋沙子の想いは糸のように縺《もつ》れ、筋道を追おうとする試みは怯えのために邪魔された。彼女は部屋のなかを熊のように歩きまわった。そうやって軀に一定のリズムを与えてやるのは情緒が落ち着かないないときの彼女なりの鎮静法なのだ。

そうだ。誰にも素姓は語ったことがない。少年にすら。だけど――

彼女は疑っていたのだ。響司郎はそれでも敏感に察していたのではないか。何気ない会話の端ばしが勘の鋭い少年にとっては大きなヒントになっていたのではないか。だとすれば秘密は一方通行だったことになる。緋沙子はネグリジェの胸元を押さえながらぐるぐると往復し続けた。部屋の四方には既に鏡はなく、彼女の姿を映すものはただ一面の化粧台だけである。

天井の蛍光灯の周囲を一匹の羽虫が蜚《と》びまわっていた。時折り長方形のフードにあたってカサカサと音をたてる。赤ん坊の泣き声以外は何も聞こえてこない建物のなかで、それはいっそうもの淋しさを感じさせた。

いや、あれは赤ん坊ではない。猫の声だ。

彼女はやっとそれに気がつき、確かめようと窓のそばに寄った。猫だと思いあたったときからなぜか懼《おそ》れが弥増《いやま》した。やはり赤ん坊だとしか思えなかったからである。

それもひどく畸型な赤ん坊の。

カーテンをずらし、框《かまち》に手をかける。上半分が透明な窓ガラスのむこうは、すぐそばまで迫った隣の建物が墨を流したような闇となって展がっていた。少し手が震え、それでも思いきって上に押しあげる。泣き声はやはり大きくなった。

首を突き出してみる。

すぐ塀に手が届く狭い通路に生き物の気配はない。左を見ると月光に晒された青い坂道が見える。しかし声は反対方向から聞こえていた。浅川の庭からなのだ。右側のその方向に眼を凝らしたが、通路の先の木戸は鎖されたままで、窓にも明かりは点っていない。

留守なのだろうと思った。十二時過ぎのこの時刻では、まだ浅川の部屋の窓は灯が点っていることが多い。それにもし在宅しているなら、庭で鳴いている猫を追い払おうとするだろう。

窓をしめようかとも思ったが、蒸し暑いのでそのままにし、カーテンだけを引いてベッドに向かおうとした。

そのとき、照明が消えた。

漆黒に塗りつぶされた部屋のなかで緋沙子の足は凍りついた。

遠くないどこかから悲鳴が聞こえた。魂消《たまぎ》るような男の声だった。恐らく二階の廊下だろう。それから慌てふためく跫音が天井に響き、バタンとドアの音がした。単なる停電なのだ。それなのに、まるで幽霊を見たようなあの叫びは何だろう。しかしそれを確かめようなどという気持ちには到底なれなかった。恐怖は闇とともにひしひしと彼女を締めつけ、緋沙子は手探りでベッドにもぐりこんだ。何が起こったにせよ、そんなものはもう知りたくもない。毛布を頭から被り、意識を空にしようと努めたが、悲鳴は耳の底にこびりついたように消し去ることができなかった。

停電が終わる様子はない。

五分ほどたって、壁のむこうから電話のベルが鳴りだした。ブレーカーを戻す催促の電話だろう。息苦しい想いで耳を傾けたが、受話器を取る気配はない。やはり浅川は留守なのだ。呼び出しのベルは十七回鳴り続け、ようやく諦めたのか、十八回目の途中でふっつりと切れた。

いつのまにか猫の声も消えていた。

自ら明かりを消した闇と外部から強いられた闇がこんなにも異質なものだとは今まで考えもしなかった。恐怖はいつまで続くのだろう。マネキンの首。死の文字。蠟面。血の海。鉢植の残骸。そして——。闇のなかにそれらがまたしても現われては消え、緋沙子の心臓に爪を立てた。

そいつはいつでもこの部屋に出入りできるのだ。この闇に乗じて忍びこむなどいとも容易《たやす》いことだろう。先程の誰かの叫びもそいつの姿を見てしまったためではないのか。

いっそすべてが妄想だったとすれば。緋沙子は闇のなかでいっぱいに眼を見開いた。おかしいことではない。私は病気だったのだから。私は去年まで入院していたのだから。彼女は俯せた顔に手の甲を押しつけて、軽く指を噛んだ。あの白い庭。海鳴りの聞こえる、金網に囲まれた庭。もう縁はあるまいと思っていた。けれども病気が再発したとしたら。

いや、私はまだあの病院にいるのかも知れない。拘束衣を身につけさせられ、ベッドに縛りつけられ、ながい悪夢を見続けているのかも知れない。

やがてどこからともなく、床を踏むかすかな跫音が聞こえてきた。全くの闇のため、聴覚が研ぎすまされているのだろう。そうでなければ聞き逃してしまったかも知れない。余程注意深く忍ばせているのか、それとも恐る恐る歩いているせいか、跫音はひどく間を置いて続くうち、いつしか再び静寂のなかに呑みこまれていった。

緋沙子は死んだはずの梅本が歩いているところを想像して、ぞっとした。

さらに五分ほどたって、消えたときと同じ唐突さで照明が点った。点るはずはない。緋沙子は眩《まぶ》しい光に眼を細めながら訝しく思った。浅川は留守ではなかったのだろうか。

緋沙子は強い誘惑に惹かれ、玄関側の部屋に出た。そちらには明かりはついていない。彼女はドアのところに跪《ひざまず》き、鍵穴に眼を押しあてた。

仄暗い待合室が見える。

じりじりする長い時間だった。やはり気の迷いだったのだろうか。そう思ったとき、かすかに玄関の引戸の音が聞こえた。サンダルを脱ぐ気配がそれに続き、鼓動が頭の芯まで響くような気がした。

赤茶けた光。処どころ裂けた長椅子の革。床板は鈍く輝き、漆喰《しっくい》の壁と浅川の通路に面した窓が見える。不意にその床に影が差したかと思うと、青いパジャマ姿の人物が一瞬のうちに通り過ぎた。

顔は見えなかったが、小野田に間違いないと思った。重たげな跫音はパタパタと遠ざかった。

そのとき彼女はこれまでかつて味わったことのないほどの恐怖を覚えた。浅川の通路に面した窓の下に五センチほどの隙間があいて、そこからふたつの眼が覗いていたのだ。

顔は全く分からなかった。猛獣のような眼。血走った——。緋沙子は総毛立ち、思わず後退《あとずさ》ると、そのまま奥の部屋のベッドに駆けこんだ。

やはり私は狂っているのかも知れない。激しく両肩をさすり、軀を丸く縮めたが、震えは全く止まらなかった。だけどたとえそれが事実だとしても、狂っているのは私だけではない。この建物も狂っている。樹影荘全体が狂っている。緋沙子は繰り返しそう考えながら震える肩を抱きしめ続けた。

あの眼。ことによると鳴沢という男だったのではないだろうか。窓から覗いていた蠟面の主も、ここに忍びこんで地下室への戸口を破っていったのも。梅本夫人の言ったように、すべてその男の仕業なのだろうか。確かにあの眼は凶暴な狂気に満ちていた。

この家は狂気を招き寄せる……？

そう想いを巡らせたとき、不意に柱時計が割れ鐘を撞《つ》くように大きく鳴った。

四部

水を増す沼

梅雨あけが宣言されてから程ない七月中旬のある日、群馬県藤岡に近いある沼で発見された白骨屍体は、当初、新聞の地方欄でささやかに報道されたに留まった。

その沼はふたつの峰が寄りそった鬼降山《かみふり》の裾《すそ》に続く森のなかにあり、山頂から瞰《み》おろすと悪魔の口のように見える。三ケ月沼というのがその名称だった。周辺まで鬱蒼とした草木が押し寄せ、見通しの利きにくいこともあって、濃い緑色のその沼は神秘的な雰囲気に包まれていた。

夏は景観の美しさを求めてキャンプを張る者も少なくない。発見したのは高校生の三人だった。沼自体は彼らの高校のグラウンドよりやや広いぐらいのものである。

彼らはその沼の岸辺で、半分水に淹《ひた》った屍体を発見したのである。

屍体は完全に白骨化して、ぼろぼろになった衣服を纏っていた。所見では死後三年以上と判断されたが、遺留品は全く見あたらず、衣服からの身元確認も望めそうもなく、ただ二十歳から三十五歳あたりの女性であるとしか推定できなかった。

入水自殺の線をまず考えるのが常識的だったが、それを排する点が二、三あった。最も奇妙なのはその白骨が発見された位置である。

若い刑事は沼のほとりに立ったまま、ずっとそのことを考えていた。

沼の水はどんよりと濃い緑に濁り、対岸の木下闇《このしたやみ》を映して重く横たわっていた。じりじり灼けつく強い陽射しにも拘《かかわ》らず、そこだけがひっそりと冷気を湛えている。見あげるとふたつの峰が銀銹《ぎんしゅう》色に輝き、あたかも鬼の角のように青い天空めざして尖り立っていた。そのコントラストが余りに鮮やかなだけに、彼はいっそうの膚寒いものを感じていた。

この濃い緑の水はどれだけの藻や苔、水黴《みずかび》、もっと微細な生き物どもを呑みこんでいるのだろう。水面から二寸とは透けて見えず、その下は人知れぬそれらの犇きあう世界なのだ。見かけが美しく神秘的だからと言って、このような沼に入水《じゅすい》する心理は彼には理解できなかった。

対岸はこちらと異なり、押し被さるように梢をのばした樹木の下は羊歯《しだ》の密生した地面が切れて、そのまま垂直に水底へと落ちていた。その切り立った地膚をよく視ると、現在の水面の二メートルほど上に明瞭な色相の境目がある。その境目は全く水平に地膚を横切っていて、かつて水量が多かった頃の跡であることは明らかだった。

彼は足元に眼を戻す。なだらかな傾斜をなした沼の畔《ほとり》は罅割《ひびわ》れた地面のそのひとつひとつの面が反り返り、巨大な恐竜の鱗《うろこ》めいて見えた。白骨はここに半分水に漬かるようにして横たわっていたのだ。彼はワイシャツの袖をまくりあげ、腕組みしたまま考え続けた。

屍体の位置の問題。そうなのだ。何年も前の屍体が今まで発見が遅れた理由は、あの水位を維持し続けていたこの沼がここ最近ぐんと水量を減じた結果でなければならない。二メートルの水位の差は、こちらの岸でいうなら十メートル近い水辺の移動となって顕われるだろう。しかしそれは昨日地元の住人から聞いた話と全く矛盾していた。

「あの線かね。毎年梅雨とか台風の頃になるとあそこまで増水するだよ。雨がやむとすぐ戻っけど」

頰骨が突き出て赤光りしたその男は脂《やに》で黄色くなった乱杭歯《らんぐいば》を剝き出して喋った。

「本当ですね。あの線が普段の水位ではなくて、今のが普段の状態なんですね」

念を押す彼の口調には猜疑《さいぎ》の色がありありと出ていたのだろう。男は眉も口もへの字に曲げると、

「おら、しょっちゅうこのへんに来てるだよ。鬼降山《かみふり》には五つの頃から登ってるだ。間違えねえ。雨が降ってねえとき、あの線まで水のあがってたこたあ、おらの知る限りいっぺんだってねえな」

いっぺんだってのあとに一拍置いて、不貞腐《ふてくさ》れるように言いきった。

男の話が本当だとすると、屍体が常にこの位置にあったのに今まで発見されなかったのはおかしい。つまり屍体はもともとこの位置にはなかったということになる。彼の疑問はその点に集中していた。

振り返ると密生した原始林がわずかな獣道を残して行手を阻んでいる。森のさなかはじめじめと暗い。確かに沼のそのあたりはキャンプに適した場所からは逆方向で、死角にもなっていたが、数年ものあいだ全く人が訪れなかったとは考えられないのだ。

彼はゆっくり来た道を戻った。獣道は沼の周囲をぐるりと迂回して、それでも五百メートルほどで細い山道に出る。梅雨のあいだに湧いた大量の藪蚊には悩まされた。

押しあうように繁った樹木に蔓草が絡みつき、その下には名もない雑草が彼の足を取らんばかりに蔓延《はびこ》っている。ヌルヌルと靴の下に滑るのは湿った腐葉土にへばりついた銭苔《ぜにごけ》だった。

時折り頭上からバラバラと降りかかる何か小さなものに山蛭《やまびる》もまじっている気がして、彼は慌てて首を縮めた。そうしてたかだか半キロの道を辿るあいだに、彼はいつしかとんでもないところに迷いこんでしまいそうな感覚に囚《とら》われていた。それは記憶のはざまのむこうにある最も原始的な怯えなのかも知れない。八幡の藪知らずに迷いこむ恐怖。彼はそのとき有るかなしかの細い道を辿りながら、確かに束の間の迷い児だった。

白骨屍体発見の報道が伝えられると、直ちにその人物に心あたりのある身寄りから何件か問いあわせがあった。それはこのような身元不明の屍体につきものの現象である。にも拘らず、多くはやはり確認できぬままに終わるのだが、今度の場合は珍しく数日中に結着がついた。

決め手になったのは歯型だった。上の左4から6番に金ブリッジ、下の右6番にプラチナ冠、その他数本にアマルガム充塡。それを伝えると、たった一人、歯医者からカルテを求めて同一であることを確認した者がいたのである。かくして予想外に迅く身元は明らかとなった。

　申し出たのは現場から二キロと離れていない村の一地区に在住する高林周平という初老の男で、その長女笹崎裕子の捜索願いは八年前に出されていた。

　当時二十八歳。姓が変わっているのは無論結婚していたからで、しかし夫の章彦は妻が不意の失踪《しっそう》をとげた半年後、自殺したということだった。

　若い刑事はその話によってますます不審の念を強くした。八年ものあいだ発見されずにいたわけがない。それに加えて鑑識課員が首をひねりながら彼に語った所感もその疑惑に拍車をかけた。

「骨に付着している水苔ですがね、何年も沼の水につかっていたにしちゃ、どうも量が少ないような気がするんですよ。はっきりしたことは実験してみないと分かりませんが……」

　白骨屍体は別の場所から移動させられたのだ。彼はそう確信していた。けれども何のために？　八年も前に失踪し、恐らくその前後に死亡したのだろう女の屍体がなぜ今頃あの沼に運ばれたのか。

　ここ数ヵ月のあいだに付近の山道あたりで不審な車を目撃した人間がいないかどうか、彼は聞きこみにまわった。ねばつく汗と棒のような足のほか何も得られずに署に戻った彼に、ギシギシとドアを押しあけるなり婦警の声がかかった。

「あ、浜口さん。東京からお電話ですよ!」

代わって受話器を取ると、妙にニチャニチャした喋《しゃべ》り方の声が耳に貼りついてきた。

「浜口さんでいらっしゃいますか。あたくし、楢津木と申す者です。こちらの署のほうに、最近そちらで発見されたホトケさんの身元が確認されたという連絡がはいったものですから。ちょいとお伺いしたいことがありますもので、よろしゅうございますか」

彼は怪訝に思ったが、相手が年配そうなので気軽に承諾し、詳しく事情を説明した。楢津木というその男はしきりに「ええ」と「成程」を繰り返していたが、沼の水位と屍体の位置に関する疑問点に話が及ぶと、なぜか急に北叟笑《ほくそえ》む気配で、

「そりゃア……そりゃ、面白いですなァ」

感に堪《た》えないといった声を挙げた。

「で、結局そちらでは死因は何だとお考えなんでしょうか。自殺か、他殺か、事故なのか……」

「まだはっきりとした線は打ち出せないのですが、それやこれやで、他殺の線も一応

踏まえた上で捜査を進めている情況なんです。実を言いますと、屍体の頭蓋骨の脳天にはポッカリと穴があいてまして、これが直接死因になっているのか、それとも白骨化したあとに生じたものか、もひとつ確かではないのですが、もし直接の死因だとすると他殺の線が濃くなるわけで……」

「ナルホド、ナルホド、事実をして語らしめよというわけですな」

相手はしたりという声で合槌《あいづち》を打ち、

「では、これは全くあたくしの勝手な意見として聞いて戴きますが、屍体は別の場所から運ばれたものだと考えてもようございますね。沼の存在は知っていたけれども、梅雨のあいだは一時的に増水することまでは知らないある人物が、闇に葬るつもりで白骨化したホトケさんを沼に沈めた。それが最近水量が減ったために、計らずも発見されることになってしまったという具合に……。イヤ、有難うございます。参考になりましたァ」

彼の返事も待たず、電話はそこで切れた。受話器を置くとすぐ、顰《しか》めっ面をした婦警が、

「なあに、今の刑事さん。気味の悪い喋り方するのね。私、思わずゾッとしちゃったわ」

両肩を抱いてみせながら、同意を求めるようにそう言った。

眼も口も赤

話し声が気になって、江島はドアをわずかに開いた。ひときわ太く聞こえるのは小野田の胴間声である。角から覗くと、赤黒く翳《かげ》った待合室には夕子未亡人と緋沙子の姿もあった。長椅子に腰かけた夕子は地味な色あいの服のせいか、順番を待つ患者そのままだった。

「いやあ、びっくりしましたでんなあ。浅川はんとこ住んでた人の屍体が今頃見つかるやなんて。わては知りまへんけど、梅本はんはお二人ご存じなんでっしゃろ。どないな具合でしてん」

「笹崎さん？……奥さんはちょっときつい感じの人でしたわ。ご主人は何だかこう……暗い感じで……」

その先は声を落としたので聞こえなかった。俺のことを言ってるのだ、と江島は思った。

「奥さんの蒸発の半年くらいあとだったかしら。ご主人が自殺なさったときは、そりゃもう大変な騒ぎでした。何日かそのままだったでしょう。おかしいのに気づいたのは主人なんです。匂いですわ。腐ったような厭な匂い。……主人は鼻が敏感だったものですから」

「お二階だすさかいなあ。声なんか時どき聞こえてたんと違いまっか。蒸発しやはるくらいやさかい、あんまり仲ようなかったんでっしゃろ」

「夫婦喧嘩の声はよく聞こえて来ましたけど」

「恐ろしいもんでんなあ。結局奥さんもお里の近くで自殺してはったやなんて。失礼でっけど、こう次々やと、やっぱりあれやろか思いますわ」

「あれって、何ですの」

その場に加わってはいるが、緋沙子は先程からひと言も発していない。硬い表情で瞶めているのはゆさゆさ軀を揺り動かしながら喋る小野田の足元らしかった。その小野田は猪首《いくび》を突き出すようにわざとらしく声をひそめ、

「祟りっちゅうたら大仰でっけど。ここ、何や悪いもんが憑いてんと違いますやろか。わて、そんな気ィしてなりまへんのや」

「……そうかも知れませんわね」

「そうかも知れへんて、奥さん」

「それは、みんながみんなとは思いませんけど、でも、理屈じゃないですものね。この家はおかしいですわ……」

「刑事はんもそない言うてなはった。どない奇態《けったい》な事件でも、全体の出来事眺めてみたら、悪さしよる人間の意図ちゅうもんが見えてくるそうでおます。せやけど今度は違う。悪さしよる者《もん》が気ィふれてるからやとしか思えんちゅうて。わてもせんど頷きましてん。……まァあの刑事はんかてとても普通には見えしめへんけど」

「……私、近ぢか引越そうかと思ってます」

「へ？」

小野田は象のような眼を瞠《みは》った。

「九州のほうにお帰りで……」

「そうなるかも知れません。どのみち、この家にはもう居たくありませんから。ここにいるとおかしくなってしまいそう。……あの刑事さんとお会いすることがないだけでも、郷里に引きこむほうがまだましですわ」

「気持ち悪い人ですさかいなあ」

したりとばかりに頷いて、

「何やいろんなこと言わはるけど、本音はどないやさっぱり分からへん。油断できん人間ですで。いつまでここの事件に拘《かかずら》うつもりなんか。よっぽど暇なんだっしゃろか。それこそ偏執狂じみてますわ。一色はんかて心地悪い想いしてはるんと違いまっか。……そない言うと、御原はんはえろうあの刑事はんと仲ようしてはるようやけど」

小野田は死角になった場所に眼をやった。三人だけかと思えば、どうやらそこにはあの少年がいるらしい。どういう仕種に促されたものか、小野田はふてぶてしい笑みを浮かべて、

「惚《とぼ》けんでも。……ここへ来るたんびにえらい長いこと部屋のなかで話してるやないか。よう知ってんねん。どない機嫌取ってるんかは知らんけど」

あの刑事と少年がぐるになって……？　江島は深く眉根を寄せた。そう聞けば合点がいく。刑事は少年の口車に乗せられているのだ。殺そうとしているのはこの俺だったのか……？　罠だ。みんなあの少年の謀みだったのだ。

「何や、あの音」

不意に訝しげな眼つきになった小野田はキョロキョロと周囲に眼を配った。江島は心臓が縮みあがった。彼は知らず知らずカリカリと爪を嚙んでいたのだ。

「何や、江島はん。そないなとこで覗いてんと、おりて来たらええがな」

小野田は眼敏く見つけて、大声で呼びかけた。他の者も驚いた顔を向ける。胡麻化《ごまか》しようもなく、江島はしぶしぶ姿を見せた。

少年も角から半身を覗かせた。横眼でこちらを見あげる顔には長い前髪の影が這《は》い、視線を返すのが憚《はばか》られるほど妖《あや》しい気配を漂わせている。

「おたく、コソコソするんが性に合うてるみたいでんな。別にわてら、のけ者《もん》にしてるわけやおまへんのやさかい」

四人の視線が江島に集中している。あの眼。魚のような眼。何もかも裸にしてしまう眼だ。階下の光景はちりちりと毳立《けばだ》ち、仄暗い空気そのものがささくれだって、八つの眼だけが彼らの顔からはみ出すほどにぎらついた。

江島の脣は震え、思わず顔を背けた。

その先には二階の廊下があった。

空ぞらしい白に塗られた床も乏しい照明のために薄暗く、突きあたりの壁は木目も見て取れなかった。そのか黒い空間には膚寒い気流が蠢いている。江島ははっと眼を凝らした。

流動する怪しい気配のむこうにわらわらとした影があった。それは徐々にひとつの形に纏まろうとしているようだった。青白い靄と真っ黒な影が混じりあい、気を取り直して見たときにはそれは人の後ろ姿となっていた。

廊下は凍るような冷気に包まれた。もう人の声も聞こえない。背を向けたその男はやや肩を丸めた姿勢でぼんやりと佇んでいる。短い髪。わずかに見える頰にはやはり黒い鬚があった。

白いふわふわとしたものが男の肩の上を漂っていた。ふたつある。小さな、人間のかたちをしたもの。いや、人間のかたちになろうとして、まだなりきれていないもの。男はゆっくり振り返った。首だけが真後ろを向いた。火のように紅い眼。梅本は歯を剝き出して嗤《わら》っていた。そこから覗く口のなかも真っ赤だった。

叫び声を挙げた途端、何もかも分からなくなった。眼が潰れ、耳が破れ、皮膚までがボロボロに罅割《ひびわ》れていくような気がした。意識も容易に崩れ去った。恐怖だけがすべてを黒く塗り潰していく。

逃げ出したのは間違いない。大勢の人間が彼を呼ぶのを聞いたような気もした。踠《もが》いても踠いても梅本の笑い顔が押し展がるのをどれほど狂躁《きょうそう》のていで払いのけようとしたのか。全くの空白が訪れたのちもその言い知れぬ恐怖だけは彼とともにあったのだから。

未分化な掌

「ほんとに何てことでしょう。梅本さんで二人目だと思ってましたら、笹崎さんの奥さんまで自殺なさってたなんて。……ああ、考えただけでもぞっとしますわ！」

婦人は大仰に首を振ってみせた。齢は五十そこそこ。老嬢と呼ぶにはまだ早い。ずんぐりとした軀を車椅子に乗せ、脚には夏の盛りだというのに薄い毛布を掛けてあった。

「ぞっと——イヤ、ほんとですねェ」

楢津木はびっしりと細かな汗の浮いた婦人の鼻を眽《ぬすみみ》た。明日から八月にはいるその日も三十度を越す暑さで、窓から見える凌霄花《のうぜんかずら》も心なしかしんなりとしている。

「七年前でしたかしら。笹崎さんが自殺なさったときは私もただただお気の毒だと思ってました。だけどそれが今頃になって奥さんの遺体が発見されるなんて。何かの因縁にしても、ちょっと気味悪いですわねえ」

「葬式にはあたくしも出席しましたが、写真を伺うとお綺麗な方だったようですねェ」

「お葬式……。私、どれにも顔を出していないものですから皆さんに心苦しくて。身の自由さえ利けば私が世話して、近くのお寺で出してさしあげてもよろしいんですけど、何せこの有様ですものねえ」

「擂粉木《すりこぎ》で腹は切れぬというわけですな」

「え、何ですって」

「いや、こちらのことで」

きょとんと眼を丸くした辻井婦人に楢津木は笑いを嚙み殺すように嘯《うそぶ》いた。

「しかし車でも二十分はかかりますからね。これだけ離れてると、何かと大変でしょうなァ」

「そうなんですよ」

婦人は同意を求めるようにしきりに膝をさすってみせながら、

「住人のかたも不便はあると思いますわ。外出中に鍵をなくしたりすると、こちらまでいらして戴かないといけませんものねえ。以前はよくあったんですの。何だかんだと。……ここ二年ばかりそのようなこともありませんから、皆さん、用心深くおなりになったのかしら」

「どうしてこんな離れたところにお住まいになったんです。確かに世田谷はいいですがね」

「……あの建物から離れたかったのもありますわ」

婦人は少し苦い顔を見せた。

「ホウ、そりゃあ」

「あそこに居たときから、私、あの建物を好きになれなかったんですもの」

「オヤオヤ。大家さんの口からそんな言葉が出ちゃいけませんなァ」

楢津木は揶揄《やゆ》するように言ったが、婦人はおかまいなしに、

「いえ、ほんとですよ！　母もそうだったようですけど、私、病院の雰囲気が大嫌いなんです。医者の娘のくせにと言われるでしょうが、性分ですから仕方ありません。あのクレゾールの匂いなんか、嗅いだだけで胸が悪くなってしまうんですの。しかもあの当時やってくる患者といえば、不如意でできてしまった子供を堕《おろ》してくれっていうパンパン女ばっかり。とてもたまらなくて」

「そういう堕胎は地下室でやってたわけですな」

「……おお、気味の悪い。父が亡くなる前は、私、いっぺんだってはいったことはありませんわ。とても人にお貸しできるような部屋ではありませんし、地盤が弛んだせいか、壁も罅《ひび》がはいって湿気もひどいですし、ガラクタを抛りこんでしめきってしま

いました。内診台なんか、そのまま残っているはずですわ。……とてもじゃないですけど、あんな建物に居続けることなんてできません」

「ナルホドねェ」

楢津木はさもありなんとばかりに頷いて、テーブルの上に眼を移した。大きな円柱型のガラス容器には鮮やかなオレンジ色の水中花が沈められている。花壇で咲かせたのをひと束、そのまま水につけたものだろう。

「閑話休題《はてさて》、大家さん自身が気味悪がっておられる樹影荘にはやっぱり悪い因縁があるんでしょうかね。何だかあたくしもそんな気になっちまいますよ。……小耳に挟んだことですが、あそこでは最近、梅本さんの幽霊が出るって噂もあるそうですからなア」

「冗談じゃありませんよ！」

婦人は顔色を変えて上体を伸ばした。そして鼻の頭の汗を拭い、せかせかと団扇《うちわ》を使いはじめる。

「変な噂が立つと大家さんもお困りでしょう」

「そうですよ。誰がそんなことを言いふらしているんでしょうか。それでなくても自殺が相継いでいるのをいいことに、週刊誌あたりが妙なことを書きやしないか、ビクビクしてるんですのよ。ああいった手合いに眼をつけられてしまうとお仕舞いですものね。あそこは私の唯一の生活の糧なんですから」

「自殺、自殺と仰言られますが、笹崎章彦はともかく、その妻の裕子、それに梅本さんも他殺の疑いが依然残っているわけで……」

「そんな莫迦なことってあるでしょうか。ああ、頭が痛くなってきますわ」

婦人はぷいと窓の外に眼を向けた。凌霄花の絡んだアーチ型の棚のむこうに前栽のそばの庭石が白く輝き、その眩《まぶ》しい照り返しで婦人の眼は苛々《いらいら》と細められた。

「少なくともあたくしは極めて疑いが濃いと睨んでおりますよ。確信といってもようございます。……それはともかく、樹影荘には係累のない住人が多いようですなァ。浅川さん、江島さん、一色さん……」

「だけどそれを言えば、私だってそうですわ」

毅然《きぜん》と言い放った婦人に楢津木は愕きの顔を見せて、

「そうでした。これはとんだ失礼を」

「どうってことはありませんわ。でも私がそうだからと言って、特にそういう方たちばかり選んでるわけではございませんのよ。……まあ、私がその点を気にしないのを承知してますから、不動産屋さんがこちらにお回しになるということはあるかも知れませんけれども。でも、江島さんと小野田さんはご自分から樹影荘を希望していらっしゃったそうですし」

「……ホホウ」

「そうは言っても、実際こうなってくると、寛容なのも少し考えものですかしら。やはり身元の確かなかたのほうが安心は安心ですものね。……そう言うと、あの御原さんて方もどういうものでしょう。最初にお部屋をお借りになるときはお父様らしい立派な紳士がいらして手続きなさったのに、実際あそこに住んでいるのは十五くらいのお子さんだけのようですし。いいえ、受け答えなんか、とても子供とは思えないくらいしっかりしてらして、感心することもたびたびですのよ。……どちらかと言えばほかの方よりまともなくらいですわ」

　楢津木は再び笑いを噛み殺した。誰もがあの少年には戸惑っている。無理ないことかも知れない。小野田などは極端に悪《あ》しざまに罵るが、実際のところ、少年は一種畸型な花なのかも知れないのだから。

　そんな連想から楢津木は水中花に眼を戻した。美しいオレンジ色に輝く五弁の花。婦人が「金蓮花ですのよ」と訳もなく嬉しそうに教えてくれたのを思い出した。ひょろりと細い茎。盾状の葉。

ふと彼はその葉が未分化な人間の掌のように見えた。胎児の掌。ガラス容器のなかで夥しい胎児が手足を伸ばしているのだ。

「ああ、この壜は父が大事にしていたものなんです。満州から持ち帰ったもののひとつで、私も気に入ってますの」

無邪気に婦人は説明する。彼は自分の空想を直接口にする代わりに、ひどく持ってまわった言い方をした。

「誰かが忍びこんで、この壜から花びらだけ摘み取っていったら——どんな具合でしょうかな」

「何のことですの」

「いやいや、つまらない冗談ですよ」

ぽんと膝を叩き、ここいらが潮時と立ちあがりかけたとき、婦人は急に宙空を見あげる素振りで、

「忍びこむと言えば、梅本さんのお亡くなりになった夜、うちに泥棒がはいったんですのよ。忘れてましたわ。不思議なことに、何も盗られたものがないんですけど」

楢津木は慌てて腰を落ち着け直した。

「そ、そりゃ聞き捨てなりませんな。どうして言ってくれなかったんです」

「だって、本当に何もなくなっていないんですもの。それに何と言うか、莫迦々々しいような奇妙なこともありまして、お報せしても笑われてしまいそうな気がしたものですし……」

詳しい説明に興味深く耳を傾けていた楢津木は、婦人の体験した日と外部の者が侵入者を目撃した日に一日のずれがあったという件《くだり》になって、モジャモジャと頭を掻きまわした。

「侵入してから部屋に辿りつくまで一日かかったんですって。そんな平仄《ひょうそく》のあわぬ話が――」

「でしたらお隣りの学生さんに訊いてみて下さいな。絶対間違いないってあちらも頑張るんですから」

「ふうむ」

楢津木の表情から笑みが全く消え去った。

確認のために二階にあがる。婦人の寝室と隣あったその部屋には箪笥が四つあった。三つまでが衣裳用、あとの一棹《ひとさお》が小物用である。婦人はその四つめの箪笥を指さして、

「現金も通帳もここに入れてあるんですけど、手はつけられていないんですのよ」

「ちょっと失礼」

楢津木は二、三の抽斗《ひきだし》を検分してみた。二番目の抽斗には小さなボードに繋がれた鍵が並んでいた。

「樹影荘の？」

「ええ、そうです。鍵はそれぞれの部屋のがふたつずつ。ひとつはここに保管し、もうひとつは住人の方にお渡ししています」

二人は階下の応接間に戻った。

「最近あの元鍵を借りに来た人はいないんでしたっけ……」

楢津木は椅子には腰かけず、窓際に凭れて庭を眺めていた。藪睨みの片方の眼は婦人の方向に注がれている。彼女はそれが気になる様子で、しきりに居住いを正した。

「侵入を目撃したのが十二日の十二時過ぎ。部屋のなかに実際にいたのが十三日の十二時半。……十三日は梅本雅生の死んだ日……」

楢津木はぶつぶつと繰り返した。蛇のような眼がぎらぎらと輝き、とりつく島もない感じだった。婦人はそのさまをぼんやりと眺めていたが、ひょいと肩を竦《すく》め、

「没法子《メーファーズ》！」

中国語でどうしようもないと呟いた。

少年は沈みがちだった。このひと月あまり、話をしたのは二度ばかり。あとはどこへ出かけているのか、外出が目立った。意識的に避けているのかも知れない。その少年が二週間ぶりに部屋を訪れ、緋沙子の前に腰かけている。淡彩の浴衣をぞろりと着流した彼は、八月にはいったというのに冷えびえとした空気をも纏っているようだった。

「お父様って素敵な方なのね」

水を向けると、少年は弾けるように面《おもて》を挙げた。

「会ったの……？」

「あのことがあった二週間ぐらいあと。六月の末ね」

「あのときか……。話はしたの」

「ほんの二言三言よ」

少年は再び黙りこくった。前髪を掻きあげ、そのままくしゃくしゃと頭の後ろまで持っていく。

「響司郎さんて、お父様のことを先生と呼んでるの？」

　半ば追い討ちをかけるつもりで言うと、ようやく少年は何事か意を決したように紅い脣を舌で湿した。

「妙な具合になっちゃったなあ。これがいいことなのか悪いことなのかボクには分からない。でも、そろそろ潮時だという気がする。幽霊の仲間入りはたまらないからね」

　それは自分自身に語りかけているふうにも思えた。緋沙子にはよく意味が摑めない言葉だった。少年もそれを認めているのだろう。急に哀願するような眼になると、

「ボクの言うこと、よく分からないでしょう。でも、いいんだ。このまましばらく聞いててくれない？」

　前置きして、緋沙子の淹《い》れた紅茶に手をつけた。

「……ボクは迷ってるんだ。ずっと迷ってる。今度の様ざまなことは確かに危うい賭《かけ》で、それがたまたま効を奏しただけなのかも知れないって……。だけどボクはそれでも意図を尊重したいと思うんだ。だからボク自身に関すること以外は今しばらくなりゆきにまかせたいな。どっちみち半分しか分かっていないんだ。半分だけ……」

　緋沙子は少年の言葉通り大人しく耳を傾けていた。意味はよく理解できないが、少

なくとも嘘がまじっていないと信じることはできる。何かの理由ですべてを打ち明けるのを憚《はばか》っているだけなのだ。そしてそれは誰かへの気遣いなのだろう。だからこそ彼女は素直に少年の話を享《う》け入れた。

「ボクはこのひと月あまり、そのことばかりを考えていたんだ。あっちこっちへとびまわったよ。何を喪い、何を得たのか、どんな想いを抱いてきたのか、それをボクも追い駆けようとしてね。ボクは成りきろうとした。思考の糸を辿るっていうのはなかなか容易《たやす》いことじゃなかったけどね。でも、ボクはようやく辿り着くことができた。

……そう思う。

変なことを言うけど、吃驚《びっくり》しないでね。ここで起こった奇怪な出来事はみんなお姉さんのためのものなんだ。何もかもお姉さんのため。……ううん。お姉さんに責任があるって意味じゃない。それだけは断言しとかなくちゃ。お姉さんは……」

そこで言葉は途切れた。

逡巡の色がありありとその表情に過《よぎ》って、紅茶をひと口飲みこむと、

「お姉さん、引越したほうがいいと思うよ」

緋沙子は、え、と言葉を発した。

「まだ何か恐ろしいことが起こるの」

「それは分からない。でも、どちらにしても……」

伏目がちに視線をそらした少年は眼のはたをぽっと上気させている。緋沙子はかすかに胸を締めつけられた。

戸惑いは羞恥の表情に似ていた。そういうところはやはりまだ子供である。緋沙子は少年を抱きしめてやりたいような感情に衝かれた。

「……まあいいや。それより最初の話に戻るよ。ボクのことだけど――」

しかしそれを押し留めるように緋沙子は静かに言葉を挿《はさ》んだ。

「知っているのね」

反応は的確に顕れた。長い睫毛がふるふると揺れ、紅い脣をかすかに開いて、少年はひととき絶句した。

「……何を……」

「私のことよ。勘の鋭い響司郎さんのことだもの、ちょっとした私の言葉から、以前どこにいたのかを見当つけて、捜し出すことなど訳ないことだったのでしょう。多分お葬式のとき外出していたのがそれね。……あの精神病院……」

「お姉さん！」

少年は自分の額をガリガリと搔き挘《むし》った。

「そうなの。私、精神病院にいたの。去年の夏まで、一年のあいだ。おかしな妄想に取りつかれて、私、自殺することばかり考えていたわ。……不安は幼い頃からあったの。私はその頃から気が狂っていたのかも知れない。

私、ずっと考えていたの。この世には、この世と嚙みあっているものと嚙みあっていないものがある。そして嚙みあっていないことは罪なんだと。……私は間違って生まれてきた。私は生まれてくるべきではなかった。……おかしいわね。それは私の祈りの言葉のようだったわ。

罰は必ず来る。どのようにして？　私には分かっていたの。黒い糸に雁字《がんじ》搦《がら》めに縛りつけられて、私は宙に曝《さら》される。こうしていても一本、また一本と、絡みついてくる黒い糸を感じるのよ。嚙みあわない者にとって、この世界は大なり小なり傾いているわ。私はそちらに滑り墜ちていく。いいえ、それはむしろ私の望みだった。私は死神と契約を結ぶのを願ったの！」

契約――と、緋沙子は私語《ささめごと》のように繰り返して、

「私の傍らにはいつも黒ぐろとした淵《ふち》があったわ。私はそこを覗きこむ。私はそこにのめりこもうとする。繫ぎ止めるためには、私はいつも見られていなければならなかった。他人のであれ、自分のであれ、視線が向けられていないと私は支えを失ってし

まう。でも、噛みあう方法を知らない私には友人を作ることなんてできないわ。だから私は私のまわりに鏡を並べることにしたの。自殺に傾こうとする自分を私自身が監視するほかなかったのよ……」

　しばしの沈黙があった。緋沙子はかすかに口許に笑みを浮かべた。

「夏の盛りにこんな暑苦しい服を着ているのをおかしいと思わない？　死神との契約のしるしを見せてあげる」

　言いながらブラウスの襟元に手をかけた。咽まで被い隠すような青いシフォンのボウ・カラーを解き、ボタンも二つ三つとはずして、彼女は胸元を開いてみせた。流れるような光沢のカラーが白い肌の上にしどけなく垂れ、少年ははっと眼を瞬いた。

　そこにはくっきりと死神の唇痕《キス・マーク》が残されていた。

　鎖骨の継目のあたりに、縦に四、五センチ。ひきつれた笑いのような凶々《まがまが》しい傷痕《きずあと》は鈍い褐色《かちいろ》に染《し》みついている。

「響司郎さんにもこれがキス・マークに見える？　私は死のうとしたの。腹這いになって、立てた庖丁をここにあてがって、私はそのままつっぷしたのよ。血はたくさん流れたかしら。いいえ、思ったほどではなかったわ。肩透かしなくらいの量……。それでも旨くいくはずだったのよ。でも私は助かってしまったの。今思うととても怖ろしいわ。……でも、今がどうなのか……今も狂っていないのかどうか、自分でも……よく……分からなくて……」

不意に緋沙子の眼から大粒の涙があふれた。それは頬を伝い、白い胸のふくらみの間《あわい》へと落ちる。今まで張りつめていたものが一度に堰を切った感じだった。

「お姉さん！」

少年は息を詰まらせるように、

「この部屋を見ても分かる。……今のお姉さんの話を聴いて、よりはっきりしたよ。お姉さんは大丈夫だ。もう枷《かせ》は解かれたんだ。ねえ、お姉さんは噛みあってるんだよ」

「……有難う……」

弱々しい笑みを見せ、緋沙子は顔を落とした。声を殺して肩を震わせる。涙はテーブルの上に落ちた。

少年は手を伸ばした。テーブルの上を滑って、緋沙子の腕を支えるように庇《かば》う。

「……こんなこと言うのは……」

躊《ため》らいがちの言葉。ともすれば消え入ろうとするその言葉を緋沙子は嗚咽《おえつ》を噛み殺しながら続けた。

「……私、淋しかったわ……淋しかった……多分、私がよくなったとしたら、あなたのお陰ね……でも、私は何も返してあげられない……」

「……そんな……」

二人は眼と眼をあわせた。緋沙子の瞳は流れる涙で潤んでいる。

彼女は震える指で、ブラウスのボタンをもうひとつはずした。

落ちた手首

夾竹桃《きょうちくとう》の花が咲きはじめた。

猛り狂う陽がじりじりと赤い屋根を灼く。板壁も木塀も炙《あぶ》られて白い粉を吹き、雑草は萎《しお》れて力なくのびていた。樹影荘は陽炎《かげろう》に包まれ、それはあたかも揺らめき立つ瘴気を思わせた。

突き抜けた青空には烈しく輝く入道雲が肩を怒らせていた。一片の翳りもない。影はすべて地上に押しやられ、廂《ひさし》の下や窓枠にわずかな形骸を留めている。

夾竹桃——盛夏に咲く厭な花だと江島は思った。帽子を被っていても汗は額からふつふつと湧き出してくる。暑い。彼は灼けついた坂道にしばしのあいだ立ちつくしていた。

この家は何なのだろう。彼は何度もそう考えていた。口には出さず。そうだ、出す相手はいない。彼はたった一人。砂漠のただなかで干涸《ひから》びつつある一本の草だ。だからこそ露ほどの湿りを求めて様ざまなことを試みた。けれども翻弄《ほんろう》されたのは彼のほうではなかったか。家は底知れぬ闇を孕んだまま、人の思惑など恣《ほしいまま》に裏切り続けている。彼はワイシャツが気味悪く背に貼りつくのを意識しながら、その家に畏怖《いふ》の眼差しを向け続けるほかなかった。

どこかで、か――んという竹が罅《は》ぜ割れるような音がしている。燃え盛る太陽のせいで死に絶えてしまった街の喧噪《けんそう》のなかで、その音は妙に高く遠くから響いて聞こえた。彼はふとその単調で間のびしたリズムにくらくらとここならぬ世界へ惹きこまれそうな気がした。たいがいはそうなのだ。その当座はよくわからないが、思い返すとそれは常にそのようなかたちで訪れる。これはいけないぞ。気をつけなければ。しかしそうやって細心の注意を張り巡らせようとすること自体が既にあちらにのめりこみつつある証左でもある。とどのつまり、彼はひしひしと縛りあげられ、身動きもできなくなっているのだ。

「あァ、江島さんですな。どちらかへお出かけですか」

不意に背後から声をかけられ、彼は思わず軀ごと振り返った。モシャモシャに乱れた髪の下から狡猾《こうかつ》そうに覗く斜視の眼がそこにあった。

「楢津木ですよ。驚いて口もきけないご様子で。悪いことをしちまいましたねえ。そんなつもりはなかったんですが」

靴音を忍ばせて背後にまわっておきながら、初めて気づいたような口振りもないものだ。江島はその刑事独特の脣を捩曲げる笑いに胸の悪くなるほどの嫌悪感を覚えた。最初からそうだった。単に厭だという程度ではない。生理的に享《う》けつけないのである。汗が眼に流れこんだのを幸い、彼は相手から顔を背け、ワイシャツの袖で顔を拭った。

「ちょいとまたいろいろとお伺いしたいんですがね。よろしゅうございますかねえ」

刑事はそう言って、坂の下にある喫茶店を指さした。返事を待たずに手にした茶封筒を団扇《うちわ》代わりにパタパタとやり、

「あの音は石屋からですかな。以前はどこでも金魚屋や棹竹《さおだけ》売りが通って風情があったものですが、最近はこの地蔵坂の一部だけですなあ」

眼を細めながら襟元を寛《くつろ》げた。

石を叩く音だったのか。莫迦に遠くからに聞こえる。それともこの刑事の出まかせ

なのか。江島はひとつひとつの意味を辿ることに疲れ、危うく足を踏みはずしそうになった。

足を踏みはずす？　しかし、何から――。

彼はそのとき気づいた。舗装の下に地面はない。コンクリートも一枚板ではなく、不規則なかたちに砕けている。そのバラバラの破片が何によって宙に浮いているのかは知る由もなかった。どだい、この世は知る由もない事柄に満ちている。彼は飛び石を踏むように、宙に浮いたコンクリート板の上を危なっかしく辿っていった。

そうだ。俺は崩れかけている。このバラバラの坂道。街並もがらんどうの上に成り立っているのだろう。割れた岩板は足を乗せるたびにゆらゆらと揺れ、その隙間から遥か下方まで続く深淵《しんえん》が見て取れる。深淵は意外なほど青く明るく、空をそっくり逆さに返したようだった。こんなところでよく今まで踏みはずさずにこれたものだ。踏みはずすが迅いか、俺の軀は底なしの蒼穹《そうきゆう》に落ちていくだろう。上も下もない無限の奈落へとまっさかさまに墜落していくのだろう。

血は彼の奥のどこか知らないところへ引きこみ、汗だけが激しく首から背を伝った。視界はいつしか白い闇に蔽《おお》われ、肩を叩かれてふと気がつくと彼は店の前に立っていた。

喫茶店とはいっても、その店にはクーラーすらなかった。テーブルや床は念入りに磨かれているために不潔さは感じさせないが、二十年来改装もなされていないだろう店内は時間に取り残された燻んだ雰囲気が染みついていた。椅子も革が裂け、樹影荘の待合室のそれを思い起こさせた。天井には三つ、昔懐しい大きな羽根が緩やかに回転して風を送り続けている。奥まった席に着くと刑事はすぐにレモンソーダを注文し、身を乗り出して彼に告げた。

「面白いことが分かりましたよ。この坂の上にあるお地蔵さんですがね、アレ、戦後になってから呼び名が変わったんですよ。以前は〝水地蔵〟だったんですって。それを誰かが三体とも眼の部分を欠いちまったもので、〝不見《みず》地蔵〟になったと言うんです。……面白くありませんか。あたしは大きに面白いですねェ」

斜視なのは右眼のほうである。左眼はしっかと彼の顔の上に据えられ、色の悪い歯の隙間から奇妙なリズムで煙を吐き出し、刑事は満面に笑みをつくった。運ばれたソーダのストローに口をつけ、大袈裟に顔を顰めて酸っぱい表情を見せると、

「少し調べさせて戴きましたよ」

再び傍若無人に眼を見開いた。

「調べたといいますと——」

江島は帽子も取り忘れたまま、流れる汗にまかせていた。窓際で風鈴が鳴っている。それとは別にセロハンが風に揺れるカサカサという音。店内に流れる穏やかな軽音楽。みんな妙にチグハグで、音と音とのあいだに連続性がなかった。自分の声さえもぎざぎざに毳立《けばだ》ち、ゆっくり裂けはじめた壁や天井の外にこぼれ落ちそうな気がした。

「あなたのことですよ。あなたの生いたち。あなたが樹影荘に入居するまでのこと」

彼は分かった。相手の眼は笑ってなどいやしない。心臓は意思とは無関係に鼓動を迅め、けれども既に血の足りなくなっていた彼はそれが胸の鈍痛としてしか感じられなかった。床のリノリュームもゆっくりと裂けはじめ、彼は足もとに曠然《こうぜん》とひろがる青空を見た。そしてそれとともに彼自身も脆《もろ》く崩壊しかけていたのである。

「調べたと言いますと――」

訳も分からず繰り返し、彼はびっしりと汗をかいたコップに手をやった。握りしめると水滴は掌を濡らして流れ、彼はその掌でテーブルの上をなすくった。

「驚きましたなあ。あの一色さんと同じ病院にいらしたとは」

その途端、彼の時間、彼の記憶、彼の人生が堰を切って迸《ほとばし》った。生白いものがゆっくりと落ちた。

手首。斬り落とされた手首。それは彼の足先でまだヒクヒクと動いている。どこまでも続く黄色い芒《すすき》野原を背負って歩いてくれた父の手首だ。それを私が斬り落とした。この手で。おお。この手で――。

不思議な力が彼の抑制を振り切って、ごった煮になった感情とともに衝きあげそうになった。そのために皮膚がビリビリと顫える。大声を挙げて叫びださないのが不思議なくらいだった。血は細いほそい糸となって伸び、処どころに泡のような節をつくった。皺だらけの手首。決して憎んでいたわけではないのに。

「おっと、こりゃあ、剣呑《けんのん》、剣呑」

そんな言葉が狡猾な響きをもって彼の耳に吹きこまれた。母の悲鳴がその声に重なった。彼は日本刀の柄《つか》を両手で握りしめていた。アングリと口を開いた蒼白な父の表情。痺れたように感覚がないまま両手を震わせていたそのときの彼は父の表情を読み取ろうとしていただろうか。否。恐らく否だろう。けれども下瞼に深い溝のある眼をいっぱいに見開いたその表情からは苦痛でもなく、驚愕でもなく、ただ静かな哀しみだけが滲み出していたように思う。その光景に至るまでの物事の経緯にどんな意味があったのかすら回顧できない今の彼には、父の表情について語る権利を失っているのかも知れないにしても。そうなのだ。憎んでいたわけではなかった。厳格なくせに自身の嗜欲《しよく》にはだらしのない父を、しかし決して憎んでいたわけではない。だとすると何が狂ったのか。親しい友人もなく、頼る先輩もなく、孤独を好んだ彼の心を狂暴なまでに打ちのめし、ある日艫綱《ともづな》の切れるように血《ち》腥《なまぐさ》い凶行へと駆り立てていったのは何だったのだろう。

その父は息子の凶行を外部に洩らすのを懼《おそ》れ、自分たちで手当てをしようとして、壊疽《えそ》を起こして死んだ。母はその後、当然の如く自害し果てた。虚脱した息子はそのまま精神病院に抛りこまれたのだ。それが俺だ。俺だ。俺だ。俺だ。百万遍繰り返して、それが俺なのだ。彼は眼球の奥の熱いものが洟《はなみず》となって流れ出すのをどうしようもなかった。

「どうしました。余程いけない部分に触れちまいましたかなァ。でも、あたしはそれについて何とも思っちゃいませんよ。……ただ、あなたなんでしょう。血を流したのも」

相手の眼が青白い炎を放った。

「あなたに眼をつけたのは、あの少年に出された警告文からなんです。すぐに思いあたりましたよ。少年が『殺せるはずだ』とか何とか呟いていたと仰言ったのはほかならぬあなたですからね。そのことが頭にあった上で作られた警告文に違いない。あたくしはそう思いました。少年に話を聞くと、一色さんの部屋を覗いたり、忍びこんだりした者もいるというじゃありませんか。あなたと一色さんが同じ病院にいた以上、その点も頷ける。結局、マネキンの首を投げこんだのも、トイレにイタズラ書きをしたのも、鉢植をひっこ抜いたのも、みんなあなたの仕業なんですな。

血だけはひっかかりました。今でもそうです。血を拭くことのできた人間は梅本さんでないならあなたしかいない。そうは思うんですが、やっぱりひっかかる。ロープを伝って雨のなかを。そんな危険を冒してまでやらなくちゃいけないことなのか。また実際、やれるのか。あたくしは首をひねるんですが、まァ、あなたしかいないんだから仕様がないですねェ。答えて下さいよ。黙っていちゃ分からない。

あなたの失敗はあの少年の正体を知らなかったことですな。少年のほうで隠していたんだから無理ないですが、御原響司郎というのは偽名で、本名は牧場智久というんですよ。と言ってもあなたはご存知ないでしょうが、特定の人間のあいだではちょっとした有名人なんですぜ。あたくしも倖《さいわ》い特定の人間だったんです。碁キチですな。牧場智久と言えば囲碁の天才少年と騒がれたもので、去年プロ入りを志して、近いうちに入段間違いなし。つまり彼は囲碁の院生だったんですよ。

なぜ偽名なんか使っていたのか不思議に思われるでしょう。理由が振るってますな。女の子たちの眼を眩ますためですとさ。イヤ、羨《うらやま》しいもんだ。智久君にはアマの頃から親衛隊とか称して女の子たちのファンがついていたそうです。しかしそれでは修業の邪魔になる。院生入りをきっかけに自活することにした彼は師事する御原環樹九段の姓を借り、御原響司郎という名で樹影荘に入居したというわけなんですよ。あたくし、智久君の顔は写真で見たことがありましたから、最初からすぐ分かりましたね。そういったことからいろいろ情報交換することになりまして。ついでに碁も打って貰ったりしたのは役得というやつですな。だからあなたの目撃したのは智久君が一人で打碁を並べていたところだったんですよ……」

どうでもいい言葉が彼の耳を通り過ぎていった。そうだ、どうでもいい。今となっては。世界はただひとつの拷問《ごうもん》台で、誰が操るのかはともかく、それは自らの機能を果たそうとするだけなのだ。確かに血も流した。ほかにも様ざま手を下した。すべて彼女のためだ。俺のすべては彼女のため……。

血を拭ったのだけは憶えがないが、もしかするとやはり俺だったのかも知れない。それればかりではない。知らず知らず犯した罪はもっと恐ろしいものまであるだろう。けれどもすべて彼女のためだ。俺のすべては彼女のため……。

彼はそれを口にしていたかどうか自覚がなかった。リノリュームや漆喰とともに彼もボロボロに朽ちかけていたなら、言の葉も枝から離れたとして何の不思議はない。葉は地の果てから吹く風に煽《あお》られて降りしきるだろう。濃い緑。紅葉。それとも走りゆく悪疫に冒された病葉《わくらば》だろうか。いつしかそれはこの地とかの地を埋めつくし、風は飽きたらず終末《いやはて》へと吹き渡る。季節風？　貿易風？　偏西風？　彼は顔に押しあてた両の掌をじりじりと引き下げ、指先がなかにもぐりこむのもかまわず眼を見開いた。

男のひきつれた笑顔があった。その背後には叩きつけられた血餅《けっぺい》がドロドロと飛び散っている。男も血まみれだった。脂ぎった額は蓬髪の間《あわい》から流れ落ちる血を弾き、細かな粒を散らして蜘蛛の糸を形作った。その巣にかかるのは俺だ。この世界のからくりが呑みこめない限り、俺は罠に堕ちていくほかない。しかしこの俺の貧しい頭脳でどこまで搦《から》め取ることができるというのか。

「……罠？　罠ですって。……どうもおかしな具合だな。……チッ。惚《とぼ》けて戴いちゃ困りますぜ。あんたは何のためか知らないが、一色緋沙子を再びキチガイにしようとしたんだ。……オイ、そうだろうが!!……」

何かが床に落ちて烈しく割れる音がした。氷水のはいったコップ？　彼は反射的にそれを手に取ろうとした。

蠢く手首。黄昏《たそがれ》の色を映した緋沙子の横顔。潮の香り。どこまでも続く芒野。呆然とあいた父の口。血は流れ、血は果てしなく流れ、あの呪われた建物を真紅に染めつくすだろう。彼の人生とともに。森羅万象 悉《ことごと》くとともに。彼は握りしめたガラスの破片を右の手首に叩きつけ、いっきに口のなかに抛りこんだ。

「アッ、いかん！」

ガラガラと物が崩れる音がしたかと思うと、彼の軀は不意に支えを失った。ついに足を踏みはずしたのだ。そう思った。床の隙間からもんどりうって、彼の軀は燦爛《さんらん》と輝く蒼穹《そうきゆう》の底へ墜ちていくのだ。咽は灼けつくように熱く、掻き挘《むし》ろうとした手からも力が抜け、何者かの軀を揺さぶる感覚がひとときの名残り惜しく纏わりついていたが、それも遠のくと白い闇が来た。

不吉な黒雲

救急車のサイレンは不吉に四方を震わせた。暵々《かんかん》と照りつける陽のために黙《もだ》しがちな街並を走り、音は樹影荘から程遠くないあたりで停止した。

真っ先にとびだしたのは小野田だった。瞰《み》おろすと白く燻んだ坂下の一部に黒い人だかりができている。弥次馬根性旺盛なことでは人後に落ちないが、そのときの彼を衝き動かしたものはそればかりではなかった。彼の胸に棲みついた、何かとりとめもなくか黒いもの。冷房の効いた部屋から出たばかりだというのに、坂を駆けおりると彼の額は忽《たちま》ちヌルヌルと粘ついた。

人だかりは喫茶店の前だった。ひやかし程度に二、三度はいったことのある店だ。人垣を押しのけるように前に進むと、楢津木というあの刑事が血相を変えてドアの前で怒鳴っていた。すぐに店内から担架で運び出されてきたのは江島だった。

蒼白な江島の口からは夥しい真紅の糸が絡みあって流れ出していた。

小野田は眼を剝き、思わず何かを言いかけた。が、そんな江島の顔が見えたのはほんの一瞬だった。白衣の男たちはあっというまに担架を車に運びこみ、再びサイレンを鳴らして遠ざかっていった。

まるで荷物を運ぶようだと思った。

何がどうなっているのか分からない。江島の身に何が起こったのか。あの多量の血液。奴は生きているのだろうか。それとも。

白昼夢かと疑ってみたが、彼の鼓動はおかまいなしに喘《あえ》ぎつのった。冷たい汗がどっと噴き出す。鋭利なナイフを脇に突きつけられたような感触だった。

すぐに刑事は彼の姿を認めた。

「オヤ、小野田さん。いらしたんですか。ウィークデーだというのに」

その表情は既にいつもの笑みに戻っていた。まるで何事もなかったという顔だった。唾を呑みこみ、呑みこみ、

「江島はん、どないしはったんでっか……」

やっとそれだけ尋ねると、刑事は乱杭歯《らんぐいば》を見せつけるように、

「ヘッへ……。首縊《くびく》りの足を引いちまったようで……」

そう謎のようなことを呟いた。

「ここでは何ですな。あなたの部屋には冷房がありましたねェ。ちょいとお邪魔させて戴くわけに参りませんでしょうかァ」

「へえ、そらよろしおますけど」

魅入られたように点頭し、坂のほうに振り返って、小野田はそこで心底から凍りつく恐怖を覚えた。眩しい照り返しの続く坂の先に、ゆらゆらと陽炎に包まれながら誰かがこちらを瞰《み》おろしていたのだ。

死霊？　そうではなかった。迷景に浮かびあがったその人影は浅川だった。表情まで具《つぶさ》に見て取れなかったが、発せられる眼に見えぬ刃は確かに小野田の咽元を貫こう

としていた。

その姿はゆっくり荘内に消えた。坂道には薄刃の煌《きら》めきを留めるようにちりつく逃げ水だけが残った。

階段を登りつめ、三階に出ると、廊下は北側から西側へと続いている。西側の廊下には六畳間がふたつ並んでいて、そこが小野田の住居だった。彼は手前の部屋に案内すると、座蒲団を勧めた。

刑事はその場に落ち着いたまま、どうしたわけか緘黙《かんもく》を保った。小野田は立て続けに煙草を吹かし、相手の遠慮したビールを呷《あお》った。

「ちょいと電話を拝借できますかな」

やっとそう口を開いたのは十分もたった頃である。しばらく応答していたが、刑事は受話器を置くとボリボリと髪を掻きながら、

「九仞《きゆうじん》の功を一簣《いっき》に虧《か》く……か」

皮肉な口調でひとりごちた。

「何だすて」

「死にましたよ、江島さん」

小野田は慌てて唇を拭った。何か言おうとしたが、言葉が見つからなかった。

「しかしまァ、ある程度ははっきりしましたよ。マネキンの首を投げこんだり、血を流したり、奇怪な出来事を起こしていたのは江島でした。訳は……結局よく分かりませんがね」

「あの人が！　鳴沢やなかったんでっか」

「それは認めましたよ」

「……やっぱりなあ。わての考えとった通りですわ。血ィ流したんはあの人のほか考えられしめへん」

得意気に言うと、相手の表情はなぜか渋面になった。藪睨みの眼をじっとこちらに据え、しばらく押し黙っていたが、

「まァ、理由なんか最初からなかったんでしょうからねえ。江島は去年の暮まで精神病院に入院していたんですよ」

小野田は勢いよく膝を叩いた。

「そうだしたんか。ああ恐《こわ》。わてら、頭のおかしい者《もん》と一緒に住んどったんですなあ。それで分かりましたわ。こんだけ訳の分からんことばっかり相継いでたんは気違いの仕業やったさかい。……前からどうも素振りおかしい思てたんや。はあ、そうでおましたか……」

そこでしばらく考える顔になって、

「ひょっとしたらあれも江島はんの仕業と違いますのん。……もしも梅本はんが死んだん、ほんまに他殺やったとしたら……」

怯えた顔でつけ足した。すると相手は、

「他殺は——間違いないでしょうなァ」

顎を撫でさすりながら答えた。

「ほんまだすか」

「大工さんに話を聴いたんですよ。ペンキを塗るとき、しばらく廊下が使えなくなるからその許可を得たんですなァ。こちらにも来たでしょう。そのときの梅本さん、怖《おぞ》気《け》を震う様子で、とにかく早く塗ってくれとむこうから頼むように言ったということで。……首吊りというのは縄を用意しなきゃなりませんから発作的な自殺ではなかったはずですが、これから自殺する者からそんな言葉が出ると思われますか。あたくしは、まァないだろうと思うんですがねェ」

「へえ、そらごもっとも。ほたらやっぱり江島はんが……」

小野田が顔をやや赤くしてそう言ったとき、不意に部屋のなかが夕暮のように翳った。

「オヤ、雲が出て来ましたなァ」

「ほんまだすなあ。いつのまに……」

黒い雲は急速に空を埋めつくそうとしている。それはまだまだ続く惨事の前兆のように思えた。

「こら、今夜あたり、雨になるかも知れまへんなあ」

魍魎の密儀

夜中の二時をまわっていた。それでも睡気は訪れる気配がない。眠ろうとする意識だけが冴えざえと澄み渡る。夕子は輾転《てんてん》反側を繰り返すほかなかった。

だんだん夫に似てきた。彼女はふとそう思った。軀を悪くしてからも不眠症に悩んだことなどない。けれども夫の死後、何かが変わってしまった。どんなときでも心の一部分が張りつめたままで、些細《ささい》なことにも針鼠《はりねずみ》のように苛々と尖り立つ。

今、彼女を怯えさせているのは雨の音だ。

あの人もいつも何かに怯えているふうだった。それが何なのか、本人にも分かっていなかったに違いない。今になって私には思いあたる。それはあの人自身の臆病さではなかったかしら。そう、あの人はぴったり背中に寄りそった自分自身の影に怯えていたんだわ。

だとしたら、私はどうなの？

か黒い闇の這う天井を見あげながら夕子は自問した。

次々と起こった出来事は江島の仕業だったと、あの刑事はニチャニチャした例の口調で語った。捩れた脣《くちびる》から覗く歯はいつも彼女をぞっとさせる。腐った歯は頽廃《たいはい》の象徴だと、そんな言葉をいつか口にしたのは夫だった。あの人は妙なことをいろいろ知っていた。

その江島は死んだという。

子供たちの死は一体何だったのか。二度に亘《わた》って狂気の餌食《えじき》となってしまった子供たち。豚のように生命を奪われ、そしてそれでお仕舞なのだ。莫迦々々しい、あまりに無意味な死。どうしてそんな話を容認しなければいけないのだろう。

雨のために気温はさほどでもなかっただろう。けれどもこの寝苦しさ。あけ放すと降りこんでくるため、しめきった窓に眼を移す。蚊取線香の火がそちらの淡い闇のなかにぽつんと赤く光っていた。

寝苦しさは気温のせいだけだろうか、先程から彼女の胸にのしかかっていたのは言い知れぬ不吉な霊気だった。

じりじりと重い真っ黒なその影は眼を閉じるとどこまでも大きく伸びあがってい
く。心のなかで一本の糸が震えている。黄色の琴糸。激しい雨音に共鳴して、怯えは
いよいよ色濃く胸中を塗り潰していく。

夕子がもっと明瞭な異変に気づいたのは雨音がゆっくり弱まったときだった。よう
やくウトウト微睡《まどろ》みかけていたのかも知れない。その音は彼女の聴覚にかすかにひっ
かかった。池の底から響き伝わってくるような規則的な音。枕に半分顔を埋めながら
彼女はしばらく何の音だろうと考えていた。

一瞬だけ汗が冷たく乾あがっていくのを感じた。漆黒の闇。それからゆっくりと恐
怖が背筋を伝わった。

首を擡《もた》げてみると音はよりはっきりと聞こえた。枕元を見れば、眼醒まし時計の文
字盤が青い燐光を浮かびあがらせている。二時三十三分。蚊取線香は燃えつきてしま
ったのか、もう赤い光もない。

音は窓の外から聞こえていた。

寝間着の襟を掻き寄せ、起こした半身を震わせる。思いあたることはあったが、彼
女は必死でそれを振り棄てようとした。けれどもその妄想は留めようもなく押し展が

り、彼女は憑かれたように立ちあがった。

音はそのときやんだ。

明かりを点けようとは思わなかった。そうすればもっと恐ろしいことが起こってしまうような気がしたのだ。

ゆっくりと窓際に寄る。畳は彼女の心のように冷たかった。

片手で胸を押さえ、空《あ》いた手でカーテンの端を摑み、そのまま一分近く躊《ため》っていた。恐いもの見たさと、見てはいけないという想いが彼女のなかで激しく鬩《せめ》ぎあう。依然音は途絶えたままで、それがかえって彼女の心を急きたてた。

思いきってカーテンの隙間から覗きおろす。

そこで彼女の見たものは予想と寸分違《たが》わぬ光景だった。あまりに一致していたことだけがむしろ予想のほかだった。

正面と左手は朽ちかけた木塀、右手は風呂場で囲まれた庭。雨に濡れて波紋を散らす地面には塀ぞいに鉢植や灌木《かんぼく》が黒ぐろと蟠っている。そして中央の風呂場寄りに見えたものは奈落にまで達しそうな深い穽《あな》だった。

傍らに人影があった。階下の障子明かりを受けて、その姿は亡霊のように浮かびあがっている。傘もささず、雨に打たれたまま、人影は穽の底を覗きこんでいた。

一ヵ月半も前のあのときと全く同じ光景だった。どこかで時計の螺子《ねじ》が狂いだし、そのために時間が逆戻りしてしまったのだろうか。それとも狂気は私をも冒しはじめているのだろうか。

「掘おぎんたァ、水子ってでも出てくっとやろか……」

夫の言葉が脳裡に蘇った。

そうだ。廊下に血が流され、そのために私が流産してしまったのはあの夜。夫が死んだのは次の日。そして今、江島が死んだその夜に同じ光景が眼の前に展がっている。ひょっとするともっと恐ろしい何事かが続こうとしているのだろうか。この光景が常に陰惨な出来事を招き寄せているのだとすれば。

人影は浅川ではなく、見知らぬ何者かでもなく、人間ですらないように思えた。何か真っ黒な人間でないものが地の底を凝視《みつ》めながら佇んでいるのだという想いもあの夜と寸分違わなかった。

軀の奥底から戦慄が湧きあがる。カーテンを摑む手もそれとともに震え、ガラスに伝わって音をたてるのではないかという想いに必死で身を硬くした。

穽の底からさらに濃い影が立ちのぼってくるような気がした。あの影。煙のような。蚊柱のような。もしかするとこの庭もひとつの聖域なのだろう。そぼ降る雨のなか、この家に棲む魍魎たちが人間のかたちを借り、人知れぬ密儀を行なっているに違いない。凶兆を凶兆たらしめるために。穽には誰が葬られるのか。

血はまだ足りないのか。

彼女は弾けるように窓から離れた。足裏《あなうら》は氷を踏むように冷たく、蒲団に戻り、頭からひっかぶると、一心に経文を唱え続けた。最初の流産をきっかけに覚えたお経だった。

血に飢えた魍魎の跋扈《ばっこ》は彼女の手で止めることなどできない。いや、誰にだって止められないだろう。蛹《さなぎ》のように軀を縮めながら彼女はただ頭を空白にすることだけを願っていた。

雨が再び激しくなった。

五部

窓と手すり

何冊かの本をレジに出したとき、後ろから声をかけられた。

「やァ、智久君」

「あ、刑事さん。また何か……」

少年は首を傾げながら笑みを返した。

「なくても来ますよ。疑問の余地が残る限り……。今日はたまたま新しい情報があるんですがね」

相手はニヤニヤといつものように相好を崩し、ひょいと首を突き出して、

「ホウ、推理小説ですか。……オヤ、テレビ案内まで。君の部屋にはテレビはなかっ

たはずじゃあ」

「お盆の特別番組で御原先生の対局があるんですよ。家に戻って見るつもりです。先生、ちっとも教えてくれないものだから。今日院生の仲間から聞いて初めて知って」

「ハハア、そうか、ナルホド」

二人は商店街のその書店から出た。

八月十日。上昇の一途を辿っていた気温はようやく頭打ちになったものの、下降線にさしかかる気配はまだ微塵《みじん》もない。街全体が白く灼けつき、じりじりと陽炎に舐めつくされている。

「七月以来、雨はこのあいだの四日の夜だけでしたね。このまま雨が続かなきゃ、またぞろ東京砂漠になっちまうとか。得てしてこういうときに厭な事件が起こるもんですよ」

「樹影荘は高台のほうですから、そうなると困りますね。最近でも水圧が下がり気味のようですから」

「そうそう。況《ま》して火事でもあった日にゃ」

「気をつけなくちゃ」

江島の死んだ喫茶店の前を通り過ぎ、二人はそのあたりからやや急になった坂を登った。

「和服にはだいぶ馴れましたかね」

息を切らしながら楢津木が尋ねかける。

「ええ、一年ばかりこれで通してきましたから。羽織袴《はかま》となると、まだちょっと帯の結び方が不細工で……」

「結び方が、ね」

癖のある口調で念を押して、楢津木は唇をへの字に曲げた。

「刑事さんの考えていること、分かりますよ。ロープの結び目ですね。輪のほうが〝8の字結び〟を応用した〝縊《くび》り縄〟で、枝に結びつけたほうは〝舫結《もやい》び〟でしたっけ。梅本さんが以前ヨット部にいたなんてこと、誰も知らなかったはずだと奥さんも言ってたから、あのロープは梅本さん自身が結んだものでなければならない。そうなるとあれは自殺だということになってしまう……」

「君は人の心まで読むみたいだねェ。そうなんですよ。そこだけがひっかかってねェ。少なくともあの結び目には素人臭さがないと専門家も言ってまして」

そこで二人は黙りこくった。

脳裡を占めているのは共通の想いに違いない。本当は自殺であればいちばんいいのだ。せめて不可解を最小限に喰い止めるためには。

その部屋のドアはあけ放たれていた。

はいるとすぐ左は炊事場。ふたつの和室は鉤型に曲がって続いている。数少ない家財道具はすべて処分され、小さな祭壇に位牌《いはい》と線香立てだけが置かれている。それも一両日中に片づけられてしまう手筈《てはず》だった。

梅本の葬儀に較べても、それはあまりにも侘《わび》しい喪だった。江島に仕事を与えていたガス器具関係の会社から香典が届いたきり、ほかに弔問客とてなかった。住人だけが夕刻になると申しあわせたようにその部屋に訪れ、小一時間ほど雑談を交わすのである。

「イヤァ、これは皆さん、お揃いで」

楢津木が先にはいると、そこには小野田の姿だけがなく、残りの住人三人がはっとこちらを振り返った。

少年の正体が明らかになったときから彼らの智久への眼差しはあからさまに変わっていた。同じ変化はもしも緋沙子の経歴が知れ渡ったときにも顕れるだろう。ただし、全く逆の意味あいで。智久はそれを思うと居たたまれぬ気分に沈んでしまう。

本を傍らに投げ出し、智久はその場に坐りこんだ。

「奥さん、引越しの日取りはお決まりで？」

楢津木が鉾先《ほこさき》を向けると、夕子は露骨に厭な表情を浮かべた。

「やっぱり実家に戻ることにしました。二十日頃には出ていきます」

「実家に……。そうなると、やっぱり籍はお抜きになるんでしょうな」

「……もう抜きましたわ！」

「そうですかァ。イヤ、いろいろご災難がお続きでしたが、この先のご多幸をお祈りしますよ」

突き出すように頭を下げると、智久のテレビ案内をパラパラと捲っていた浅川が横から声をかけた。

「それで今日は何のご用で……」

「そうそう、それなんですよ」

楢津木は薮睨みの眼で嬉しそうに一座を眺めまわした。

「例の鳴沢貫次ですよ。——奴《やっこ》さん、どうやら東京に戻っているらしいことがハッキリしましてねェ」

夕子の顔が強張った。

「どうしてですか」

「元の仲間だった男が上野の界隈《かいわい》で姿を見てるんですよ。去年の十一月のことですがね」

「しかし……樹影荘で起こったことはみんな江島さんの仕業だったんでしょう。あの男とは関係なかったということでは」

浅川の疑問に楢津木はもっともだと頷いて、

「確かにそうかも知れません。そうかも知れませんが……全部が全部江島のせいなのかどうか」

「何ですって。今更そんな！」

叫んだのは夕子だった。その表情にはありありと怯えが立ちのぼっていた。

「ひとつひとつ仰言って下さい。どれがはっきりしていないのか」

「マネキンの首、トイレの文字、鉢植荒し、それから智久君のところに警告の手紙を投げこんだのも本人がハッキリ認めましたよ。それから血を流したのも……。部屋のなかを調べてみましたがね。ホレ、あの炊事場の戸棚のなかでしたよ。床板をめくって、そこから血を流したんですなァ。その跡がありました。浅川さんのお宅への三回目の水漏れというのはやはりここからだったんでしょう。多分、そのときは単なる過失でね。しかしここから何か流せば浅川さんのお宅へ流れ落ちるということを知った江島は、同じことを血でやってみようと思いついた。——そういうことだと思いますね。それがエスカレートして、二回目はあれだけの量を廊下にぶちまけたわけだ」

「あと……一色さんの部屋を覗いていたのもやっぱり江島だったんでしょう」

浅川が言うと、緋沙子はぴくりと肩を揺すらせた。

「そうそう、それと葬式のとき、江島は一色さんの部屋に忍びこんでいる。これも本人の口から確かめていますよ」

「じゃあ、あとに何が残るんですか！」

必死の面持ちで迫る夕子に、楢津木は助けを求めるような苦笑を浮かべて、

「例えば、血を拭き取ったのは……」

「だって、あれも江島さん以外に考えられないじゃないですか」

「本人は否定しましたよ」

「血を流したのは自分だけど、拭き取ったのは自分でないって？　そんなことって」

首を横に振る夕子の額には脂《あぶら》が浮き出ていた。殆ど外出しないせいで紙のように白い肌に静脈がうっすらと透けて見える。

「じゃあ、それが鳴沢の仕業だと言うんですか」

「そう言えば」と浅川は眉を顰め、

「江島さんがなぜあんなことをしたのか理由は分からないままなんでしょう。狂っていたにしろ、理由はあるはずですよ。もしかすると、あの二人のあいだに何か繋がりがあれば……」

「二人が結託？　江島さんがあんなことをしたのは鳴沢に吹きこまれたからだって言うの。……もう厭！　私たちに何の恨みがあるって言うのよ」

「まァまァ、あたくしはそうだとは——」

楢津木が言いかけたときにはもう夕子は立ちあがっていた。

「私が九州に帰るなんてこと、どなたにも仰言らないで下さいね。これ以上妙なことにつきまとわれるのはまっぴらですわ」

誰にともなくそう言って出ていこうとしたとき、ドアで小野田とぶつかった。

「ああ、こら失礼。皆はんお揃いで。結託て何のことでおます」

夕子がそのまま出ていったので、四人に向かって声をかける。智久が手短かに説明すると、玉のような汗を浮かべた小野田は顎を大きく突きあげてみせて、

「そらえらいこっちゃ。ほんまにあの男が陰で糸引いてるとしたら。……わてら、安心して住んどられしめへん。わても引越し考えたほうがええやろか」

「いやァ、さっきも言いかけてたんですが、あたくしは決してそう考えてるわけじゃ

ないんで。だいいち精神病院といっても鳴沢と江島は全然別のところに居たんですし、少なくとも江島がここに入居する以前に二人のあいだに繋がりが持たれたとは思えません」

「せやけど、刑事はん、言うてはったやおまへんか。江島はんは自分から樹影荘を指名してここに入居したんやちゅうて……」

智久はその指摘に、そっと緋沙子の顔を眄《ぬすみみ》た。先程からひと言も発していない彼女は蒼褪めた面を伏せていた。

けれども蒼褪めていたのは彼女だけではなかった。どうしたわけか、浅川の表情も硬く凍りついていた。脣をかすかに震わせ、手にしていた本を取り落とし、その顔をひょいと緋沙子のほうに向けたかと思うと、今にも泣きそうな表情になる。一瞬のことだったが、智久はそれを見逃さなかった。

「失礼。……僕はこれで」

浅川は立ちあがり、何か言いたそうにしていた小野田を尻目に蒼惶《そうこう》と立ち去った。

「何やあれ。ほんまに失礼なやっちゃ」

しばらくあとで小野田は毒づき、

「それより、どうなんでっか。江島はん、最初っからここに目的があったちゅうこってっしゃろ。そうでも考えんと、わざわざこの家、指名して来るやなんて。……そや、それに違いないわ」

「だけど、小野田さん」

楢津木は手を挙げてその言葉をさし止め、ニチャニチャとした例の笑顔で、

「自分から指名してここにおはいりになったのは、聞くところによると、あなたも同じじゃありませんか」

「誰がそないなこと」

「大家さんがご記憶でしたよ。ですから一概にそう決めつけることは」

そう返されて、小野田は何も言えなくなった。

智久は浅川の反応が気にかかっていた。彼は緋沙子の過去に気づいたのではないだろうか。そうでなければあの幽霊でも見たような表情の説明がつかない。

智久はふらりと立ちあがり、あけ放した窓のほうに寄った。眼の前にはコンクリートの崖が立ち塞がっている。桟《さん》に手をかけ、下の通路を瞰《み》おろした。

浅川が右方向のドアからはいり、通路を通って左方向に消えていった。窓の左側は壁が段をなして突き出ているため、通路の半分はそこから見ることはできない。浅川の姿が消えると、智久は窓の外に渡された手すりに眼をやった。

それに手をかけ、ほんの少し体重をかけてみる。

江島の部屋に出入りできるようになってからというもの、毎日のように試してみる行為だった。手すりはやはり、ぐらりと傾く。こんな危うい手すりを乗り越えて、果たして窓から出入りができるだろうか。智久は駄目だと思った。

樹影荘の正面の窓には手すりはない。けれどもその下には植込みがある。そこに繁る草木には荒らされた形跡がなかった。まして通りに面した窓なのだ。血を拭いたのは江島ではない。本人が否定したということだけでなく、そのことは智久の確信だった。けれども、それならば誰が。

智久はゆっくり部屋のなかへと視線を戻した。

水のない店

折り重なった下枝《しずえ》の間《あわい》からも濃い緑ばかりが覗かれるそのあたりだけ、ひんやりとした冷気に包まれていた。噎《む》せるような樹液の匂い。油蟬《あぶらぜみ》の声が幾重にも層をなして、眼を瞑《つぶ》ると忽《たちま》ち方向を失ってしまう。智久は惹かれるように石畳を辿り、地蔵の前に出た。白絣《しろがすり》の下には汗が気味悪く噴き出し続けていた。昨日も智久は樹影荘と地蔵のあいだを何度往復したことだろう。そうすることに意味があるのか、彼自身にも朧げな輪郭すら見えていない。ただ彼の軀のなかには一匹の虫がいて、その命令に逆らうことはできないのだ。

旧盆にはいり、上昇の一途を辿っていた気温はようやくなだらかな下り坂にさしかかったかと思われた。夾竹桃はいよいよ白さを際立たせ、坂道の石崖に絡まる蛇葡萄《ぶどう》は淡い黄緑の花を粒多く結んでいたが、野芥子《のげし》や地縛《じしばり》、仏甲草《まんねんぐさ》といった雑草類は悉《ことごと》くしんなりと首《こうべ》を垂れていた。甚《はなは》しい暑気に耐えられぬものは衰え、葉肉の厚く硬いものが取って代わろうとしているのだ。ちっぽけな植物のどこにそんな烈しい抗争への意志がひそんでいるのだろうか。そう考えれば、ひとつの建物にもっと巨大な意志が蠢いていても不思議はないかも知れないのだが。

地蔵の前で、ようやく智久は額に手をやった。しかし汗が玉となって連なった手の甲では、額を拭おうとしても無駄なことだったかも知れない。眼をあげると、その彼に決して視線を返さない石仏が三体、いつものように並んでいる。誰が何のために石を欠いたのか興味の湧くところだが、今となっては時の彼方に沈んだ一本の釘だろう。眼の部分をごっぽりと、あるいは艶《つや》やかに削りとられた貌《かお》は口だけが空疎に笑っている。地獄の底に堕ちた者まで救いあげてくれるのは地蔵菩薩《ぼさつ》だけだというが、果たしてこの地蔵尊も救済のために地獄まで降りてきてくれるのだろうか？

　智久は合掌し、しばし首《こうべ》を垂れたあと、左手の樹陰に眼をやった。薄暮の折り重なったような仄暗いその場所で梅本が縊《くび》り死んでいたのはもう二ヵ月も前のことなのだ。ひときわ巨大な椎《しい》の樹の下には死者を悼《いた》む紫の竜胆《りんどう》が添えられている。十日前の江島の死には花ひとつ手向《たむ》けられなかったが。

　智久はひんやりした冷気の源と思えるそのあたりに近づいた。狂ったように啼《な》き続ける油蟬は次第に耳鳴りと判別できぬまでに周囲を押し包み、太い枝を見あげた彼はくらくらと一瞬の眩暈を覚えた。

　結論を出さなければ。智久はそこに吊り下がった屍体を幻視しながら一途にそう考え続けていた。そうだ。ボクは多少なりとも有利な立場にいる。すべての材料を並べればそこに何かが立ちのぼってくるはずなのだ。少年は眉に細い五本の指を突きたて、薬指だけこつこつと打ち鳴らした。そのまま首をかすかに前後に振りはじめる。考えを纏めようとするときの癖だった。何より肝腎なのは事件が既に終わっているのか、それとも今なおひそかに進行しつつあるのか、その一点である。

　樹影荘に次々と起こった奇怪な出来事。そのすべてが江島の仕業だったとは言わぬまでも、何割かについては最初からうすうす見当がついていた。

あの眸《め》なのだ。

緋沙子に対しての。そして緋沙子とともにいる智久に対しての。——とりわけ彼に向けられる何とも名状し難い視線は研ぎ澄まされた鋭い刃のように背筋を掠《かす》めた。例えば階段ですれ違うときなど。常に俯きがちな江島はいよいよ表情硬く足元に眼を落とす。あるいはそれは軽い会釈だったのかも知れない。灰暗いなかを薄闇そのものであるかのように足を運び、すれ違う。そしてその瞬間に一閃《いっせん》するのだ。やや斜め後ろから、智久の首筋を横眼で。

ぞくりとする一瞥だった。

だから蠟面の主が江島だという直感は最初から揺るぎなかった。警告文も確信を深める材料でしかなかった。江島は緋沙子を監視していたのである。

その因は彼女の側にあるのかも知れない。そう疑ったからこそ智久は緋沙子の過去を調べたのだった。その結果、彼女と同じ病院に江島も入院していたことが分かった。接点ははっきりしたのだ。あとは動機の問題だった。

智久はそれからこちら、ひたすら江島の心理を追い駆けた。今は廃屋同然となった彼の生家にも立ち寄った。発病が明るみに出るきっかけとなった四年前の父殺し事件はそこで起こったのである。病院も一再ならず訪れた。緋沙子の存在を知り、その姿を追って暮らしただろう金網のある庭も踏みしめた。闇に紛れて緋沙子の部屋を覗きさえした。

言い得べくんば、それは不思議な時空遍歴の旅だった。智久はそうやって追体験しようとしたのだ。江島自身になろうとして。そして辿り着いたのはどこだったのか。

憎悪や嫉妬などの負の感情とは思えなかった。江島は文字通りすべてを喪っていたのだ。その彼があれほど緋沙子に執着したのは、医師などからの話によっても正の感情としか考えられない。一方通行の想い。ただ瞶め、見守るだけの。それだけをたったひとつ残された生きる縁《よすが》として、彼は思い決めたに違いないのだ。

それは一本の危うい糸だっただろう。しかし彼はそれに縋ろうとした。そして緋沙子を追い、彼は樹影荘に入居したのである。

だとすれば、彼が起こした様ざまの奇怪な出来事は飽くまで彼女への好意から来るものでなければならない。

躓《つまず》きの石はそれだった。少年は何度も袋小路に突きあたり、方角を失って果てしない闇のなかを彷徨《さまよ》った。やはり狂気に憑かれた心理は軌跡を辿ることはできないのだろうか。そう思ったことも度知れない。

けれどもやがてひとつの仮説が智久のなかに形作られていった。最初から彼にも覗い知れた、緋沙子に根強く残っている自滅への傾向を考えあわせることで、ようやくひとつの筋道を見つけることができたのだ。けれどももしそれが本当ならば、江島の洞察力は端倪《たんげい》すべからざるものと言わねばならないだろう。異常なまでの執着がそれを齎《もたら》し得たのだろうか。

緋沙子のなかの地軸の傾き。彼女の症状を入院時から聞き知っていたからには、江島の危惧もそこに向けられなかったはずはない。退院後にしても、あの鋭く刳《えぐ》るような眼で監視していたなら、その傾向が残されていることは容易に見抜けただろう。ならば、江島の採る行為はひとつしかない。緋沙子の自殺の阻止である。

奇妙な出来事がなぜ自殺を喰い止めることになるのか。

江島は考えに考え抜いたのだ。一種のショック療法というだけでなく、自殺から気をそらすというだけでなく、彼の意図はもっと奥深くに及んでいたに違いない。緋沙子は生々しい、生きた現実を見失っていたのである。だからこそ江島は周辺に奇怪な出来事を起こすことによって、抽象的な死からもっと生々しい恐怖に眼を向けさせようとした。彼女に現実を呼び醒まさせる媒体として江島は恐怖を選んだのである。

危うい賭《かけ》だったかも知れない。しかし現実に緋沙子が快方に向かっていることは智久も認めざるを得ないではないか。その点で江島は正しかったのだ。思惑は効を奏した。既に彼女の病根は殆ど剔抉《てっけつ》されたと言ってよいと思う。その江島にとっての不安材料のひとつがほかならぬ智久だったのだ。ついに正体を見抜くことができなかっただけに不気味な存在だったに違いない。その少年を積極的にどうこうしようとしなかったのは見る限り緋沙子の病気に好ましい働きかけをしていると思えたからだろう。しかし油断はできない。うかうかしていると何か思いも寄らないことをしでかして、彼の計画を台なしにしないとも限らない。江島はそう考えたのだ。

智久が壁を破り、そのむこうに何かを見つけたらしい光景を目撃するに及んで、彼の危惧は大きく膨れあがっただろう。だからこそあんな警告文を送り、壁のむこうの何かを確かめるため、緋沙子の部屋に忍びこみまでしたのである。

そこまでは間違いないと思った。何度も反芻した結果、そこまでは智久のうちで確信となっていた。

しかし。

智久は鬱蒼と繁る梢を瞻《み》あげた。葉の重なりのさらに奥まったか黒い部分に納得しきれない強い疑惑を重ねあわせようとした。そこに梅本の死が文字通り宙ぶらりんになっている。

延長は可能だろうか。緋沙子に恐怖を与える、その一環として梅本を殺害するなどということが。
智久には納得できなかった。たとえそのあいだに半歩の隔たりしかなかろうとも、
やはり江島がそこを踏み越えたとはどうしても思えない。だいいち彼にはそれが物理
的に不可能なはずである。
大家である辻井家に起こった不可解な事件がそれだった。十二日と十三日にそれぞ
れ認められた怪しい人物は、無論、同一時の侵入者であるはずがない。賊はふた晩続
けて忍びこんだとしか考えられない。そしてそれが江島だったのだ。緋沙子の部屋の
鍵を手に入れるために。合鍵を作ったのち、元鍵をこっそり戻しておくために。――
誰にも悟られることのないよう、江島は二度侵入する必要があったのである。
だとすると、どうなるか。十三日深夜の梅本の死亡時刻が十二時から十二時半。一
方、大家が賊の侵入に気づいたのも同じ十三日の十二時半頃。恐らく十二時過ぎには
既に忍びこもうとしていただろう。片道に二十分はかかる以上、江島には梅本を殺害
することなどできないのだ。
もうひとつの疑問は血を拭いた人物だった。これも江島でないことは動かし難い事
実のようである。一連の事件の裏には江島にさえ予想のつかなかった何か別の要素が
絡んでいるとしか思えない。少なくとも血を流した者と血を拭いた者が同一人物だと

いう考えは誤っていた。江島がひそかに血を流すのを察知することができた別の何者かがいたのである。

誰が、どのようにして、何のために?

勿論緋沙子であるはずがない。だとすると、どうしてもあの鳴沢という男の存在が必要となってしまう。智久も写真を見せてもらって知っている。五分刈りにした、極端に狭い額。薄い眉。典型的な三白眼は鋭くカメラを睨み、紙のように白い脣には酷薄な笑みが湛えられていた。胸から上しか撮られていなかったが、痩せた男であることは明らかだった。行方は依然知れないという。

異様に執念深い性格というのも分かる。梅本に対してほかの人物に殺害の動機が見あたらないのも確かだった。すると、やはりあの男が……?

それとも事件の裏に絡んでいる別の要素は、やはり人知では測り知ることのできない怨霊《おんりよう》や祟《たた》りといったものなのだろうか。数知れぬ胎児の血の味を憶えた家自体がさらなる血を啜《すす》りたがっているとでもいうのだろうか。確かにあの建物は魍魎の家と呼ぶに相応《ふさわ》しいとは言え。

そこまで考えて、ふと智久は森の奥に視線を投げた。椎の巨木の前に瓢簞《ひようたん》型に展がった空間はそこから細い小径《こみち》となって深い闇のなかへと続いている。気配はその方向にあった。ものの姿が輪郭を失い、周囲と溶けあったその先から油蟬の声に混じってかすかな音が聞こえてくるのだ。

跫音だった。誰かが森のなかにいる。細ぼそと葛折《つづらおり》になった小径の奥に。智久は無意識にそっと身構えた。

眼を細めるまでもなく、晦瞑《かいめい》からは何者かの白い影が浮き出した。

智久は咄嗟にその場を離れ、巨木をまわりこむようにして石崖の背後に身を隠した。藪のなかに身を縮めると、草熅《くさいきれ》が再び汗を滲ませる。跫音はせかせかとした歩調で次第にこちらに近づいてきた。

自然に息が弾む。

その呼気に導かれ、忽《たちま》ち何匹かの藪蚊が群がった。その一匹が智久の長い睫毛を掠《かす》め翥《と》ぶ。かと思うと、すぐ耳の後ろで旋回する羽音が拡声器を通したように大きく響いた。

智久は思わず振り返ろうとした。

そのとき突然、背後から突き出された掌が彼の口を塞いだ。そのまま智久の首を自分の胸に強く曳き寄せる。心臓が咽からとび出しそうになったが、悲鳴を挙げるどころか身動きさえできなかった。

殺される。そう思った。

男は力強く智久の軀を抱きかかえながら自分のほうに顔を向けさせた。もう片方の手は人差指を立て、尖らせた口許の前で印を結んでいる。見憶えのある薄笑い。智久は全身から力が脱けていくのを意識した。

口を塞いでいた掌がはずされた。

「刑事さん——」

「シッ」

楢津木は鋭く囁き、跫音のほうに注意を促した。

それは既に巨木の下にまで近づいていた。葉が踏み拉《しだ》かれる音。柊《ひいらぎ》の葉が密集したあちらを白い影となって通り過ぎ、その人物は見通しの利く場所に姿を現わした。

長い髪を肩まで垂らした女。

緋沙子だった。

智久は思わず楢津木の顔を横眼で見た。

緋沙子は怯えているふうだった。その場まで来ると一瞬後ろを振り返り、再び逃げるように左手の小径へと通り過ぎた。

「どういうことなんですか」

跫音が遠ざかると、智久は楢津木に尋ねた。

「どうと言われましてもねェ。坂の上のほうからぶらぶら歩いてましたら、そこの小径に曲がる一色さんの姿がちらりと見えましてね。何だか徒《ただ》ならない様子なんで、気になってあとを追ってみたんですよ。……チェッ。ああ、ひでェ藪蚊だ！」

楢津木は腕をボリボリと搔き搾りながら、石崖の陰から巨木の前に出た。

「一色さんは地蔵の前を通り過ぎて森の奥にはいっていく。へたにあとをつけるとこちらが見つかっちまう。ナニ、どうせこの細径は奥に行っても突きあたりだ。どこにも抜けられないいんだから、しばらく待ってりゃ戻ってくるだろう。そう考えましてね、その石崖の陰にひそんでたんです。……そしたら十分ほどすると、現われたのが智久君だ。あたくし、最初はお二人の逢引《あいびき》かと思いましたよ。こりゃァえらいところに出喰わしてしまった。出るに出られない……」

からかうようなニヤニヤ笑いを向けられて、智久はぽっと頰を紅くした。楢津木はその様子に声をたてて笑い、椎の巨木に寄りかかると、

「ところが見てると、どうもそんな雰囲気でもなさそうです。蚊に喰われるわ、暑苦しいわでじりじりしていたところに、急に君のほうから石崖の陰にやって来たというわけで……」

「そうですか。でも」

智久は言いかけて口を噤《つぐ》んだ。この刑事は緋沙子を疑っている。それを今はっきり悟ったのだった。

蟬の声がいちだんと囂《かまびす》しくなったような気がした。

「何してらしたんでしょうなァ。十五分ものあいだ、森のなかで」

楢津木は首をひねった。

「さあ。……行ってみますか」

「イヤイヤ、それほどのことはないでしょう。梅本さんの死んだときはこの奥だってさんざん調べましたからね。それに一色さんは行きも帰りも手ブラだった。まァ、瞑想にでも耽《ふけ》りたかったんでしょう」

木から背を離すと、

「ところで御原九段の対局は何日放送でしたっけ」

「明日ですよ。お昼の一時から。明日は家に戻って、お墓参りもしなくっちゃ」

「あたくしも見なくちゃいけませんな」

そのとき上空で風の吹く音がした。

高い木々の梢が、ざあっと鳴った。その音は次第に森全体を包んでいくように思われた。欅《けやき》や椎や樫や銀杏《いちょう》、それぞれの木によって音の質が異なっている。

「智久君はまだ出ないんですか」

「そんな。まだ入段前ですから」

「じゃァ、近いうちですねェ。あたくし、是非見せて戴きますからね。……今日はお暇じゃないんですかァ。よかったら喫茶店にでもどうです。凌《しの》ぎやすくなるまで」

「そうですね」

曖昧に答えて智久は楢津木に従った。緋沙子のことが気にかかったが、それはあとでもいいだろう。今は刑事を相手にもう一度考えの整理をしたい気持ちもあった。

連れられた先はやはり江島が自殺した喫茶店だった。冷房のないその店には今は客は全くいなかった。

「イヤァ、聴きこみを続けても、耳にはいってくるのは妙な話ばかりですよ」

席に着くなり、相手はそんなことを言った。

「確かな話かどうかは分かりませんがね、あの地蔵の眼が欠かれたのは昭和三十年頃だってことです。やったのは街のパンパンだそうで。辻井医院にも何度かお世話になっていたそうですよ。ええ、勿論堕胎ですがね」

確かに奇妙な話だった。智久は手をヒラヒラさせながら喋る楢津木を見る。その手の腕時計は二時四十分を指していた。

「何度目かの堕胎のあと、その女、おかしくなっちまったそうです。子供を返せとあの医院に怒鳴りこんだりして。地蔵の眼を欠いたりしたのもその頃なんですな。面白いことですが、あの地蔵、それまでは〝水地蔵〟と呼ばれていたことは前にも言いましたけど、実は〝水子地蔵〟が略されてそうなったというんですよ。あんなふうにされちまってから、それまで供養に行ってた者にさえ嫌われるようになったそうですけど、以前はこの辺で水子供養と言えばあそこだったとか。……オイオイ、マスター。注文は取りにこないのかい」

楢津木はカウンターの奥に声をかけた。智久が振り返ると、のっぺりした顔に鼻だけが日本人離れして高いその男は表情も変えずに肩を竦めてみせた。

「参ってるんだ、旦那」

マスターは半ば不貞腐《ふてくさ》れた口調で、

「給水制限があるとは聞いてたけど、二時から全然水が出ねえんですよ」

「何だ。とうとう断水かね」

楢津木も同じように肩を竦めた。

「ここがそうじゃ、樹影荘もだろうね。……で、結局何もできないのかい」

「氷はまだありまさァ。あとはコーラ、ジンジャー、ビール、ミルク、それにアイスクリームといったところで」

「コーラでいいよ。コーラふたつだ。コップはちゃんと洗ってあるんだろうね」

するとマスターは妙な笑い方をした。

「ヘッへ。……恰度ふたつありまさァ。あとは洗剤の下だ。もう店ァしめちまいますがね。旦那がたァ、好きなだけ居て下さって結構ですよ」

そう言って手速くコーラを注《つ》ぎ、テーブルに運びながらふと思い出したように、

「この前と同じ席ですね」

意味ありげに呟いた。

智久はぞっとした。自分が今座っているその席で江島は自殺を計ったというのだろう。ガラスの破片で手首を斬り、それを嚙み砕いて嚥《の》み下し――。

楢津木はそんな言葉を無視するように窓の外を眺めながら言った。

「断水かァ。これがいちばん困りますね。何せ、水っていうのは人間にとって何より必要なものだ。ガスが止まるのや停電なんて、これに較べりゃまだしもだからねェ」

「停電……そうですね」

頷いたあとで、智久は不意に天井を見あげた。何かが頭のなかに閃《ひらめ》いたのだ。もや

もやと蠢くいくつかの影。それが徐々に重なりあって何かのかたちをなそうとしている。

「そうだ……停電……停電……もしかすると……」

「どうしました」

「先月の二十八日。夜中に停電があったという話はしましたよね。ところが大家さんの話だと、ここ二年ばかり鍵を借りに来た者はいないという。……そうすると小野田さんは浅川さんのところの鍵を持っているということになるんじゃありませんか」

「ああ、その話」

楢津木は口を窄《すぼ》めた。

「一色さんが見たという話でしたね」

首をひねり、頭の後ろをバリバリと掻きながら、

「それ、本当にあったことなんでしょうか」

「何ですって！」

「いや、そうムキになられると困るんですが……」

「刑事さんは疑ってるんですね。お姉さんが本当にすっかりよくなっているのかどうか」

「……まァ、そういうことも言えますが」

「そういうことも……？」

智久は思わず眼を眇《すが》めた。

「あたくしとしては一応何でも疑ってかからないといけないんですよ。一色さんにはいろいろと不利な材料がある。例えば血を拭いたのが江島でないとすると、それができたのは樹影荘のなかでは一色さんしかいません。……こんなふうには考えられませんか。一色さんは江島が自分につき纏っていたことを知っていたんだと。だからある晩、逆に江島の挙動を覗っていたとき、たまたま床下に血を流しているのを見てしまった……」

楢津木はわざと間を置くようにコーラをストローで吸い、

「マネキンの首やトイレの悪戯書きも江島の仕業だということは最初からうすうす気づいていたんでしょう。このまま騒ぎが大きくなれば、悪くすると自分たちが病院に居たことが明るみに出てしまう。そう考えた一色さんは浅川さんと入れ違いに部屋に忍びこみ、垂れ落ちた血を拭き取ってしまった。……どうです。理屈は通っているでしょう。それにもうひとつ。梅本さんの死んだ時刻、アリバイのないのは樹影荘の住人ではやはり一色さんだけですし……」

「お姉さんが梅本さんを？　そんな莫迦な。動機は何だというんです」

「例えば秘密を梅本さんが知ってしまったから、というのはどうです」

「じゃあ……うすうす気のついていたボクはよく殺されなかったものですね」

皮肉めかして智久は言ったが、相手はそんな言葉にも涼しい顔で、

「気に入られてたからでしょう。秘密を口外する惧《おそ》れもないと思ったのでしょうし」

「……刑事さんに協力したのは軽率でしたね……」

溜息まじりに呟くと、居心地の悪い沈黙が舞い降りた。楢津木はそれでも藪睨みの眼を智久に据えたまま、ストローをコップの底でズルズルと鳴らしていたが、

「気を悪くされると困っちまいますなァ。哀しき刑事の習性というやつでしてね。何であれ、可能性のあることは疑ってみる。ただそれだけに過ぎないんですよ」

そう言ってしきりに機嫌を取りはじめた。智久は妙にもの悲しい気分に沈み、窓の外にそっぽを向いていたが、

「ねエ、お願いしますよ。これはあたくしが悪かった。つい口を滑らせて。なかった話にしちゃもらえませんか」

平身低頭の懇願に、つい気を和《なご》まされてしまった。

「敵《かな》わないですね、刑事さんには」

「ヘッへ。面目ない。……それはそうと、さっきの続きをお願いしますよ。あたくしが話の腰を折っちまいましたが、小野田さんが浅川さんの鍵を持っていたんじゃないかっていう……」

「……そうです。お姉さんは最初浅川さんが留守だと思っていた。それで誰かが外に出ていって、しばらくすると電気が点いたそうです。浅川さんは在宅してたんでしょうか。そうじゃないと思います。考えてみれば簡単なことなんですよ。電力オーバーで停電を起こすのはたいがい自分のところだと小野田さん自身が言ったんでしょう。夜中にでも停電になってしまうとどうしようもないと。……浅川さんが留守の場合でもすぐブレーカーを戻すためには、浅川さんのところの鍵を自分が保管しているのがいちばんいい。だから多分そう考えて、一度大家さんのところへ鍵を借りに行ったとき、こっそり合鍵を作っておいたに違いありません」

「ナルホド。そいつは考えられる。あの小野田ならやりかねない。いや、ごく自然ですよ」

そう言って今度は楢津木が考えに沈んだ。

天井でまわる扇風機の起こす風は窓辺に吊りさげられたセロハンの短冊をカサカサと葉ずれの音のように鳴らし続けている。カウンターを見ると、マスターはいい気分で舟を漕いでいた。

「だからどうだとは言えませんが、何か怪しいですな。どうもあの結び目にしたって、最初からひっかかってるんですよ。ああいった特殊な結び目というのはヨットをやっていた梅本さんだけでなく、山登りをやっていた小野田さんにもお手のものでしょうからねェ」

「かと言って、小野田さんが梅本さんを殺したとは考えられないんですね。アリバイを保証している浅川さんが小野田さんのために嘘をついていると考えればいちばんいいのでしょうけど、あの二人の仲の悪さも本物としかボクには見えないし、そんな二人を結びつける共通の利益があるとも思えません」

「そこなんですなァ」

楢津木は額を叩いて、

「少なくとも小野田さんと梅本さんのあいだには、過去まで遡《さかのぼ》っても殺人が生じるような関係が見つからない。それに例の、足跡が残っていないという点も気に入りませんな。裏階段から出たのかと思ってようく調べてみたんですが、錠前も蝶《ちょう》番《つがい》もガチガチに錆びついて、開いた形跡が全然ないのが不思議でねェ。……それともうひとつ。梅本夫人の話も気になります。浅川さんが庭に穴を掘っていたというのはそこに笹崎裕子の屍体が埋められていたということじゃないか。エエ、あたくしはそう睨んだわけですが、なぜ浅川さんが屍体を移動させたりするのか分からない。おまけに屍体が発見されたあとなのに、つい四日前にも同じ光景が見えたとなると、一体それをどう解釈していいものやら。浅川さんの過去もいろいろついてみましたけど、笹崎夫婦との繋がりは皆無なんです。裕子の実家が群馬の藤岡にあるなんて、およそ知っているわけがない。たまたま同じ部屋に住むことになっただけで、その点が偶然でしかないことはハッキリしてるんですよ」

「とどのつまり、動機らしいものを持っているのはどこに居るとも知れない鳴沢だけなんですか」

「そういうことですな」

結局のところ、行きつく先は袋小路でしかない。しかし智久は自分の思いつきがひどく重要なことだという気がしてならなかった。あれこれ仮説を組み立てては崩し、組み立てては崩しするうちに時は過ぎ、ふと気がつくと表が騒がしくなっていた。

焔から闇へ

バラバラと人影が走っていく。昂奮《こうふん》がその人びとの表情を占めていた。

「何かあったんでしょうか」

楢津木は首を傾げたが、窓からはそれが何であるかを見て取ることはできない。人びとは坂の上に駆けあがっている。陽はかなり傾いたとはいえ、依然余熱が立ち籠める道を何人もの男女が走る光景はひどく異様なものだった。

どこからともなくサイレンの音が近づいてくる。

急きたてられるように席を立ち、二人は店のドアから顔を覗かせた。緩やかに蛇行した坂道の上方を瞻《み》あげ、その途端、唾液が冷たく咽に滑り落ちていった。

真黒な影が雲ひとつない空にのしかかってもくもくと身を捩らせていた。凄じい勢いで舞いあがる黒煙。それは高台に展がる森のあたりから発しているらしかった。強くなった風に乗り、煙は這うように樹影荘まで迫っている。棒のように立ちつくして見るうち、その黒い影に見え隠れして、真赤な焔《ほのお》が渦を巻くさままでが覗われた。

「火事だ！」

誰かの手で背を突かれ、智久ははっと我に還った。思わず両腕を抱くと、びっしりと鳥膚が立っている。縺《もつ》れるような足取りで駆けだし、人の流れに乗って坂を登るうち、心臓は咽を突き破るほど激しく鼓動した。

樹影荘の前あたりには人垣ができていた。玄関では小野田と夕子がおろおろしていた。

「ああ、刑事はん。えらいこっちゃ。えらいこっちゃ」

泣きそうな顔で声をかける。智久はそのあたりに蟠った人垣を抜け、かまわず先へと駆け登った。黒煙はやはり森の奥から立ち昇っている。バチバチという烈しい音が四方を圧し、煙にまじって夥しい火の粉が舞いあがる。風に煽られて焔は展がる一方のようだ。悪いことに、風は樹影荘の方角へと吹いている。

森に面した住宅の前には近隣の住人が右往左往している。人垣に阻まれて到着の遅れた消防車が五、六台。放水と弥次馬の整理にかかったが、飛びかう怒号のなかに繰り返される言葉は智久を冷たく凍りつかせた。

「水はどうした」

「駄目だ。断水してるんだ。どうしようもない」

忽ち放水の量は衰え、それに反して火の勢いは増す一方だった。熱気と黒煙が展がると人垣はわーっと後退《あとずさ》り、それが何度も繰り返された。森に面した住宅には既に火の粉が降り注ぎはじめ、地獄の光景を垣間見る想いだった。

次々に押し戻される雑踏をくぐり、智久は樹影荘に戻った。

「手がつけられないようです。断水のために」

「だから言ってたんだよ。この水不足のところに火が出ちまうとどうしようもないって」

「どないなるんだす。風が強いよって、ここまで火ィ来たりしたらひとたまりもおめへん。ああ、どないしょう」

「危ないですな。……それにしても、どうして森の奥から火が……」

楢津木の呟きは智久の胸を貫いた。それは店を出たときから燻り続けていた疑念だった。智久は弾けるように玄関にとびこみ、緋沙子の部屋のドアを叩いた。

ドアには鍵がかかっていなかった。駆けこんだが奥の部屋にも緋沙子の姿はない。どこへ行ったのだろう。智久の胸に先程の光景と同じ真黒な影が展がっていった。

「いませんか」

ドアを出た智久に、憐憫《れんびん》の表情を浮かべた楢津木が声をかけた。

「それより、いよいよ危ないようですよ」

焦げた匂いでもそれは分かった。弥次馬はもう坂の下へと逃げ出している。消防服の男たちが往復して長いホースを何本も引くなか、新手の消防車が狂ったようにサイレンを鳴らしながら狭い坂道を駆け昇っていった。

「避難して下さい。火のまわりが迅いです」

ごうごうという音にまじって男たちががなりたてている。

「何日かすれば引越すのに！　どうしてこんな目に遭わなくちゃいけないの」

金切声を挙げていたのは夕子だった。道へ出ると、そこから見える森の端まで既に朦々《もうもう》と黒煙に包まれていた。

「浅川さんの姿も見えませんが、ひょっとしてまだ気づかずにいるんじゃないでしょうな」

「分かりまへん。鍵がかかっとるさかい。呼び鈴押しても出てこんとこみると、留守やと思いまっけど」

「でも、もしなかに居たら……」

「ほっときなはれ。どうせ裏から出られるんだっしゃろ。ほれ、もうあそこに火ィが！」

叫ぶように言って、小野田は土足のまま建物にとびこんだ。夕子も後に続く。見ると、紅蓮《ぐれん》の焔は森の端まで舐めつくそうと煙の奥から舌を覗かせていた。

痺れたような頭で智久はそれを瞶めた。巨大な悪意が牙を剝いたのだと思った。陰にひそんでいた何者かの狂気が今こうしてかたちを顕わしたのだ。この焔と黒煙は人知れず積もり積もった凶暴な悪意そのものにほかならない。誰にもそれは止められなかった。これからも止めることはできないだろう。いったん業火に身を借りた狂気はすべてを焼きつくすまで燃え拡がるほかないだろう。

「もし――ボクが間違っていたとしたら！」

咽に何かがひっかかり、旨く声にならなかった。ひときわ高く聳える濶葉樹《かつよう》の梢に一点の火が貼りついたかと思うと、烈しく煙を逆巻きながら焔は雪崩《なだれ》落としに下枝《しずえ》まで包みこんでいった。

「そんなこたアどうでもいい。逃げないと」

身のまわりのものを手に手に、小野田と夕子は玄関からとびだしていく。

「馬鹿ッ！　迅く避難しないか！」

太い声が耳を打ち、腕をぐいぐいと曳かれたなり、智久は蹌踉《よろ》めくようにその場から引き離された。

空は一面にドス黒かった。火の粉がそこに朦々と舞っている。煙はのたうつように地を這い、智久は何度か噎《む》せて咳こんだ。消防服の男と楢津木に挟まれ、引きずられるように坂を下りながら振り返ると、黒く霞んだ樹影荘は一瞬彼を嘲る表情を見せたと思えた。ごうごうという轟《とどろ》きとサイレンの音の底に切れぎれの哄笑を聞いたような気もした。

怖ろしい光景だった。周辺の道路やビルの屋上に鈴なりになって眺める人びとの眼の前で、焔は高台の上半分を舐めつくしていった。

「ああ、樹影荘に火がついた」

そばで小野田が腑《ふ》抜《ぬ》けた声を挙げる。その言葉通り、雨のように降りかかる火の粉を受けるうち、二階の壁から発したと見えた赤い火は最初戸惑うようにチロチロと気配を覗っていたが、誰憚《はばか》る者もいないのを知るや、忽ち軒から屋根、三階の窓へと展がっていった。

智久は次第に周囲の喧噪が遠のき、しんと鎮まり返っていくのを意識した。

三階全体が焔に包まれるのにさして時間はかからなかった。その頃になると空の色も深い紺青《こんじょう》へと染め替えを急ぎ、炎上は遠目にいっそう鮮やかに映《は》えた。天に冲《ちゅう》する紅蓮《ぐれん》の焔は杳《はる》か上空まで金箔《きんぱく》を降り撒き続ける。その下で樹影荘は既にその姿を認めることもできなかった。

呪われた家が燃えていく。

血に飢えた家が。

魍魎の棲家《すみか》が。

怖ろしい、けれども陶然《うっとり》するほど美しい光景だった。ああして何もかも喪われていくのではないか。謎は謎のまま。そうだ。みんなこの世のほかの出来事だったに違いない。決して人の眼に触れることなく、真相は闇の底に還っていく。

お姉さん、あの森で何をしていたの。

何をしていたの。

もしかするとこれきり緋沙子は姿を見せないのではないかという気がした。智久は動悸《どうき》が鎮まるにつれ、窕《ふか》い、とめどもない悲しみに包まれていくのを覚えた。燃え落ちていく樹影荘を瞶めながら、いつのまにか涙が頰を伝っていた。慌ててそれを拭い、振り向くと、楢津木が夕子に事情を聴いていた。

「……ええ。小野田さんが三階で火事だと叫ぶ声が聞こえて、慌ててとび出したんです。一色さんの姿は見ませんでした。浅川さんは朝からいらっしゃらなかったようですわ。……二時半頃ですか？　そういえば部屋の外で物音がしたようにも。人声だったかしら。はっきりとは憶えていません」

するとそれまで魂の抜けたようだった小野田が、

「二時半頃……。そう言うたら、わて、見ましたがな。いや、三時頃やった思います。銭湯行った帰り、一色はんが公園でぼんやりしてはったん……。何や言葉かけづらい感じで、黙って通り過ぎたんだすけど。思いつめた、恐いような顔してはったなあ」

檜津木と智久は顔を見あわせた。再び憐憫の表情が浮かぶ。智久は何も言えなかった。

小野田はなおも呆然と佇んでいたが、急に眉を顰める顔になって、

「そう言うと……」

と、首を傾げた。

「何ですか」

「いいええな。そのとき、公園のはじっこのほうに妙な男が立ってたんですわ。この暑いのに帽子真深《まぶこ》う被って、顔なんか見えしめへん。それがあんた、今思うと、一色はんのほう様子覗《うかご》うてたみたいですねん。奇態《けったい》な男や思たんでっけど。……あれ、ひょっとして鳴沢やったちゅうことおめへんやろな」

怯えた表情で後退ったのは夕子だった。

そのとき人ごみを掻き分けながら彼らに声をかける者があった。浅川だった。その顔は紙のように血の気がなかった。

小野田は浅川の姿を見るときりきりと額に縦皺をつくり、ぷいと横を向いた。

「どうなったんですか。あの火は……」

泣きそうな声で尋ねかけるのに、楢津木が手短かに答えた。

「どうやら森の奥が火の出処のようですな。……お気の毒です」

そうしめくくると、ぜいぜいと肩で息をしていた浅川はすとんと膝をつき、顔を被って本当に泣きだした。夕子もつられるように涙をこぼし、

「……どうしたらいいのか……」

そう呟いたきり、絶句した。

火の勢いは七時近くなってようやく衰えを見せはじめた。楢津木は署に戻り、四人もその場を離れた。商店街は居並ぶ消防車のために渋滞し、サイレンととび交う無線通信の声が依然切迫感を掻き立てている。アーケードにはピンクの提灯が連なり、それだけがひどく空ぞらしい印象だった。

「あとで何やかやと調べるよって、誰か残っとらなあかんのやろなあ」

「とりあえず、今晩どうしたらいいのかしら……」

「御——牧場君はどうするの」

「ボクは家に帰ります。下北沢ですから」

「ええなあ、家のある者《もん》は」

ぽつぽつと喋りながら歩き、途中で電話を見つけてそれぞれあちこちに連絡を入れると、再びぶらぶら歩きはじめる。

「……本当にあの男が……火をつけたのもあの男かしら……」

俯いたまま夕子がひとりごちた。

智久もそう思いたかった。鳴沢でなければならない。智久は一途にそう思った。実際小野田が見たのが鳴沢だったとすれば、火をつけたのもあの男だと考えるほうが自然ではないか。だとすれば、今もどこからか男の視線が向けられているはずなのだ。

ぞくりとするものを感じながら、智久はその野獣の眼を捜そうと首を巡らせた。

電気店の前だった。智久はショーウインドウに眼をやったとき、くらくらと眩暈を覚えた。闇に光る眼を見たのではない。あのときの奇妙な感覚は——胸に何かがひっかかったような感覚は——智久はそう考え、気を取り直してもう一度眼を凝らしたが、そのとき既に並んだテレビの画面はコマーシャルに切り換わっていた。

軀の奥底からゆっくり戦慄が展がった。

「どないしたん。顔色悪いで」

背中に小野田の声が押し被さった。

「えらい汗や」

「気分が悪いんじゃないの。あとのことはまかせて先に帰っていいよ」

「そうだわ。そうなさい。可哀そうに。何と言ってもまだ子供なんですもの……」

智久は振り向き、手の甲を額にあて、それから黙って頭を下げた。実際、そうするのがやっとだった。様ざまな事柄が頭のなかに堰を切って迸《ほとばし》り、ぐるぐると渦を巻いて、まともにものを考えることすらできなかった。彼らと別れ、車の拾える商店街のはずれまでの道を辿りながら、智久は疲労を束《たば》ね止める箍《たが》を失ったようだった。

本当に病気なのだろうか。そう思った。熱があるのは確かなようだし、それにこの悪寒。街の光景は次第にあやふやなものとなり、不快な気分がそこに流れこんでいく。そのままどれほど歩いただろう。人通りが次第に疎《まば》らになるのは曇った意識にもぼんやり感じとれた。徒《ただ》でさえ商店街のはずれまでは二十分近く歩かねばならないのである。

病気……？　もしかすると、いよいよ悪いものに憑かれたのかも知れない。江島さんがそうだったように。鳴沢という男がそうだったように。樹影荘は燃え落ちたが、そこに染みついていた悪いものは既に次の犠牲者に眼をつけていたとすれば。

流れる脂汗を拭いながらそんなことを考え、仄暗い路地の前にさしかかったとき、突然背後に何者かの気配が迫った。

振り返る暇もない。強い力で路地に引きずりこまれたかと思うと、冷たいものが鼻と口を覆った。強い刺激臭が頭の芯を貫く。殴り倒されるような感覚だった。

クロロホルム！

気づいたときには意識は遠のきつつあった。必死の抗《あらが》いも次第に力ないものになる。それでも一分近く、真黒に塗り潰されていく恐怖に虚しい踠《もが》きを繰り返していたと思うが、糸が切れるようにぐったりとなると、あとにはただ果てしもない晦暝《かいめい》だけが続いた。

ながいながい闇だった。

かすかな震動が軀を包んでいたような気もする。こうして奈落の底に運ばれていくのだ。切れぎれの泡のような意識でそんなことを考えたかも知れないが、何もかも定かではなかった。

啜り泣く死

…………少年は長い通路を歩いていた。

赤黒い。

乏しい照明の色だけではない。一面に貼りついた黓《しみ》なのだ。そうか、二階の廊下なんだ。少年はぼんやりとそう思った。

廊下はどこまでも長く、ひどく薄暗かった。両側は壁に鎖され、しんと物音ひとつない。自分の跫音だけが虚ろに谺《こだま》している。突きあたりには窓明かりが見えたが、そこまで辿り着くにはどれほど歩き続けねばならないのだろう。

もどかしさが胸の奥に蟠っていた。いっかな近づくことができないのは床が黐《もち》のように歩みを妨げるせいか、それとも空気がうるうると粘ついているせいかよく分からなかった。

どうしてこんなに陰気なんだろう。みんなどこへ行ってしまったのかしら。

答える者はない。ただ廊下が続くばかりだった。窓は左へ続く曲がり角から端だけが覗いているに過ぎない。ともかくあの角を曲がらなければ。その先に少年の部屋があるはずなのだ。

しかしそれは気の遠くなるほどの道のりだった。

それでもようよう角の前まで来ると、窓明かりと見えたものは仄暗い照明がガラスに反射していただけだと分かった。窓の外は夜の雨である。櫺格子《れんじ》を透かして隣家の屋根が黝《あおぐろ》く覗われ、どろどろと濁った天空に楠《くすのき》の梢が不吉な予感を孕んで懸《か》かっている。雨に濡れた窓ガラスはそんな光景をゆらゆらと歪め、奇妙な錯覚に惹きこもうとしていた。

こうして歩いているのはボクなんだろうか。そのことはどうやって確かめられるんだろう。黒い影のような見知らぬ自分。そうだ。こうして歩いているのはもう既にボクじゃないかも知れない。こんなことを考えているボクすらも……。

ふと腥《なまぐさ》い匂いが鼻腔を擽《くすぐ》った。ゆらゆらと歪んだ光景は窓の外ばかりではなく、廊下全体を包んでいる。窓を打つ雨音のなかで地軸はゆっくり傾きつつあった。

角を曲がると、そこは墨を流したような闇だった。何かが違う。危険が眼の前にある。足は自然に止まり、強い静電気を浴びたように全身が粟立った。見えない力が引きずりこもうとする。

傾きが大きくなったのだ。闇は漏斗《ろうと》状に口をあけた。すべてがその底に牽引《けんいん》されている。そこはボクの還るところじゃない！

闇のなかに光る眼があった。眼は青く燃える殺気を含んでいた。思わず後退ろうとしたが、弓なりに撓《たわ》んだ地軸は既にその努力を虚しいものにしていた。

のめりこむ。のめりこんでいく。

腥い匂いが強くなった。叫んだのだろうか。よく分からない。もし叫んだとしてもすべて凶《わる》い夢のなかでのことに違いなかった。衝きあげる恐怖に眼を見開いたときには何もかもがここならぬ場所に遠ざかっていたからである。

自分が自分に重なるまでにはなおしばらくの時間がかかった。頭の芯がズキズキと痛み、記憶はその不快な気分のもとで徐々に解きほぐれていった。

ボクは夢を見ていたんだ。ここはどこなんだろう。真っ暗で何も見えない。そうだ。クロロホルムだ。誰かにそれを嗅がされて、眠っているあいだにこんなところに連れてこられたに違いない。

そこまで考えて起きあがろうとしたが、反りかけた軀は弾みをつけて固い地面に叩きつけられた。何がどうなっているのか分からなかったが、指先を曲げたり伸ばしたりして感覚を確かめるうち、自分の軀が雁字《がんじ》搦《がら》めに縛りあげられていることを悟った。

野外でないことは明らかだった。

床には水が張り、俯《うつぶ》せになった胸や腹、頬の下も気味悪く濡れていた。空気もどんよりと湿っぽく、名状し難い臭気に包まれている。黴臭《かびくさ》くもあり、焦臭くもあり、半ば甘い腐敗臭も混じっていた。

思わず仰向けになろうとして軀を反転させると、頬が堅い棒状のものに触れた。ひんやりと冷たく、その表面は赤錆のためかざらざらとしていた。

そのとき智久は周囲を押し包んでいるのが全くの静寂でないことに気がついた。

誰かが啜《すす》り泣いている。

その声は闇のなかに低くかすかに、いつ果てるともなく続いていた。まるで行き場のない亡霊が自らを呪っているように。智久は全身が痺れ、声を挙げることもできなかった。

闇のなかに一点の赤い火があった。

火は時折りぼおっと輝きを増し、再びゆっくりと翳っていく。ふわふわと浮遊して見えるのは実際に宙に揺らめいているせいか、動揺した心が見せる錯覚なのか、はっきり見定められなかった。

赤い火が明滅を繰り返すあいだも細い嗚咽《おえつ》は身を捩るばかりに続いていた。恐怖に震えながらも、そのとめどもない悲しみはひしひしと伝わってくる。一体何を唏《なげ》いているのだろう。

そうだ。亡霊ではない。魔物ではない。人間なのだ。人間のはずなのだ。そう思い直したが、恐怖は弥増《いやま》しこそすれ、決して打ち消すことはできなかった。ここはどこなんだろう。あそこにいるのは誰なんだろう。そしてこれからボクは何をされるのか。

芋虫のように縛り転がされているが、猿轡《さるぐつわ》までは嚙まされていない。声をたてようとすればたてられるのだ。助けを呼んでもかまわないというのだろうか。なぜそのままにしてあるのだろう。それとも声を挙げることが眼の前の何者かにとっては思う壺だとしたら。

そうだ。さっき軀を動かしたときの音があいつに聞こえていないはずがない。意識を取り戻したことは分かっているはずだ。それなのに口を封じようともしない。恐らくどんなに大声を挙げようと人の耳に決して届くことのない場所なのだろう。そしていずれにせよ、ボクは殺されてしまうのだ。そうだ、殺されてしまう。殺されて――。

急に涙があふれ、身を引こうとした途端に再び何かに突きあたって音をたてた。咽がひとりでに痙攣し、自分でも信じられないほどのはっきりとした言葉が口をついて出た。

「ボクを――どうするの」

啜り泣きはゆっくり糸を曳くように細くなって途絶えた。

耳鳴りのする沈黙は二十秒ほど続いた。そうしてようやく返ってきたのは綿を含んだように口籠《くぐも》った異様な声だった。

「どこまで知っている」

声はぼおんと周囲に反響した。その言葉がかけられたと同時に、記憶がぐるぐると回転した。やっぱりそうだった。ショーウインドウを通してあれを見たとき閃《ひらめ》いた考えはやはり正しかったのだ。そうでなければこの言葉が出るはずがない。

考えるべきではなかったのかも知れない。何も知らないと首を振り続けるべきだったのかも知れない。けれども智久には分かっていた。どちらにしても、今眼の前にいる相手にとっては道を引き返すことなどできないのだと。

「訊いてどうするの」

涙が頬を伝いながらも、その声はひどく冷ややかだったかも知れない。赤い火はしばらく闇のなかに遊弋《ゆうよく》していたが、まっすぐ床に落ちてジュッと消えた。

「……落ち着いたものだ……」

かすかな笑いがその声には含まれていた。

「どうせ後戻りはできないんでしょう。訊いたって無駄じゃない。ボクが何も知らないと言い張ればそれだけ寝醒めが悪くなるだけなのに。でも、だから言ってあげるよ。さっき何もかも分かった！……そうだよ。ボクを攫《さら》ったのは正解だったって！」

亢《たか》ぶった感情に、言葉の最後は涙につまった。ぐるぐると巡る想いは弾み車がついたように止めることができなかった。

「……これで満足でしょ」

「いい子だ」

シュッと音がして再び煙草に火が点けられた。一瞬の光は眩しく眼に焼きついただけで、その人物の姿を浮かびあがらせるまでには至らなかった。煙を吐き出すかすかな音は溜息のように長く尾を曳いた。

「恐いだろうに、叫び声も挙げない……」

「無駄なんでしょう。どうせボクは。……でも、これだけは教えてよ。お姉さんはどうなったの。まさか、もう……」

しかし相手はそれに直接答えず、

「ここがどこか分かっているのか」

そんなことを訊いてきた。

とすれば、ボクの知っている場所なのだろう。じめじめとした倉庫のような部屋。

ああ、そうだ。もしかすると――。

「地下室……？」

「そう。君は全く勘が鋭い。そうでなければこんな眼にあわずにすんだだろうに。焼け残った樹影荘の下に人がいるなんて誰が考えるだろう。……一色緋沙子は君の後ろだ」

智久ははっと背後の闇に首を巡らせた。耳を欹《そばだて》ると、確かにその先に呻《うめ》くような人の気配があった。

「お姉さん！」

「猿轡を嚙ましてある。……声が地上に届く心配はないにしても、やたらキイキイ喚《わめ》かれるのは閉口だからな……」

「……ひどいよ……」

絶望が智久の胸を占めた。緋沙子に纏わる事柄だけは想像がはずれていることを願っていたのだ。けれども今それも裏切られ、二人の運命は既に変更の余地もなく死に向けられている。

闇の重みは圧倒的だった。智久はそれに押し潰されそうだった。確実に口をあけた死と向かいあうには少年の胸はまだまだやはり小さすぎたのである。涙はあとからあとから頬を伝い、不思議なことに、頭に澱《よど》んでいた痛みはそれに洗い流されるように消えていった。

再び沈黙を破ったのは相手のほうだった。

「時間はまだある。もう少し話を聞かせてくれないか……」

智久は洟《はな》を啜り、二、三度咳こんで、嗚咽を押し殺すように呑みこんだ。赤く漂う煙草の火を睨みつけ、心を決めると、もう一度深く息を吸った。

「……みんなあなただ。梅本さんを殺したのも。森に火をつけたのも。……江島さんだってあなたに殺されたようなものだ」

「……そうだな。それだけじゃない。火事のために三人ばかり焼け死んだそうだ。ニュースで言ってたよ……」

「狂ってる」

智久は首を捩曲げた。

「梅本さんだけで終わっていれば、まだそれなりに頷ける部分はあったかも知れないよ。でもボクたちの眼からあれを遠ざけようとして、そのために何人も殺してしまうなんて……。そうだよ。あの番組のタイトルは『いすゞ丸の謎』だっけ。迂闊《うかつ》だったよ。あれはボクも友達のところで見たんだ。最初に気づくべきだったね。そうすればこんなところまで行きつくこともなかったろうに……。

実際梅本さんの父親に会ったとき、どこかで見たような人だと思ったんだ。だけどまさかあの番組でインタビューを受けてた船員だったなんて、本当に夢にも思わなかったよ。電気店に並んだテレビで再放送のエンド・タイトルを見るまでは番組のこと自体もすっかり忘れていたんだもの。何てことだろう。あなたとの繋がりは梅本さん本人じゃなく、その父親にあっただなんて。

あなたの過去のあらましは刑事さんに教えてもらったんだ。家族をなくしたのは船の事故だとしか聞いちゃいない。でも、いすゞ丸なんだ。そうでしょう。乗組員だった梅本さんの父親が何をしたのかは知らないけど、その息子を殺害したのは復讐が目的だったんでしょう。

今から思えば、江島さんの部屋にみんなが集まったとき、あなたが急に幽霊でも見たような顔をしたのはテレビ案内で再放送があることを知ったからなんだね。ボクはあることを懼《おそ》れていたものだから、疑心暗鬼が別の方向に行っちゃって……。そう――さぞ驚いたでしょうね。再放送を事件の関係者が見ることになれば、いずゞ丸事故という結び目が明るみに出てしまうに違いないもの。特にあの刑事さんには見られたくなかったでしょう。だから放送時間の前に火事を起こして、ボクたちの眼をそこから遠ざけようとしたんだ。間違ってたら言ってよ。浅川さん！」

闇のなかに智久の声が凜《りん》と響き渡った。

悪魔の哄笑

答える声もないまま、闇のなかにちりちりとひときわ赤く輝いた火が再び床に落ちて消えた。

気が遠くなりそうな沈黙が続いた。

時間の感覚が眼と耳に依存するものだということを厭というほど味わわねばならなかった。ズキズキと眼の裏にさえ感じられる脈も傭兵《ようへい》隊の足取りのように整わず、位置の感覚に至っては最初から根こそぎ喪われていた。そこは果てしなく窕《ふか》い地の底で、それがためか、既に地上の時間とは無縁なのだろう。拘《かか》りの糸は截《たち》られ、あとはどこまでも墜ちていくほかない。

再び背後に呻く気配が伝わり、智久はどうしようもなく胸が痛んだ。

「……淵中《えんちゅう》の魚を知る者は不祥なり……か」

やっと聴き取れるほどの呟きは智久の血を凍らせた。今までのどこかつくりものめいた声は影をひそめ、太い明瞭な響きに戻ると、

「その通りだよ、牧場君」

カチカチという金属的な音に続いて、突如強い光が闇を切り裂いた。瞳孔の開きった眼を射るように懐中電灯はしばらくゆらゆらと智久に向けられていたが、ふとその光芒が遠ざかったかと思うと、それを操る本人の顔を浮かびあがらせた。

斜め下から照らし出された顔は不気味な影を這わせていたが、それはまごうかたなく浅川のものだった。やや弛んだ貌には表情がなく、視線だけがまっすぐ智久の上に注がれている。

「君のほうも満足かな」

唇がゆっくり笑みを浮かべた。そして浅川は不意に立ちあがり、懐中電灯を壁の釘にかけた。光は床に向けて落ちたが、その淡い反射のために、部屋の内部はわずかなりとも覗い取れるようになった。

積みあげられた段ボール箱が黒ぐろと輪郭を描き出している。光線を背にした浅川の姿は絵で見たブロッケン山の蜃気楼《しんきろう》を髣髴《ほうふつ》とさせた。そっと振り返ると智久が頭を凭せかけているのは錆びついた内診台で、そのむこうに横たわる緋沙子はやはり黒い巨大な芋虫としか見えなかった。

「俺が森のなかにはいっていくのを、あとをつけたりするからだ。……誰にも見られていないと思ったが、とんだヘマだったよ。幸か不幸か、引き返そうとしたとき、君とあの刑事が喋っているのを聴きつけてね。どうしてどいつもこいつも俺をそっとしておいてくれないんだろう。今更愚痴を言うつもりはないが、流石に恨めしく思ったぜ」

「そんなの、勝手な言い分だ」

「まあ、そうだろうな。しかし、そっとしておいてくれれば、俺は静かに破滅していけたんだ……」

眼の前に腰を落とした黒い影は低く項垂れながら呟いた。

「もう少し続けてもらおうか。せめておよそのところを納得しておいて死にたいだろう」

それは宣告だった。

智久は冷えきった心で受け止めながら、もう一方で不審の念を抱いていた。なぜこんな無駄なお喋りをしているのだろう。なぜすぐにも殺してしまわないのか。猫が鼠をいたぶるように時間をかけて愉しんでいるとも思えない。むしろ、あとを続けろという指図のうちに哀願に似た響きがあるのは気のせいだろうか。しかし智久にはそんな疑惑を追い続けている余裕などなかった。

「……ボクはずっとひとつのことに躓《つまず》き続けてたんだ。誰が血を拭いたのか。……何のことはない。血は最初から拭き取ってあったんだね。どうしてあんな演技をしてみせたのか、今ならほぼ見当がつくよ。誰が一連の奇怪な出来事を起こしているのか、それを確かめようとしたんだ。ああやって血が消えたという不可解な現象を見せつけてやれば、当然血を流した本人とそうでない者とで反応は違ったものになるさ。あのことであなたはすべて江島さんの仕業だということを確信したんだ。そしてその一連の出来事を自分の犯行の眼眩《めくら》ましに利用しようとした……」

影は項垂れたまま聞いていた。

「小野田さんが偽証してない限り、あなたには殺人は犯せない。その点、よほどのっぴきならない弱味をつかんでおかなきゃ、あの小野田さんに協力を得ることはできないだろうね。それから考えると、小野田さんは八年前の事件に何らかの関係があったんだと思う。あなたはその事実を何かで知って、小野田さんにアリバイを保証させることにしたんだ。多分、埋められていた笹崎裕子の屍体を掘り出したとき、何か証拠の品物でも見つけたんじゃないかと思うけど……。そのあたりの経緯《いきさつ》はよく分からない。

とにかくあなたは自分の犯行に不可解さを加えて、一連の出来事に溶けこませようとした。それで裏階段を利用することによって、梅本さんの足跡が残っていないという情況を作ってみせたんだ。それから梅本さんの首を吊った縄の結び目は、もしも他殺であることがはっきりしてしまった場合、疑惑の眼を小野田さんのほうに向けさせるための用心だったと思う。そうなれば逆に小野田さんのアリバイをあなたが強く保証することによって、自分のアリバイを確かなものに見せかけることができる。あれはそういう心理的なトリックだったんだ。

ところが実際梅本さんがヨットをやっていたことがはっきりして、そのためそのトリックは別の方向に働いてしまった。結果的には都合がよかったでしょう。何しろ梅本さんの死が自殺としか見えなくなってしまったんだもの。……それともあなたは梅本さん本人からヨットをやっていたことを聞いてたの……？」

「いや、知らなかった」

今度は即座に答えが返ってきた。

「君は全くたいしたもんだ。あの刑事が天才少年と騒がれたことがあると言ってたが、こうして話を聞いていると納得せざるを得ないね。俺は囲碁のことなど知らないが、名人になる器というのはそういうものなのかな。……惜しいね。全く惜しい。……だが、一ヵ処だけ間違っている」

そう言って浅川はようやく面《おもて》をあげた。遠いところを瞶めるように視線を投げあげた顔はやはり逆光のために翳って表情を読み取ることができなかった。

「殺人に裏階段など利用してはいない。不可解さを演出するために足跡を残さないなんて、いくらなんでもそんな酔狂なまねはやらないね。俺は堂々とペンキの塗られた廊下を通って梅本を連れ出した。……フン。アリバイを確かにするためには互いに険悪な状態にある小野田を利用するのがいいと目論んだのが俺にとっての第一の躓きだったな。あの男の浅智恵には呆れるのを通りこして感心するくらいだ。こちらの指図する演技だけは旨くこなしたが、勝手な行動となると手に負えない。

君の想像通り、俺は庭を掘っていて笹崎裕子の屍体を掘り出した。無論、そのときは誰の屍体かなど知らなかったがね。そしてその屍体と一緒に埋められていたのは犯行に使われたらしい凶器だった。……ピッケルだよ。それにはK・Oというイニシャルが刻まれてあった。俺はピンと来て、小野田のところに電話を入れてみたんだ。鎌をかけると奴さん、すぐに喰いついてきた。

小野田の話だと、殺したのはあいつじゃなく、ホトケさんの旦那だというんだな。笹崎章彦というのと小野田とは盲腸か何かで入院したとき知りあったそうだ。たまたま山帰りに遊びに行ったとき夫婦喧嘩がはじまって、小野田のピッケルで夫人を叩き殺してしまった。小野田は笹崎に同情して屍体を庭に埋めさせ、蒸発ということですませようとした。……フン、そう言ってたが、同情なんかじゃない。ピッケルが凶器になってしまったこともあるし、うかうかすると自分まで妙な疑いがかけられることになるかも知れない。結局我が身可愛さだったに違いないんだ。……ともかく、そのあと旦那はおかしくなって自殺してしまった。小野田は屍体が埋められたままなのが気になって、次の年、樹影荘に引越してきたんだ。流石に同じ部屋に住む気にはなれず、三階を選んだところがあいつらしい。出入口が別だったために、それまでたびたび遊びに来ていたこともほかの住人は知らなかったわけだ。

小野田はそう言ったが、旦那が死んだ今となってはそんな話も通用しない。どのみち他殺屍体をこっそり埋めたとなると、恐ろしい罪に問われることになる。……俺が嚇《おど》すと一も二もなく協力を請負ったよ。あいつがやることはただ偽証だけでよかったんだからな。ところがあいつは梅本の屍体を見たとき、結び目に気づいて、俺があいつを陥し入れようとしているのかも知れないと疑心暗鬼にかられたらしい。その上、自分だけが弱味を握られているのが我慢できなかったんだろう。俺の弱味も握っておきたい。そう考えたあいつはこともあろうに梅本のスリッパを盗み出してしまったんだ。……廊下にいくつも残っている足跡のなかに梅本のものだけが見つからないのはただそれだけのことだったんだ。消えたのは足跡じゃない。スリッパのほうだったんだよ。

それだけならまだしも、小野田は自分の弱味をなくしてしまおうと謀んだ。……言うまでもなく、庭に埋められたままの屍体だ。俺に妙な呼び出しの手紙を出し、ひと晩留守にさせておいて、その隙に屍体を掘り出した。笹崎裕子の郷里が群馬だというのは知っていたんだろう。近くの沼に屍体を沈め、もし発見されたとしても入水自殺だと思わせようとしたんだ。ところがあいつはその沼が梅雨のあいだは増水するということまでは知らなかった。……フン。全く間が抜けてる」

浅川は忌々しそうに唾を吐いた。

「俺は妙な呼び出しで肩透かしを喰ったとき、小野田の仕業だと思った。あいつが俺の住居の鍵を持っているのかどうか、夜中にブレーカーを切って停電を起こして、それを確かめてみたのさ。思った通りだった。屍体が本当になくなっているかどうかは雨の夜でないと音で気づかれてしまうので、おいそれとは確かめられなかったがね。……そうこうするうち、沼で屍体が見つかったと刑事が言ってきた。俺は小野田も殺してやりたくなった。念のために江島が死んだ夜、屍体が掘り出されているのを確認したんだ」

「ボクたちのあと……小野田さんも殺すの」

「さあね。……しかしここまで来たんだ。あとは何人殺すのも同じことだな」

「やっぱり狂ってるんだ！」

智久は叫び、激しく身を踠いた。縄はきりきりと軀に食いこみ、緩むどころか水を吸ってますます堅く締めつけてくる。着物ももうぐっしょりと濡れて、冷たく貼りつく感触が気味悪かった。

「どうしてこんなことになってしまったの。梅本さんの父親が何をしたっていうんだよ。あの人が船を沈めたの。それとも家族を見殺しにしたの」

「いいや。……あんな船員がいたなんて俺はまるで知らなかった。何せ、十歳のときだったからな。多分誰でもよかったんだ」

浅川はしばらく言葉を切って、

「狂ってる。確かにそうだろうさ。結局俺の思い通りに動いてくれたのが江島一人だったのは皮肉な話だ。あの男がなぜあんなことをしていたのかは知らないが。……もう一度会って訊いてみたい気がする。狂った者どうし、話があうかも知れないぜ」

そう言うと、浅川はクックッと笑ってみせた。声が途絶えてからも肩を揺する動作はしばらく続いた。

「……ただ気に入らなかっただけなんだ。事故のことを尋ねられるとホイホイとしゃしゃり出て、それらしいことを得々と喋る男の顔がただ気に入らなかっただけなんだよ。俺は事故のことなど何とも思っちゃいない。運命ってやつを呪う気持ちにもなれなかったし、たとえあの事故の責任の所在がはっきりしたところで、俺はそいつを恨むつもりもない。そんなこと、どうでもいいのさ。ただ俺はあのしたり顔を見ていて、この男に泣きっ面をかかせてみたいと思っただけなんだ。……この憐れな男の気持ちが君には分かるかね。いや、分かってもらおうなんてこれっぽっちも思っちゃいない。何がどうあれ、俺とこの世界ってやつの縁はもう切れちまってるんだからな。

俺はそう思いながらあの番組を見ていた。すると二階から声が聞こえたんだ。アッ、親爺《おやじ》がテレビに出てる――と、こうだ。慌てて見直すと、確かに画面には元二等機関士梅本達生さんと出ている。俺はこっそり裏階段を登って、戸口の後ろで聞き耳を立てた。梅本は間違いなくあの男の息子だった。……断っておくが、俺はまだそのとき、あの男の泣きっ面が見たいために本当に梅本を殺そうなどとは思っていなかった。それが五月の終わり頃だったかな。

六月にはいって、例の血の一件だ。俺はそれによって、奇怪な出来事は江島の仕業だと知った。決定的だったのが、二回目の血が流された夜、庭に埋められた屍体を見つけて、それに小野田が関係しているのを知ったことだ。俺はそうやって衝動を具体化するきっかけを与えられた。そうだ。条件が揃ったんだ。俺は闇雲に自分の立てた計画のなかにのめりこんでいった。何もかもとうに喪っていた俺にとって、およそ遊びと名のつくものには殆ど興味を持てなかったが、考えてみれば、今度のことはその俺が、たった一度自分からやってみようと思ったゲームだったのかも知れないな。……ただ、飽き性の俺はゲームが長引くのを好まない。もう君たちとはつきあっていられないのさ」

浅川はゆっくり立ちあがった。

智久は身を硬くした。背後でも息を呑む気配がする。恐怖が耳の奥に集まり、しいんという金属的な耳鳴りになった。

「時間切れ？……お願いだよ。せめてお姉さんの猿轡を解いてやって」

輪郭だけが白く光った浅川の影はしばらく黙っていたが、

「駄目だね」

冷酷に言いきった。

「どうして」

「すぐ叫ぶことになる。女の金切声は耳障りだからな。……そうさ。せめてこの苦々しいゲームの最後は悦《たの》しんで終わりたいじゃないか。途中で嚙みつかれたりするのもかなわないしね」

「……まさか」

「そのまさかだ。俺は狂っているんだからな。こんな場所だが、そういう舞台には相応《ふさわ》しいと思わないか……」

智久は渾身《こんしん》の力を籠めて踠いた。猿轡から洩れるシュウシュウという音が大きくなる。手首がすりむけ、血が流れるのが分かった。しかし縄はビクともしない。

影はゆっくり歩き出した。

「やめて！　そんなこと、やめてよ！」

咽が裂けるほどの声で叫んだが、歩みを止めることはできなかった。駄目だ。駄目だ。そんなこと、駄目だ。お姉さん。お姉さん！

影は智久の横を通り過ぎ、緋沙子のほうに向き直った。淡い光を浴びて浅川の顔が浮かびあがる。蠟のように蒼褪めた表情に毒々しい笑みが立ちのぼった。悪魔の笑い。緋沙子が鍵穴から目撃した血走った眼がまさしくそれだったのだ。

「待って。ねえ、ボクじゃいけない？」

自分でも信じられない言葉が口をついて出た。頭がくらくらとなり、訳の分からない涙に咽がつまった。けれども浅川の足がぴたりと止まったのは分かった。少し驚いたような表情が智久に向けられた。

「……駄目なの？　代わりにはなれない？……何でも言うことを聞くから……お願い……」

浅川は前屈みになり、クックックッと再び笑いを嚙み殺した。膝に手をついた恰好でそのまましばらく肩を揺らせていたが、

「……それも面白いかも知れないな」

低い声で囁いた。

ムーッと口籠《くぐも》った呻きが大きくなった。必死で踠く音が背後でする。智久はその音から顔を背けた。

「……有難う……」

智久の声は力なく震えた。どうせ死ぬんだ。大したことじゃない。少しだけ我慢すれば。それだけを繰り返し思い、自分に言い聞かせながら、智久は凭せかけていた頭を水の張った床に落とした。頬は冷たく、ざらざらと砂の感触がした。

浅川はゆっくり近づき、智久の横に膝をついた。

「確かに君は美しいよ。あの女に負けないくらいだ。……君の苦悶の声もさぞいい音色だろうな」

相手の吐く息が智久の髪を震わせた。動物的な匂い。二十センチほどに近づけられた浅川の額には玉のような汗が鏤《ちりば》められ、仄暗いなかできらきらと輝いている。背後の音は気違いじみた勢いになった。智久はきつく瞼を閉じた。いっそ耳も塞いでしまいたかった。

浅川の手が腹の上に乗せられた。少年の軀はぴくっと痙攣した。

「……震えてるのか」

声はひどく大きく響いた。熱い息が頬の産毛をふるふるとそよがせる。強く嚙んだ脣がかすかに鉄の味がした。ヒュウヒュウという風のような息遣いがしばらく逡巡するように顔の上で浮遊していたが、手がゆっくり肩のほうにまわされると、やがて浅川の脚が重くのしかかってきた。

腹が。続いて胸が。

智久の胸は圧迫され、意識的でない声が咽から洩れた。浅川の汗らしい生温かなものが続けて二滴、頬の上に落ちる。呼吸が苦しく、唇が自然に開き、その顎を男の手が捉えた。

「満足できなきゃ、次は女だからな」

「……何度でも……だから……」

智久は首を持ちあげ、相手の肩に頭をぶつけた。二度。三度。なぜそんなことをするのか自分でも分からなかった。見ないで。聞かないで。お姉さん。智久は五回同じことを繰り返して、力つきたように頭を落とした。

激しい震えが軀じゅうを包んだ。

男は激しく軀を揺すらせ、嚙み殺した笑いが次第に哄笑となった。叫びのような笑いだった。声は部屋じゅうにわんわんと響き、咽をつまらせながら男はなおも笑い続けた。これほどまでに身も凍る笑い声を智久は一度たりとも聞いたことがなかった。

「……何て奴だ……」

浅川は咽《むせ》びながら言うと、首筋に強く唇を押しあてた。耳から首筋にかけて浅川の汗が滑り、それがすっと遠のいたかと思うと、軀が軽くなった。

智久は眼をあけた。

浅川は転がった少年の軀を横に起こし、縄を解きはじめた。手首に喰いこんだ痛みがなくなり、次いで足首。軀に巻きついていた縄もはずすと、浅川はなおもクックッと笑いながら、

「さあ、彼女のも解いてやれ」

とんと智久の肩を突いた。

何が何だか分からないまま智久は跳ね起き、緋沙子のところにとんでいった。縄と猿轡を解き終えると、緋沙子は急にホッとしたせいか、堰を切ったように哭《な》きながら智久に抱きついた。

「お姉さん！」

「……よかったわ。あなたったら、莫迦なことを言いだして……」

頭を押しつける緋沙子の髪もぐっしょりと濡れていた。抱き返しながら智久が首を巡らせると、もうそこに浅川の姿はなかった。

「……どうしてなんだろう。でも、とにかく外に出なくっちゃ」

蹌踉《よろ》めく緋沙子を助け起こし、智久は戸口に向かった。壁にかかったままの懐中電灯を携え、階段を一歩一歩登る。焦臭い木材の山を掻きのけ、半壊した緋沙子の部屋

を通って表に出ると、空には一面に星が瞬いていた。周辺は無惨な焼跡と化していたが、坂の下には懐しい夜景が展がっている。

二人はそちらに向かって坂を下りはじめた。

揺れる森陰

十四日、十五日と雨は二日間降り続けた。火災のあとの皮肉な雨は焼け落ちた樹影荘の上にも静かに降り続けたのだろう。そのあいだ二人は病院で時を過ごした。東京湾に浅川の水屍体があがったという報せは入院中に齎《もたら》され、それと前後して鳴沢貫次が既に死亡していたことも判明した。

小野田は屍体遺棄、並びに殺人従犯の疑いで警察に連行されたという。

こうして一連の事件は全くの終焉《しゅうえん》を告げたのだった。ながい悪夢。智久にはそうとしか思えなかった。事件は人びとの手によって動かされていたには違いないが、結局それを操っていたのは樹影荘というひとつの建物だったのだ。そうも思った。ともあれ、すべてはあの家とともに深い闇の底へと還っていくのだろう。つきそいの姉に見守られながら智久は穏やかな眠りを貪《むさぼ》った。

雨のあがった十六日、退院が許可されると、彼らは焼跡を訪れた。楢津木、緋沙子、智久、その姉の典子の四人である。空は秋のさきぶれを感じさせるほど高く澄み渡り、気温も急速に降下しつつある。嘘のように爽やかな午後だった。

地蔵坂を登ると、二階から上がなくなった樹影荘の姿はすぐ眼についた。隣の石屋の家屋も五分の一ほどが黒く焼け、樹影荘から上となると殆ど一面の残骸だった。何人かの人夫がその上を忙しく往復していた。

「大家さん、気の毒ですわね」

表情に明るさの戻った緋沙子が呟く。

「ナアニ、そうでもありませんよ。ちゃんと保険をかけてたんですから。どうせ土地の所有者は別ですし、これからは保険金で暮らしていけるんだ。むしろ塞翁《さいおう》が馬ってところじゃないですか。残った住人の方たちにもできる限りのことはしたいと言ってたくらいですから、かなりたんまりと転がりこんできたと思いますな、ありャア」

「気の毒なのはやっぱり死んでいった人たちだね。……でもまあ、おかげで滅多に体験できないスリルを味わえたよ」

智久が言うと横から典子が、

「何言ってんのよ。心配したんだぞ。そんなに減らず口が叩けるくらいなら、あんたも殺されてりゃよかったのよ」

怒ったように言って、指で額を突いた。

そう言えば姉の典子にはまだ事件の全貌を語りつくしたわけではない。はて、どこまで喋っていいものか。智久は家に戻ったときのことを予想してぼんやり思案を巡らせた。

表玄関からは出入りが不自由なので、彼らは横の戸から狭い通路を通って浅川の住居のほうにまわりこんだ。焼け落ちた炊事場と風呂を通して、庭に面した縁側に腰かけている男女の姿が眼にはいった。

「オヤ、梅本さんの奥さん――」

「あッ。先生も。こちらにいらしてたんですか」

和服姿の御原は手を挙げ、立ちあがって手招きした。

「どうせこちらにまわってくると思ったからね。そしたらここでお会いしたんだよ。夕方には九州にお帰りになるんだそうだ」

夕子は静かに顔を下げながら、

「いろいろごたごたしたこともすみましたので」

「そうですかァ。まあ、力落としのないよう……」

檜津木もひょいと首を突き出した。

「実際大変だったねえ。僕も気を揉んだよ。君を喪っては悔んでも悔みきれない。しかしまあ、将棋のほうの升田さんじゃないが、死地をくぐり抜けたという体験はいい方向に働くかもしれないね」

愛弟子に語りかける御原の瞳には潤んだような輝きが仄見《ほのみ》えた。智久は面を伏せて、

「すみません、御心配をかけて。対局の前にあんなこと――」

「仕方ないさ。助かったという報せがあったから、番組に穴をあけずにすんだだけでもまだよかったよ」

御原は緋沙子のほうに向き直ると、

「一色さんでしたね。先日は心ならずもお羞しい嘘をついてしまって……。こいつの素姓隠しにつきあう約束をさせられていたものですから。申し訳ありません」

「いいえ、そんな。とんでもありませんわ」

緋沙子は慌てて手を振った。

「……あのときはどうにも気になりましてね。五月頃から牧場の碁が悪くなって。いや、成績の問題ではなく、碁の内容なんですよ。それが気になって寄ってみたんです

が、ここであんなことが起こっていたとは露知りませんでした。……しかしどういうわけか、今月にはいってからは見違えるほど内容がよくなったねえ。何かいいことでもあったのかな」

その言葉に智久の頬が急にぽっと紅くなった。緋沙子もどぎまぎした様子で長い睫毛を伏せる。典子はそんな反応に気づいて怪訝な表情で二人を見較べた。

そんなあいだも夕子は縁側に腰をおろしたまま押し倒された木塀の先を瞶めていた。彼女が何を見ているのか、真っ先に気づいたのは典子だった。

「あら。あの黒いのは――」

稲荷《いなり》の祠《ほこら》に続く鬱蒼とした森陰に奇妙なものが揺れ動いていた。黒い煙に似ていたが、それは上空に立ち昇ることなく、ひとつところに蟠ってわらわらと蠢いている。

「何だと思います」

御原は面白そうに腕を拱《こまね》いた。

智久たち四人はゆっくりそちらに近づいた。この濃い色は蚊柱ではない。けれども夥しい数の何かであるのは確かだった。木塀を踏み越えると、四人の周囲にそのいくつかが蜚《と》び違った。

「羽黒蜻蛉《とんぼ》だ」

四人は眼を瞠《みは》った。その森には東京では珍しい羽黒蜻蛉が異常発生していたのである。

「凄い……」

近づいて見ると、森自体が揺らいでいるようだった。それはその場にいるうちの一人を除いて誰もが初めて見る光景だった。

「私のほうでは精霊蜻蛉《しょうろう》というんです」

夕子の言葉に、ほかの者の感慨はまた新たなものとなった。

そう。これだったのよ。幼いときに庭先で見た黒い影は。深くひそかに反芻しながら夕子はその儀式めいた光景を瞶め続けた。

智久は二歩、三歩とそのなかに踏みこんだ。群れ蜚ぶ黒い羽虫たちは腕や頰を掠め、その影にすっぽり包まれてしまうと、最早別の世界に迷いこんでいるとしか思えない。そこでは人びとは言葉を喪い、いつしか自分をも見失ってしまうだろう。浅川さんもそうした人たちの一人だったのだろうか。ただ、今となっては、還れ、還れ、窕《ふか》い闇の底——魂の還っていくべきところに。

未だ首筋に残っているかすかな刻印めいた感触を抱きながら、智久はあわあわとした切ない気分のなかで立ちつくしていた。

終章

影の佇む庭

太陽はじりじりと地面を灼いていた。

潮の香りが風もないのに伝わってくる。膚は腥《なまぐさ》く、乾涸《ひから》びた魚のようだった。鉄柵のむこうに連なる防風林の緑が強い陽を浴びて、ますます濃く燃えあがっている。海岸沿いのその地方都市には毳々《けばけば》しい原色は似あわなかった。数年前の市町村合併で人口こそ膨れあがってはいたが、人びとは皆一様に俯きがちに暮らしている。わずかに夏の一期間、海水浴客たちが華やかな色どりを都会から持ちこみ、裸足の踊りと弾ける嬌声《きょうせい》で賑わしていくが、あとに残るのはやはり鄙《ひな》びた民家の佇まいばかりである。

干した烏賊《いか》や天草《てんぐさ》、あるいは浮敷網《うきしきあみ》が懶《ものう》げに揺れ、それにつれて鋭い輝きを閃かせている。湾外に迫り出た恰好のその高台にはわずかな期間の人影すら近寄らず、潮騒だけが遠雷のように響いていた。けれども患者たちの多くが炎天下の庭に好んで出るのは、どこか敏感にその高揚を感じ取るせいだろうか。かと言って彼らの行動の様式は活発なものでは決してなく、黙々とした単調さがいいところである。むしろその多くは石像のように動かぬまま、ひたすら黒い影を落としているのだった。

防風林の松はどれもこれもひどく傾いでいた。捩《ね》れ、歪み、地を這うほどに変形させられた姿はひとつの象徴のように見える。

医師は本館から木造の病棟への通路を歩きながら彼らが日射病で倒れはしないかと懼《おそ》れていた。殊に金木犀《きんもくせい》の大木からやや離れたところに蹲《うずくま》ったひとつの影にその危惧は強く向けられた。その男は医師たちのあいだで「学者さん」の通称で呼ばれていた。

彼はせっかくここまでよくなってきたのだ。ここで悪い影響を与えそうな要素はなるべく遠ざけておくにこしたことはない。医師はしばらく逡巡するように立ち止まって、廂のついた板敷きの通路から炎天下に踏み出した。

広い庭は金網で二分されている。金木犀が聳え立っているのはその近くだった。この木を闇雲に神木と信じこんで拝んでいる患者がいたが、今はその男の姿は見えない。

目立つ姿と言えば、自己流の器械体操を飽かず続けている男、庭の片隅で土を掘り返している男、肩を並べてぐるぐると歩きまわっている二人、人を集めて演説している男などだ。いずれも全くこの猛暑を感じていないかのようで、その奇妙な忍耐強さはどこからくるのかと首をひねりたくなる。

医師はそれらの姿が陽炎のなかに揺らめくのを眺めながら、庭に水を撒かなければと考えていた。

金網の先には女性の患者たちの姿も見える。退院するたびに放火を繰り返しては連れ戻される女、家族たちにも医師たちにも理解できない呪文を唱え続けている老女、間歇《かんけつ》的に不機嫌な叫びを挙げている少女など。蹲った男はその金網のむこう側と地面とを等分に眺めている様子だった。

「暑くはないかね」

医師は男の後方に立つと、努めてやんわりと尋ねかけた。

「ああ、先生」

男ははっと振り返り、バツの悪そうな笑みを浮かべた。貧相な小男である。角張った顔や腕は陽に灼かれて浅黒い。男は殆ど毎日こうして金木犀のそばで金網のあちらを眺めて過ごしているのだった。鼻筋の脇には細かい汗がびっしりと浮かび、顎の下で雫となってぶら下がっている。

「それほどには応えません」

「そうかね。しかしあまりよくないのは確かだよ。せめて帽子でも被らないと。軀が参ってしまうと心のほうにも影響がくるしね。せっかくここまできたんだ」

「はい、有難うございます。お陰さまで随分よくなりました」

男は首だけ振り返った恰好で何度も頭をさげた。

「髪ももう少しきちんとしたほうがいいね。心までだらしないと思われるからね」

「ご親切に、有難うございます。ただ、私の髪は堅いものですから。でも今日から気をつけます」

「それがいいだろうね。……で、今日は何をしているのかね。彼女は退院したからもう姿は見えないだろう」

「分かっております。蟻を見てたんです」

「蟻？」

医師は男の前方の地面を覗きこんだ。そこには確かに蟻の隊列がひとすじ連なってのびていた。

「それで君は蟻を見て何を考えていたんだね」

「お恥ずかしいですが——」

男はザンバラの髪を掻きまわし、依然首だけこちらを向けたまま、

「心が健全であるというのはどういうことなのか、それを考えていたんです」

「ホウ。と言うと」

「はい。蟻を見ていると、お互いが糸のように結ばれていて、ひとつの目的に対しても実に旨く連絡を取りあってそれに向かうのが分かります。心の病人に欠けているのはそういうものじゃないかということを蟻たちを眺めていると教えられるような気がするんです。……言わば、私は糸の切れた風船です。勝手にフラフラと飛んでいくだけで、お互いのことなどどうでもいい。切り離されているんです。でも、それでは人間とは言えないですね。蟻にすら劣るのだと思うと情なくなるんです。だからこそ私は、たったひとつでもいい、何か繋がりを持ち続けていたいんです」

糸が切れた風船でもいいんじゃないか——という想いが反射的に医師の胸中を占めたが、窪んだ眼を潤ませながら喋る男を見ていると、その言葉は口から出なかった。

自分と他人との関係について誰よりも悩み苦しんでいるのはほかならぬ心の病人であ

ることを彼は医師としての経験から充分思い知らされていた。従って男のその考え自体、病人としての発想なのかも知れない。けれどもそんなことをここで論じてみたって何になるだろう。この男はその考えを拠《よ》りどころに必死で立ち直ろうとしているのだ。方法が是か非かは問題でない。目的が肝腎なのだ。

「そうだよ。君はすぐよくなるさ。彼女のように退院できる」

「有難うございます。みんな先生のお陰です」

「とにかくここは暑いから、なかにはいろうじゃないか」

医師が肩に手をかけると、男は素直に立ちあがった。

「じゃ、また教えて下さいますか。心の病気のこと」

「ああ、いいよ」

頷いてみせると、頬の突き出た浅黒い顔に子供のような笑みが浮かんだ。

この医師の経験上、患者のうちで病理学に興味を寄せてくる者は必ず何人かいた。その多くは医師やその助手であるかのように振舞い、患者たちのリーダーシップを取ろうとするのである。種々の生活療法を積極的に先導し、そのために医師の手間が省《はぶ》ける場合すらあった。また、なかには医師たちの与える療法に異論を唱えるなどして手古摺《てこず》らせる者も少なくなかった。

この男の場合はそういった例とは多少趣きを異にしていた。体系的とはいかないだろうが、なかなか深い理解も見せる。医師から借りた本を二、三日没頭して読み耽る光景も珍しいものではない。

最初からそうではなかった。入院当初はひどく反抗的だった。眼に見えてよくなってきたのは一年ほど前からである。それは男自身の言葉でいえば、たったひとつの繋がりを手にすることができたためなのだろう。

一方通行の糸ではあるが。

いずれにせよ、今ではこの男に父親の手首を発作的な暴行で斬り落とし、それがもとで両親を死に追いやった過去があるなどとは到底思えない。けれども病状の軽快とは別に、その事実は一生この男につき纏うだろう。いっそその記憶だけを消し去ってやれれば。そう考えたことも二度や三度ではない。

いずれは男も退院していくだろう。それは決して遠いことではない。しかしその部分が解決されない限り、男の影の薄さはどうにもならないのだ。

「それにしても熱心だねえ、学者さんだけあって」

「その呼び名はやめて下さい、江島で結構ですよ。どうも擽ったくなってしまいますから」

病理学への傾倒が一人の女性患者に対する関心から来たものであることは明らかだった。しかし、彼女——一色緋沙子は二週間前に退院している。それなのになお情熱を維持し続けているのは、彼の言う一本の糸を未来に繋げようとしているためなのだろう。

日陰にはいると、かえって全身の汗が意識された。肌着が皮膚に貼りつくぞっとするような感触を味わいながら、医師は重い足で床板を踏みしめる。軀の芯までしみついた疲労感。そしてこの懈怠《けだる》さはここではすべての時間を通して普遍的なものであることを思っていた。

遠くで蟬が啼《な》いている。

患者たちは白い庭に落ちた影だ。ぽつんと灼きついたしみのような存在。人間は黒い影になってしまうのだ。そこに円滑さはなく、柔軟さはなく、時間は停止し、想いは乾涸び、眼差しも石のように強張ってしまう。人間としての営みはバラバラに解体され、セメントを流しこまれ、とどのつまり、あの黒い影だけが残るのだ。

どこまで完全が望めるだろう。望んでよいものなのだろう。職業意識から少し離れたところ、ふとした瞬間すべりこむエア・ポケットのような時間帯にそんな疑問が胸中を占める。ここから彼らを送りだすだけに専念するなら話は簡単だ。けれどもそれであの影を消し去ることはできない。なぜなら影はこの建物の外から落ちてきているからだ。ここには病院のうちそとを隔てるしきりが厳然としてあるが、もしもそのしきりに何程かの存在理由があるとするなら、その内側にだけ影が集まるという意味においてでしかない。ほかにはこれっぽっちの意味もない。……

かつて若い情熱とともに抱いていた数々の問題意識は現実に直面するとき、常に少しずつ見当はずれだった。そしてそれらはいつしかすりへり、風化し、胸の奥底にこぼれ落ちていった。辿りついたのはこういったやくたいもない疑問である。滑稽なことに、それには既に答までが用意されていた。結局、完全という言葉には正体がない。なぜなら正常という言葉に正体がないからである。

それはこの上なく虚しい認識だった。足取りはいよいよ重かった。医師の思惑などとは関係なく、影はこの庭に留まるだろう。眼を背けてしまえ。背けてしまえ。どうせこの世は巨大な精神病院なのだから。

そんな囁きを耳にしたような気がした。

ドアを開き、招き入れる医師の表情はそのためかぎくしゃくとした笑みになった。つくりものの笑み。陽気めかした声もひどく惨めなものに思えた。

「じゃあ、先生。今日は私の意見を聞いて戴けますか。自殺について、私なりにいろいろ考えてみたことがあるんです」

男は無邪気な笑顔を返してよこした。つくりものではない、心底からの感情。現実がどのようなものであれ、今このひととき、彼の未来は希望に充たされている。

どういうこともない貧相な男なのに、その笑みは何と天使のように輝いているのだろうか。医師はしばらくのあいだ、言葉を喪ったまま立ちつくしていた。

あとがき

この物語は『樹影荘』という古い洋風の建物が舞台になっているが、実をいえば、当時僕自身もこの建物に住んでいたのだった。

そのアパートは大森にあった。名称だけは違えてあるが、内部の構造から細かなディテール、雰囲気まで、ほぼ小説の内容そのままである。以前は産婦人科の医院だったというのも事実で、僕はここで三年間暮らした。

僕が住んでいたのは作中では浅川の部屋にあたる。引っ越してきたとき、凄まじい量の落葉の下に無数のミミズが犇《ひしめ》いていたというのも小説通りだし、毎日繰り返される風呂場への蟻の行軍も実際のことだった。

それればかりか、一部小説と同じ事件まで起こった。三階からの水漏れである。おかげで蒲団《ふとん》を一枚駄目にしてしまった。しかも水漏れは二度三度と続き、またいつ起こるかとビクビクしなければならなかった。実のところ、これが悔しくて、何とか元を取ることはできないだろうかというのがこの作品を書きはじめたそもそもの動機だった。

そのために思わず力がこもった——ということでもないのだろうが、今読み返してみて、相当濃い作品に仕あがっているのは確かなようだ。とりわけ当時、個の狂気に最も興味が傾いていたこともあって、『将棋殺人事件』『トランプ殺人事件』とともに〈狂気三部作〉と言えるものになっていると思う。本人としても、冒頭のエピソードをはじめとして気に入っているシーンが多く、愛着は深かった。

それだけに今回の再文庫化には感慨深いものがある。この作品に関しては何とかそれらしい雰囲気を醸し出そうとするあまり、文体や文字遣いなど多少ひねくりすぎたきらいはあるが、今回の校訂でも努めてその味わいを残すことにした。

ともあれ公平に見たところ、いささか不健康な物語であるのは確かだろうが、願わくはこの種の病源体に感染する読者の多からんことを。

なお、ここでは因果関係を明らかにしにくいが、『囲碁殺人事件』から前出の『将棋』『トランプ』に至る長編三作が同じ講談社文庫にて〈ゲーム三部作〉として刊行されているので、そちらも併せてご通読戴ければ幸いに思う。

竹本健治

『狂い壁 狂い窓』の解説、のような応援

喜国雅彦（漫画家・挿画家・雑文家）

凶器、頭蓋骨《ずがいこつ》、血、飛沫《しぶき》、白昼夢、屍体《したい》、呪詛《じゅそ》、水底《みなぞこ》、地虫、腐肉、白い着物、濡れた髪、眼球、線虫、蠢《うごめ》く虫、犇《ひしめ》く虫、糜爛《びらん》、断罪、鞭《むち》、鋏《はさみ》、頸《けい》動脈、ホルマリン、羊水、墓窖《はかあな》、旧家、胎児、濁った液体、呪縛《じゅばく》、実験、盗聴、蛇、殺してやる、殺してやる、殺してやる、庖丁《ほうちょう》、蛆《うじ》、蛭《ひる》、蛾、蠍《さそり》、蠅《はえ》、蚯蚓《みみず》、蜈蚣《むかで》、蛞蝓《なめくじ》、蜘蛛、蜉蝣《かげろう》、蟷螂《かまきり》、蠅虎《はえとりぐも》、触角、鏡、監視者、土蔵、臍《へそ》の緒、鉄条網、幽霊、蠟《ろう》面、螺旋《らせん》階段、霧笛、咆哮《ほうこう》、溺死、惨劇……。

小説を読む前に、この解説ページを開いた方は、なにごとかと思われたことでしょう。書き抜いてみました。この小説の「序章」に登場する〝美しい言葉〟のいくつかを。なんとも素晴らしい語句が並んでいるではないですか。これらの文字を目にするだけで、想像の翼は広がり、期待に胸が膨らみ、口元には不気味な笑みを浮かべることでしょう。

大丈夫です。僕のように、これらの字面にビビッと来た方には、これ以後の僕の解説は必要ありません。ただちにこの小説を持ってレジに向かいましょう。あなたの予感は決して裏切られることはありません。一部以降は〝もっと美しい単語〟が〈これでもか〉と続出し、その暗くて背徳の雰囲気は最終ページまで続きます。しかもです。どこまでも幻想&怪奇に進んだ物語は、終盤、恐るべきことに、ミステリとしてきちんと着地してしまうのです。

これはもう奇蹟です。さあ、その奇蹟を、今からじっくりと堪能してください。ではごきげんよう！

……………。

なんということでしょう。まだここをお読みになっている方がいようとは。

分かります。感性というのは十人十色。みんなが同じ趣味なら、世の中にこんなに種々様々な小説は必要ありませんからね。

ということで、そういう方たちに向けて、もう少し筆を費やしてみることにします。僕だって、さっきまでの分量で一本分のギャラを堂々ともらうほど、太い肝を持っているわけではありませんからね。

『狂い壁 狂い窓』は一九八三年に「書下ろし怪奇ミステリー」として講談社ノベルスから発行されました。そして十年後の一九九三年に発行元を角川文庫に移して文庫化。それから十四年後の二〇〇七年、綾辻行人&有栖川有栖の企画による「講談社ノベルス復刊セレクション」で、初刊本の装丁を生かした造りで復刊。そして二〇一八年の今回、講談社文庫としては初めての文庫化となります。それは著者の竹本健治さんの立ち位置が特異だから、というしかありません。

一般的な本の人生はもっと簡単です。単行本が出る。同じ出版社から文庫が出る。売れればそのまま版を重ね、売れなければいつしか消えていく。

でも、出版界には竹本さんのような立場の作家が何人かいます。簡単に言うと「作家や編集者に濃いファンを持つ作家」です。

なので、文庫が切れ、何年か読めない状態が続くと、どこかの誰かが動くのです。「そろそろ竹本教の潜在的な信者が育った頃。彼らにぜひとも聖典を刷って布教しなければならない」と。

その流れは、この『狂い壁 狂い窓』に限ったことではありません。デビュー作の『匣の中の失楽』も、ゲームシリーズとよばれる『囲碁殺人事件』なども、出ては消え、ふと気づくと違う版元から出てそれもまた消え、をくり返しているのです（『囲碁～』は、これまでに四つの出版社で文庫化されました）。僕らはそういう竹本さんのことを、愛と尊敬と親しみを込めて、長らくこう呼んでいました〝無冠の帝王〟と。

ところが、です。世の中、なにが起こるか分かりません。竹本さんはそのままなのに、世の中の方が動くという事態が二〇一六年に起こり、デビュー以来の四十年間、ずっと竹本さんの肩に乗り続けていた愛称の〝無冠〟と決別するときがきたのです。『涙香迷宮』（講談社）が「このミステリーがすごい！」の国内編一位（類書のベストテンでも軒並み上位）。惜しくも日本推理作家協会賞は逃したものの、翌年の「第十七回本格ミステリ大賞」を受賞してしまい、竹本さんの周辺は急に賑やかなものになりました。トークショーやサイン会がたくさん催され、過去の作品は次々に再文庫化され、誰もが知る売れっ子作家になってしまったのです。

その流れの中での『狂い壁 狂い窓』の再文庫化です。なので、これまでの復刊とは意味が違います。編集主導ではなく、世の中の求めによって、なのです。

ということで、さあ買うのです。流行作家のおもしろい作品ですからね。買わない理由が見つからないではないですか。この解説ページを閉じてさあレジへ！

……………。

なんとまあ、まだ閉じない人がいるとは。

いや……違いますね。みんながみんな、買う前にここを読むとは限りません。順序正しくめくってきた人の方が多い、という当たり前の事実にたった今、気がつきました。

では、ここからは僕しか知りえない竹本さんを語らせてもらうことにしましょう。ここ数年の僕は（竹本さんの家族以外で）竹本さんの一番近くにいた存在であったと自負します、なぜなら我が家は、竹本さんが東京に滞在するときの宿に指定されていますから。

竹本さんと初めてお会いしたのは……よく覚えていません。たぶん九四年です。たぶん神田の雀荘（二階堂黎人さんのお母さん経営〈当時〉）です。なんの話をしたかもよく覚えていません。竹本さんに確認しましたが、僕以上になにも覚えていませんでした。さすがです。

九四年ならば角川文庫版の『狂い壁 狂い窓』が出ていたはずですが、熱い感想を伝えた覚えがないので、そのときはまだ読んでいなかったのでしょう。二度目にお会いしたのは山田風太郎さんのお宅です。とある仕事で竹本さん（と我孫子武丸さん＆なぜか僕のツレの国樹由香）と共に、風太郎さんを囲んで麻雀を打ったのですが、このときもなにを話したかよく覚えていません。でもこれは仕方ありません。この日が初対面の大作家の前で、私語などできるはずもありませんし。

しかし、いくらなんでも覚えてなさすぎではなかろうか？　と自問して気づきました。覚えていないのではなく、話をしていないのだと。

そりゃそうでしょう。今でこそ、竹本さんの〈のほほんキャラ〉は業界では周知のものですが、当時の僕は〈ここにおわすこの方は、大学生でありながら、日本のミステリ史に衝撃を与えたあの『匣の中～』を書かれた大天才！〉と認識していましたから（その証拠に『匣の中～』の感想ですら「おもしろかったです」としか伝えていません。それ以上のなにかを言えば、僕の底の浅さがバレてしまうことを懸念して）。

そういう状況が変わったのは、僕が竹本さんの小説の挿絵を描かせてもらうようになってからです。僕のなにを気に入ってくれたのか分かりませんが『風刃迷宮』（連載時タイトル「風祭りの坂で」）『ウロボロスの純正音律』『闇に用いる力学』の雑誌掲載時の挿絵を、『風刃迷宮』と『ウロボロスの純正音律』では単行本の装画まで担当させてくれました（この点に関しては御礼を言っても言い足りません。僕にとって『風刃迷宮』は、ミステリでは一番最初の挿絵&装画。もしも竹本さんが見つけてくれなかったら、綾辻行人さんの『暗黒館の殺人』を始めとする仕事は、なかったかもしれません）。

そうやって竹本さんとの仕事を重ねるうちに「アレッ？」と思うことがたびたびありました。例えば、ある回の僕の挿絵を見たときの感想。「この女性がいい。次回も描いて欲しいなあ」。例えば、竹本さんの原稿が予定枚数に大幅に足らず、挿絵に苦労したと話したときの返事。「ごめんねえ。そういうときは勝手にストーリーを想像して描いてくれていいよん。なんだったら、先に挿絵を描いてもいい。それを見て小説を書くから。それ良さそうだなあ。うん、そうしよう」

それまで神のごとき存在だった竹本さんですが、同じ地平にいるのかな？　と思った瞬間でした。

ファンからすれば、竹本さんが読んでいる本が気になります。竹本さんの本にはいつも書店カバーがかかっているので、パッと見は分かりません。読書している顔は沈着冷静。いや、どちらかというと真剣な表情のことが多いので、なにか難しい本を読んでいるのだろうなと推理するのですが、当たったことはありません。大抵は囲碁の本で納得なのですが、天下の竹本健治が成人コミックを持ち歩いていると知ったときの衝撃ったらありませんでした。

先日見せてもらった竹本さんの仕事場には、普通は絶対に隠しておくであろうタイトルの（変態漫画家を自負している僕でさえ、口に出すのを憚《はばか》るような）ＡＶが並んでいました。

間違いでした。同じ地平ではありませんでした。神はやはり神でした。ただし僕が思っていたのとは違う次元の。

二〇一六年からの竹本狂騒曲の中で、僕はトークショーの相方を三回務めさせていただきましたが、自分の役割に気づいてからは、スムーズに進行するようになりました。

ツッコめばいいのです。なにも覚えてなかったり、適当に答えたりする神に「おいっ！」と言うことが僕の重要な仕事になりました。

幸いなことに、竹本さんが受賞した「第十七回本格ミステリ大賞」の評論・研究部門は僕と国樹由香の共著である『本格力　本棚探偵のミステリ・ブックガイド』が選ばれました。選考会からの帰り道は三人一緒でした。同じ家から選考会に出かけた三人が、みんなで同じ賞をいただいて同じ家に帰るなんて、と運命の不思議さを何度も口にしました。だって僕と由香ちゃんは〝漫画家〟。竹本さんは〝無冠の帝王〟。確率的に言えば、その三人が受賞、しかも同時に、なんてことは本当に起こり得るはずがないのですから。

竹本さんを中井英夫さんに紹介した奥野健男さんは、僕の大学の文学の教授で、その娘さんは僕とは漫研の同級生だったり、他にもあんなことがあったり（忘れました。竹本さんの影響です）、竹本さんとは奇妙な繫がりを感じる日々。この先もどんなことが起こるか、愉《たの》しみでなりません。終。

いえ終わりません。まだ解説を書いていませんでした。最初は宣伝、その後は竹本さんの人となりを書いてお茶を濁していました。

ということで解説。

『狂い壁　狂い窓』のすごいところは、すべてのページが絵になるところです。いわば見せ場の連続。挿絵が仕事の一つである僕は、どんな小説を読む場合でも、無意識に描くことを想定して読んでしまうのですが、この作品はどのページを切り取っても絵になることに気づきました。これはできそうに見えて難しいことです。どんな小説であれ、最低限の説明や退屈な状況説明は必要で「見せ場だけで話を作る」なんてことに挑んでも、収拾がつかなくなるのは明白です（ましてやこれはミステリですから）。

でもこの作品はそれを成し遂げているのです。もしこの作品が現在進行形の連載で、挿絵を依頼されていたなら、逆の意味で困ったに違いありません。描きたいシーンが多過ぎて、どこを選んでいいか分からないからです。

ジャンル的に、幻想と探偵小説は隣り合った部屋ですが、実はその二つを隔てる壁はとても厚いと思います。グレーの世界を描くのが幻想小説。パッと見はグレーの景色を完全な白と黒とに色分けするのが探偵小説。天下の江戸川乱歩ですら、その二つを融合させた長編の成功例は『孤島の鬼』しかありません。

『狂い壁 狂い窓』は、それに匹敵する作品だと思います。

読み返すたびに「この場面を絵にしたいなあ」と夢想します。「でも僕の画力で大丈夫かなあ」と心配にもなります。

ここを読んだ竹本さんは、ヒザを打って、いつもの笑顔で「描いて〜〜」と言うかもしれません。「いっそのこと漫画化もいいねえ〜」

言いそうです。たぶん言われます。

竹本さんと一緒にいると、予期せぬ愉しみが生まれる可能性があります。もしやのそのときのために、この本が出たらもう一度読みましょう。今度は頭の中でコマ割りをしながら。

本書は、２００７年8月に講談社ノベルスとして刊行されたものです。

作品には身体等に関する表現で適切さを欠くと思われる箇所がありますが、時代背景と作品価値を考え、そのままにいたしました。

|著者| 竹本健治　1954年兵庫県相生市生まれ。東洋大学文学部哲学科在学中にデビュー作『匣《はこ》の中の失楽』を伝説の探偵小説誌「幻影城」に連載、'78年に幻影城より刊行されるや否や、「アンチミステリの傑作」とミステリファンから絶賛される。以来、ミステリ、SF、ホラーと幅広いジャンルの作品を発表。天才囲碁棋士・牧場智久が活躍するシリーズは、'80〜'81年刊行のゲーム3部作（『囲碁殺人事件』『将棋殺人事件』『トランプ殺人事件』）を皮切りに、『このミステリーがすごい！ 2017年版 国内編』第1位に選ばれた『涙香迷宮』まで続く代表作となっている。

狂《くる》い壁《かべ》 狂《くる》い窓《まど》

竹本健治《たけもとけんじ》

講談社文庫
定価はカバーに
表示してあります

2018年2月15日第1刷発行

発行者——鈴木　哲
発行所——株式会社　講談社
東京都文京区音羽2-12-21　〒112-8001
電話　出版（03）5395-3510
　　　販売（03）5395-5817
　　　業務（03）5395-3615

Printed in Japan

デザイン—菊地信義
本文データ制作—講談社デジタル製作
印刷———豊国印刷株式会社
製本———株式会社国宝社

ISBN978-4-06-293854-9

講談社文庫刊行の辞

二十一世紀の到来を目睫に望みながら、われわれはいま、人類史上かつて例を見ない巨大な転換期をむかえようとしている。

世界も、日本も、激動の予兆に対する期待とおののきを内に蔵して、未知の時代に歩み入ろうとしている。このときにあたり、創業の人野間清治の「ナショナル・エデュケイター」への志を現代に甦らせようと意図して、われわれはここに古今の文芸作品はいうまでもなく、ひろく人文・社会・自然の諸科学から東西の名著を網羅する、新しい綜合文庫の発刊を決意した。

激動の転換期はまた断絶の時代である。われわれは戦後二十五年間の出版文化のありかたへの深い反省をこめて、この断絶の時代にあえて人間的な持続を求めようとする。いたずらに浮薄な商業主義のあだ花を追い求めることなく、長期にわたって良書に生命をあたえようとつとめるところにしか、今後の出版文化の真の繁栄はあり得ないと信じるからである。

同時にわれわれはこの綜合文庫の刊行を通じて、人文・社会・自然の諸科学が、結局人間の学にほかならないことを立証しようと願っている。かつて知識とは、「汝自身を知る」ことにつきていた。現代社会の瑣末な情報の氾濫のなかから、力強い知識の源泉を掘り起し、技術文明のただなかに、生きた人間の姿を復活させること。それこそわれわれの切なる希求である。

われわれは権威に盲従せず、俗流に媚びることなく、渾然一体となって日本の「草の根」をかたちづくる若く新しい世代の人々に、心をこめてこの新しい綜合文庫をおくり届けたい。それは知識の泉であるとともに感受性のふるさとであり、もっとも有機的に組織され、社会に開かれた万人のための大学をめざしている。大方の支援と協力を衷心より切望してやまない。

一九七一年七月

野間省一